DÍVIDA DE HONRA

GLENDON SWARTHOUT

DÍVIDA DE HONRA

GLENDON SWARTHOUT

TRADUÇÃO
IVAN HEGEN

Planeta

Publicado originalmente pela Simon & Schuster, Inc. com o título *The Homesman.*

Preparação: Marianna Soares
Revisão: Rinaldo Milesi e Nina Rizzo
Capa e projeto gráfico: Mauro C. Naxara
Imagem de capa: Divulgação Califórnia Filmes

Tradução das cantigas infantis: Rodrigo Tadeu Gonçalves e
Guilherme Gontijo Flores

CIP-BRASIL. CATALOGAÇÃO-NA-FONTE
SINDICATO NACIONAL DOS EDITORES DE LIVROS, RJ

S977d

Swarthout, Glendon, 1918-1992
Dívida de honra / Glendon Swarthout ; tradução Ivan Hegenberg. - 1. ed. - São Paulo : Planeta, 2015.

Tradução de: Homesman

ISBN 978-85-422-0492-6

1. Ficção americana. I. Hegenberg, Ivan. II. Título.

15-19344 CDD: 813
CDD: 821.111(73)-3

2015

Editora Planeta do Brasil Ltda.
Rua Padre João Manoel, 100 | 21º andar
Edifício Horsa II | Cerqueira César | 01411-000 | São Paulo – SP
www.planetadelivros.com.br
atendimento@editoraplaneta.com.br

Para Kate: antes, agora e sempre.

OS
PREPARATIVOS

ÁREA 2 SE, SEÇÃO 10, MUNICÍPIO 8, EXTENSÃO 4 L

No final do verão, Line contou a ele que estava de dois meses. Mais uma boca para alimentar. Além disso, ela falou, quarenta e três anos era velha demais. Ela disse que sairia uma criatura amaldiçoada ou um bebê todo aleijado ou com lábio leporino, porque Deus devia estar zangado com eles. Afinal, eles já tinham passado por muita coisa naquele ano.

Na primavera, perderam todo o gado, menos uma vaca e seu bezerro, devido ao carbúnculo. Na mesma época, Virgil, o único filho homem deles, com dezesseis anos, um garoto realmente determinado, decidiu correr atrás do ouro dos tolos na Califórnia.

O granizo em julho assolou o trigo, e, em agosto, quando o milho estava medrando, duas semanas de ventania dos infernos provocaram tamanha devastação que, quando o outono chegou, eles só colheram umas espigas pequenas de dar pena, e separaram os grãos com as mãos, em vez de levá-los ao moinho. Trinta acres de trigo e vinte de milho perdidos. Esse clima é vontade de Deus, Vester disse.

Agora era março, e Line continuava recitando o infortúnio deles como uma criança faria com um poema, e ele a escutava porque ela mal falava naqueles dias, e talvez ajudasse para que lhe aliviasse a aflição.

Então, antes da primeira neve, quando eles sabiam que mal haveria como se alimentar durante o inverno, eles enviaram Loney, sua primogênita, para trabalhar duro para uma família muito melhor abastecida e que vivia a vinte e dois quilômetros deles. Mandada à casa de terceiros em troca de cama e comida, a pobrezinha.

Então um dos bois pegou berne, vermes sob a pele. Pode-se cortar uma abertura onde está inchado e embeber óleo de carvão nos vermes para matá-los, quando se tem óleo de carvão. Se deixassem, os vermes sugariam o boi até a alma. Line tinha certeza de que quando viesse a primavera, subjugado, ele tombaria morto no campo, a pobre criatura.

Então esse foi o inverno da maldição. Como haviam pecado? Estava tão frio que estariam sem lenha e palha no fim de janeiro e teriam que se aquecer e cozinhar com feno. Por duas vezes, quando devia estar fazendo 40 graus negativos, eles trouxeram os dois porcos para passar a noite dentro de casa para salvá-los do congelamento. Mas na outra noite eles não o fizeram e um bando de lobos os devoraram até os ossos. As borrascas eram tão fortes que não se enxergava um metro além da porta. Eles precisavam manter uma corda esticada da porta até o estábulo e uma segunda corda dali para a casinha, ou se perderiam no caminho. O reverendo Dowd parou ali em janeiro durante um curto degelo, e assim como Mary Bee, em fevereiro, levou comida a eles; mas exceto por esses dois, o pregador itinerante e a vizinha mais próxima, a família não punha os olhos em outro ser humano havia cinco meses. A escola da igreja estava repleta de neve, ninguém jamais aparecia de surpresa, e eles sofriam com a saudade de ouvir o doce som de um arco contra as cordas de um violino. Pai, mãe e as três meninas tremiam. Estavam doentes e bebiam da mesma caneca.

E agora um bebê, Line concluía.

Vester estava com quarenta e quatro anos. Ele pôs a mão na barriga dela e disse que o bebê não era culpa dele. Um homem tem suas necessidades, ele disse, e o Senhor Todo Poderoso tinha providenciado a mulher para aquelas necessidades.

Ela afastou a mão dele.

Desde que ela disse, no final do verão, que estava de dois meses ele percebia que ela mudara. Ela ficava horas sem dizer uma palavra. Em alguns dias de tempo limpo ele voltava do campo e a encontrava do lado de fora olhando fixo para a pradaria como se ali houvesse algo para ver. O sono dela era agitado e ficava mal-humorada. Ela estava sem apetite e tinha dores de cabeça. Line, que costumava ter orgulho de seu cabelo, bem escuro, cortado, lavado e escovado, o tinha deixado crescer grisalho e sujo. As meninas disseram que em alguns dias ela varreu a casa três vezes de portas abertas, deixando o frio entrar, mas em outros dias ele chegava e a encontrava nos fundos sobre a cadeira, olhando ao redor.

Ela o desgastava. Ele a estudava e pensava em berne. Um verme sob a pele dela, dentro dela, sugando a esposa forte, alegre e carinhosa que ela tinha sido, e não havia óleo de carvão para isso. Um verme? O bebê?

Vester e Theoline Bellnap se deitavam um ao lado do outro na cama de feno, ouvindo. Era uma noite do começo de março, e, naquela tarde, o vento havia mudado, soprando quente do sul, quente o bastante para manter o fogo aceso no fogão depois do jantar. Estava chovendo forte. O teto de turfa e feno e vigas e terra de uma casa assim não suportava muita água. Pequenos fios de água barrenta gotejavam nos quatro baldes que eles deixaram antes de se retirar para os quartos. A chuva era uma luta entre o sono e a lama. A menos que os baldes fossem esvaziados porta afora com frequência, pela manhã o piso de terra virava um brejo. Eles escutavam. Ao longe, os coiotes ganiam. Próximo, do outro lado da manta, pendurada para dividir um terço da casa para o quarto dos fundos, uma das meninas falava enquanto dormia. Restavam três meninas na casa, depois que tiveram que mandar Loney para longe. Junia tinha oito anos, Aggie, seis, e, Vernelle, quatro. A casa fora construída com blocos de turfa de um metro de comprimento por trinta centímetros de largura, retirados da turfa virgem da pradaria com um arado, atrás do gado, e arranjados lado a lado para formar um muro de um metro de grossura. Medida por dentro, a casa tinha seis metros de comprimento por cinco de largura. Tinha uma porta de madeira com dobradiças de corda que não fechava bem e uma janela de vidro, emoldurado, através do qual eles não conseguiam enxergar porque era turvo demais. Atrás da manta ficava o quarto das meninas, e, na frente, o que eles chamavam de "sala da frente", onde todos viviam. Às refeições eles se sentavam ao redor de uma mesa armada sobre cavaletes, pai e mãe nas duas cadeiras mais próximos do fogão, uma menina sobre uma lata de biscoitos, e duas meninas na beira da cama de seus pais. O restante dos móveis de Line era escasso. Ela tinha duas prateleiras fixadas no muro de turfa para cutelaria, utensílios de cozinha, uma bacia, e um guarda-louça pequeno recoberto de pano onde ficavam sal, bicarbonato de sódio, café e coisas do tipo. Por fim, havia o baú que ela trouxera quando vieram do oeste, três anos antes, contendo seus objetos de valor: um chapéu que ela nunca havia usado; um vestido de seda que ela guardava para o casamento de suas filhas; uma Bíblia; retratos em daguerreótipo de seus queridos pais em Kentucky, que agora estão no céu; um pente de casca de tartaruga; o cesto para costura; um espelho de mão, para o qual ela não conseguia olhar; cartas de família; a aliança de casamento e os sete dólares que ela ganhou costurando para Mary Bee.

– Para quando é o bebê? – ele perguntou. Ela se mexeu, tentando ficar mais confortável. Ela estava grande e o leito de feno tinha calombos.

– Duas semanas – ela disse.

Eles ficaram deitados no escuro ouvindo os baldes e o vento morno soprar pelo mundo. De tempos em tempos, Vester dizia que estava decidido. Era o terceiro degelo, e, sendo março, ele supunha que iria durar. Eles tinham os sete dólares dela e precisavam de comida ou morreriam de fome, precisavam de sementes para a próxima safra ou iriam falir. Ele disse que pretendia ir até Loup de manhã cedo e penhorar os bens no banco, pegar o dinheiro e comprar comida, encomendar semente e pagar adiantado, pegar a correspondência na loja e voltar para casa ao entardecer. Ela ficou em silêncio por um instante, preocupada com a penhora dos bens, a praga do campo, e ele estava quase adormecendo quando ela falou, subitamente, agitando-o.

– Você vai sair e o bebê vai nascer.

– Line, eu tenho que ir.

– Vai ser uma maldição.

Assim que o dia nasceu, Vester se levantou, se vestiu e foi para o estábulo alimentar os animais e selar seu cavalo. Line se levantou e se vestiu. Acendeu o fogão e foi para a casinha. Na volta, esvaziou os baldes e acordou as meninas e, no meio da lama, fez bolinhos de milho. Tudo o que ela tinha era farinha de milho, que misturava com água até ficar grossa demais para escorrer, então fritava. Ela fez um pouco a mais, o suficiente para ela e para as meninas comerem mais tarde. Vester veio e ela usou o resto do melado de sorgo no bolinho de milho e o resto do café, que era de centeio escuro tostado, em duas xícaras para ele. Ele garantiu mais uma vez que estaria de volta ao anoitecer. Loup ficava a vinte e cinco quilômetros a leste da terra deles. Ele tentou beijá-la na bochecha, mas ela virou o rosto.

Depois de dar comida às meninas, ela fez com que enfardassem o feno e o empilhassem contra o muro. Elas trouxeram feno e capim dos feixes sob a neve do lado de fora e enfardaram em rolos apertados de trinta centímetros de comprimento. O feno queimava mais rapidamente com o calor, e o fogão precisava de supervisão constante.

No meio da manhã o vento guinou do sul para o norte e soprou com um frio cortante.

À tarde começou a nevar. Então ela soube que Vester não iria voltar para casa antes do amanhecer e ela teria o bebê. Estava nevando demais para correr o risco de enviar Junia a três quilômetros para buscar ajuda com Mary Bee. Ela teria que se virar sozinha, da maneira que conseguisse. O clima é vontade de Deus, como disse Vester.

Um pouco antes do anoitecer ela foi ao estábulo e alimentou os bois, a vaca e o bezerro. Ela pôs a mão no flanco do boi com berne, bem no inchaço, e estava certa de poder sentir o verme se movendo. Então ela voltou para casa, levando com ela duas cordas.

Line mandou as meninas usarem a casinha. Enquanto elas estavam fora, amarrou cada corda em um pé da cama.

Quando as meninas voltaram, deu a elas um pedaço frio de bolinho de milho e falou para irem para a cama e ficarem ali e não atravessarem a manta, não importando o que acontecesse.

Agora estava escuro como piche. Ela acendeu uma vela. No baú, encontrou sua estreita aliança de ouro, jogou-a na água, e pôs no fogão para ferver. Na cama, colocou tesouras, linha, e a bacia para que tudo ficasse à mão. Tirou, então, a panela do fogão, deixou a água esfriar um pouco, bebeu da panela e recolocou a aliança no baú. Desde que era menina, ouvia que um chá feito com a aliança de casamento confortaria o corpo e diminuiria as dores do parto.

Ela encheu o fogão com fardos de feno, puxou a lata de biscoitos para perto da cama, acendeu a vela, tirou as botas e a calça, acomodou-se na cama com os dois travesseiros em suas costas, fechou os olhos e esperou.

Ela ouvia as meninas sussurrando.

Em cerca de uma hora ela começou a sentir as contrações, até que sua bolsa estourou, molhando a cama. Em poucos minutos o trabalho de parto teve início. Ele demorou cerca de uma hora, na avaliação dela, as contrações com intervalos cada vez menores. Ela tentava não emitir qualquer ruído, mas logo a dor ficou tão aguda que ela gemia e chorava tão alto que as meninas, mortalmente assustadas, começaram a chorar também como um coro de gatos.

A chama no fogão se apagou. A casa estava fria, mas ela estava encharcada de suor.

De repente a dor ficou estável, e ela soube que a hora havia chegado. Ela se sentou e atirou as cobertas para o lado. Ergueu os joelhos e puxou o avental e a camisa com listras verticais acima dos seios. Esticando as mãos, agarrou em cada uma delas as duas cordas amarradas nos pés das camas, e as puxava enquanto empurrava com as partes baixas, puxando e empurrando e gritando e as meninas também acabaram gritando.

O bebê se apresentou, primeiro a cabeça.

Ela soltou as cordas e se libertou e viu que era uma menina cheia de saúde.

Line a ergueu por suas pernas escorregadias e a sacudiu até começar a chorar.

Ela repousou o bebê entre suas pernas e percorreu o dedo indicador em torno da sua boca para retirar o muco e se assegurar de que a língua estava virada para frente, não enrolada para trás, de modo a não sufocar. Com a tesoura e a linha, ela amarrou o cordão umbilical e o cortou. Então ela limpou carinhosamente a coisinha com a roupa de cama, aconchegou-a ao seu lado, colocou a bacia entre as pernas e voltou a se recostar nos travesseiros, exausta.

As meninas estavam silenciosas agora, mas ela achou que quase podia ouvir seus corações batendo atrás da manta.

Após um minuto ou dois a placenta esvaiu para a bacia, mas ela continuava a sangrar, então ela esfregou o abdômen para estancar o fluxo.

Assim que se sentiu forte o bastante, saiu da cama e, à luz da vela, pegou o bebê e o aninhou nos braços. Vestida apenas de avental e camisa, ela atravessou o chão lamacento e saiu porta afora. Ainda era noite profunda, mas tinha parado de nevar e não havia necessidade de se guiar pelas cordas.

Ela foi descalça pelo caminho até a casinha, abriu a porta, entrou e empurrou o bebê nu pelo buraco, de cabeça.

Vester Belknap chegou em casa antes do meio-dia. Ele viu sangue na neve. Ele apeou imediatamente, deixou o cavalo e entrou na casa.

Theoline Belknap estava na cama rodeando o aposento com os olhos. Ele viu sangue na cama e a vela derretida e a bacia ensanguentada virada para o chão. Não via nenhum sinal das meninas.

– Line, o que aconteceu? – ele perguntou.

Ao som de sua voz, as meninas atrás da manta começaram a berrar.

– Pai! Ah, pai! – elas berravam.

– O que está havendo? – ele gritou para elas.

– Ela teve o bebê!

– Onde ele está? – ele gritou. Ele olhou para sua esposa. – Line, onde está o bebê?

– Uh... – ela disse.

Ele a encarou. – Onde ele está? – ele exigiu.

– Uh – ela disse. – Uh, uh, uh, uh, uh, uh, uh, uh.

Ele teve um estalo e rugiu para o lado da manta. – Junia, ela saiu da casa?

– Ssssim!

– Meu Deus! – ele gritou, e saiu correndo para fora.

Era como se uma grande sepultura tivesse sido aberta e um clarão ofuscante entrasse. De um céu azulado o sol abençoava o que estava abaixo. O vasto corpo das planícies era finalmente despido do traje branco, frio e silencioso. Homens, mulheres e crianças, há tempos enterrados pelo inverno, surgiam como criaturas da terra para ver o que meses de escuridão, tempestade e morte haviam provocado. Alguns entraram em desespero. Outros pensaram na primavera. Alguns deram graças a Deus.

Seu representante, o reverendo Alfred Dowd, andava em seu velho cavalo. Um cachecol de lã esfarrapado envolvia o pescoço, nariz e orelhas amarrado de modo a manter o chapéu na cabeça. Ele dependia de seu rebanho para comida e abrigo. Eles dependiam dele para os pagamentos de pecados e compras de salvação, para casamentos e enterros e também para levar notícias. Alfred Dowd era um pastor itinerante. Metodista por nomeação, ele tinha seis pontos, ou igrejas - ou se passavam por igrejas -, em seu circuito. Se o clima estivesse bom o bastante e as trilhas transitáveis o suficiente, e, além disso, ele circulasse muito e pregasse rápido três vezes todo domingo, poderia levar a Palavra a cada congregação uma vez a cada duas semanas. Considerados os "poréns", Dowd o fazia. Em uma terra de pecado, ele também tentava visitar cada família aos seus cuidados uma ou duas vezes por estação, tomando café da manhã com uma, almoçando com outra e ceando e dormindo com alguma delas. Era uma questão para se especular quem percorreria maior distância sobre o lombo de um cavalo, se o pastor ou o doutor. Dowd geralmente era reconhecido como o vencedor, mas ele transportava carga mais leve, o Livro Sagrado e uma muda de meias, enquanto o doutor, que atendia por Jessup, sofria desvantagem com a valise preta, a garrafa de uísque e uma habilidade para dormir sobre a sela, o que fazia com que o cavalo vadiasse. Dowd também era provavelmente o mais útil para sua gente. Ele se sentava com os doentes e aconselhava os perturbados. Ele consolava os que sofriam perda, restabelecia a harmonia na discórdia entre marido e mulher e alegrava casais próximos do despejo. "Há mais no homem do que na terra", dizia. Ele não era asceta a ponto de não arregaçar as mangas, quando necessário, e ajudar com uma foice ou um machado ou um arado. E tinha o costume de lavar louça. No ano passado entrou vinte e oito dólares em seu caixa, mas, como havia semeado, colheu galinhas, porcos, bezerros, ovos, horta, e lenha para seu fogão. Ele tinha duas crianças pequenas e uma esposa vinte anos mais jovem e devota. Seu único expletivo era "Bobagem". Ele era respeitado por longas viagens e estimado por orações e sermões curtos. Caminhava animado. Ele era bem-vindo em qualquer parte. Alfred Dowd era querido.

Era hábito no território parar o cavalo e esperar um pouco diante de uma casa de turfa até que alguém aparecesse e reconhecesse o visitante, antes de ele se aproximar e desmontar. Não foi exceção nesse dia de março. Vester Belknap surgiu à porta de sua casa para se encontrar com o pastor, tentando correr e vestir seu casaco simultaneamente.

– Ah, reverendo, reverendo. Já não era sem tempo!

Dowd não podia dizer se os olhos do homem estavam úmidos devido ao sol ou às lágrimas.

– É a Line! Ela enlouqueceu!

– Não me diga!

– Anteontem! Eu voltei do Loup e ela tinha dado à luz a criança e matado ela!

Dowd estava desmontando. – Não pode ser.

– Foi o que ela fez! Está louca varrida!

– Acalme-se, Vester – disse Dowd, com as botas sobre a neve. – Conte-me.

O fazendeiro tinha a constituição maciça feito um barril, mas era como se esvaziasse. Um Alfred Dowd horrorizado escutava, enquanto desamarrava e desenrolava o cachecol para desnudar o rosto. Sentia as palmas de sua mão perspirarem. Belknap concluiu. – O próprio bebê, o bebê dela. Dá pra acreditar?

O pastor sacudiu a cabeça e então perguntou, inutilmente: – O que o senhor fez com a criança?

– Pus no estábulo, bem no alto. Os lobos. Ela vai ficar lá até eu conseguir enterrá-la.

– Nós precisamos fazer uma missa.

– Se é o que o senhor diz.

– No momento nossa preocupação deve ser com sua pobre esposa. – Dowd deu uma olhada de soslaio para a casa e viu pelo vidro turvo o que parecia ser os rostos das três meninas olhando para ele. – Eu vou vê-la.

– Oh, não. – Belknap projetou sua barriga entre eles. – Não, eu não quero ninguém vendo ela. Não do jeito que ela tá.

– Está com vergonha dela?

O homem corou. Ele sabia o que gostaria de dizer, e, por outro lado, o que deveria ser dito: – Claro que não! Ela é minha esposa! – exclamou. – Mas Line não está bem, muito longe disso. Quando fala, não se consegue entender o sentido do que diz, apenas sons.

Ele tinha que dar comida a ela na boca, como um bebê, ou ela morreria de fome. Ele tinha que carregá-la para a casinha e tirar suas roupas e sentá-la ou a bexiga dela estouraria.

– Isso parece com uma esposa? – ele perguntou, convencido de que estava com a razão. – Isso por acaso é um ser humano? Diz pra mim, pastor!

Dowd acenou com a cabeça.

– Eu entendo. Ainda assim, é melhor que alguém a veja. Deixe-me passar, Vester. – Ele sorriu. – Lembre-se de que quando eu vou, Deus me acompanha.

Vester o encarou por um momento, então cedeu e saiu da frente, e o pastor andou rápido até a porta, tirando o chapéu.

Ele ficou na casa por um momento, então saiu andando lentamente, quase vacilante, até seu cavalo, com o chapéu na mão, e repousou sua testa no pescoço do animal e fechou os olhos. Ele pensou em sua própria esposa. Quando ergueu a cabeça, piscando diante do sol, Belknap não estava mais ao alcance de sua vista. Justamente quando iria chamá-lo, Vester surgiu da casinha, apertando o cinto da calça, e foi em sua direção.

– Vamos rezar – Dowd disse.

Os dois abaixaram as cabeças.

– Amado Senhor, restituí esta mulher à vossa graça. E conforte seu marido nesse tempo de provação. Rogamos a vós em nome de todos aqueles que se afligem em mente e espírito, e aqueles que os amam. Amém.

O pastor colocou o chapéu. – Vester, eu realmente sinto muito – disse.

Vester se sentiu justificado. – Eu avisei, pastor. Mas sentir muito não ajuda. Que diabos... Quero dizer, o que eu posso fazer? Num posso viver assim. Ela num pode cozinhar nem limpar nem nada. Ela num serve de nada pra mim, além de dar trabalho.

Dowd estava enrolando seu cachecol. – Estou pensando em uma coisa. Pode não ser bom para as meninas passar muito tempo com ela. Por que não as manda para Mary Bee? Ela vai tomar conta delas.

– Ah, não. – Belknap estava tão teimoso como antes. – Eu num vou ficar sozinho com ela. Me dá calafrio. Pensa outra coisa.

O pastor suspirou. – Então, o que o senhor pretendia fazer?

– Eu? O que eu posso fazer? Eu sabia que o senhor ia aparecer ou eu que iria ter uma palavra com o senhor um dia desses.

Dowd suspirou novamente. Ele amarrou o cachecol no alto e perguntou de onde Theoline era, e Belknap respondeu que a esposa era de Kentucky, uma pequena vila no meio do nada chamada Slade's Dell, o mesmo lugar de onde ele vinha, e ela tinha parentes lá, uma irmã e um irmão.

– Então é para lá que ela tem que ir – disse Dowd.

– Como?

Dowd disse que eles precisavam de um guia para conduzir Line até sua cidade natal, um *homesman*. Ele ouviu que duas outras esposas estavam no mesmo estado lamentável. Uma chamada Petzke, a nordeste de Loup, e a Srta. Svendsen a leste, que, com Theoline, somavam três, o mesmo número que no ano anterior.

– Nós podemos providenciar isso para logo, eu creio. – Ele piscou sob o céu. – O dia de hoje é um sinal. Vamos chegar à primavera antes de percebermos. – Ele tomou as rédeas. Se teve esperança de uma refeição na casa de Belknap, era uma esperança vã. – Eu vou rezar por ela, Vester.

– Reze por mim, pastor. Para ela é tarde.

Dowd franziu a testa. – O senhor terá notícias minhas em cerca de uma semana.

Belknap também franziu o rosto. – Espero que sim. Num aguento ficar assim por muito tempo.

O pastor saltou sobre seu cavalo velho e olhou para um mundo recoberto por uma camada fina de puro branco, quase divino. – Esse inverno – ele disse através do cachecol, como se fosse para si mesmo. – Ah, esse inverno danado.

Belknap enterrou as mãos nos bolsos do casaco e fungou. – Por que ela fez isso, Dowd? – ele implorava, com uma cara comprida e desolada. – O senhor é um sacerdote. Por que diabo ela fez isso comigo?

Sem responder, Alfred Dowd cavalgou para longe.

***

Charley Linens encontrou John Cox em sua casa e os dois homens rumaram a sudoeste. Preso ao alforje, cada um levava um rifle, carregado.

No alto outono, pouco antes da primeira neve de inverno, um jovem solteiro chamado Andy Giffen deixou sua propriedade e voltou à terra natal na Pensilvânia. Na porta de seu abrigo ele pendurou um aviso: VOLTEI PARA O LESTE PARA ARRUMAR UMA ESPOSA.

Isso não era incomum. Quando podiam, vários fazendeiros aproveitavam o inverno para cruzar o Missouri e retornar às suas raízes por inúmeras razões: visitar a família, desfrutar da civilização, batalhar nos tribunais por heranças, pedir empréstimos de parentes prósperos, ou, no caso de Andy, encontrar uma garota, seduzi-la com uma imagem encantada da vida na fronteira, casar-se e levá-la para a cama; engravidá-la, e trazer a amada e sua barriga com ele na primavera. Pretendentes a noiva eram mais escassas que ostras no território, onde o número de homens superava o de mulheres em proporção de oito para um. Andy tinha adquirido uma propriedade de cento e sessenta acres de boa terra perto do Rio Kettle, onde viveu por dois anos e obteve duas safras. Ele construiu um lar aconchegante ao cavar na lateral de um desfiladeiro, colocando à frente do buraco blocos de turfa e instalando uma porta e uma janela de madeira que abria e fechava. A chaminé de fogão erguia-se através da terra de modo a manter o solo limpo de neve por alguns metros. Andy Giffen era maduro aos vinte e nove anos. Ele tinha uma casa, um ótimo conjunto de cavalos, uma boa vaca leiteira, muitas ferramentas e equipamentos e sementes para a primavera. Para completar o quadro só lhe faltavam uma esposa e crianças.

Ao menos era o que pensava. Também lhe faltava a escritura de sua propriedade. Ele tinha cumprido duas cláusulas previstas pela Lei de Preempção, habitando sua terra e desenvolvendo-a, mas ele ainda não tinha aparecido no cartório de registro de imóveis mais próximo, em Wamego, a cento e doze quilômetros, para a inscrição e pagamento do valor estipulado em US$ 1,25 por acre. Andy calculava matar dois coelhos com uma cajadada – trazer sua recém-casada ao lar via Wamego, assinar os papéis, pagar o valor e exibi-la ao mesmo tempo. Era questão de detalhes. Muitos de seus vizinhos estavam na mesma situação e não pareciam preocupados. Tecnicamente, eles também eram "ocupantes" com seus devidos "direitos de ocupação", e a posse era, como diziam, nove décimos da lei. Mas o que ele não tinha considerado era o fato de que onde havia ocupantes, certamente havia invasores, e que sem dúvida, assim que ele saísse em sua missão matrimonial, um indivíduo desse tipo iria rasgar seu aviso na porta e se mudaria para sua casa.

Charley Linens e John Cox juntaram-se a Martin Polhemus e seu rifle e os três cavalgaram juntos em direção à casa de Andy

Giffen, com caras amarradas, falando pouco. O dia estava escuro. O degelo continuava. A neve semiderretida formava crostas. Sob a neve se podia ouvir água corrente, de quando em quando, e o casco do cavalo ao se erguer fazia um barulho de sucção.

Ninguém sabia nada a respeito do invasor. Alguns tinham ouvido que seu nome era "Briggs", outros que era "Moore". Ele podia ser um solitário, fazendo seu jogo por conta própria. Ele podia estar agindo em parceria com um advogado de Wamego, que, costumava-se dizer, tinha mais advogados do que moradores. Em qualquer dos casos, era mais difícil se livrar dos invasores do que de moscas, e o Sr. e a Sra. Giffen em breve iriam ter uma recepção de boas vindas dos infernos. Se o invasor oferecesse vender, seria por um preço que Andy jamais poderia pagar. Se ele levasse a questão ao tribunal de Wamego, os advogados iriam arrancar seu couro. Se ele resolvesse lutar, provavelmente teria de lidar com uma arma. Sem pensar duas vezes, os amigos concordaram que assim que a primavera chegasse, antes do retorno de Andy, o verme teria que dar o fora ou apreciar o abrigo pregado a uma parede. Agora era primavera, ou parecia ser, e hora de fazer o serviço. Andy teria feito o mesmo por eles.

Assim Linens, Cox e Polhemus cavalgaram através da neve e do dia escurecido, até avistarem a fumaça subindo da chaminé de fogão do Andy. Então contornaram um pouco pelo norte e desceram pela ravina. Eles passaram pelo estábulo de Andy, e não tinha nada ali além do traseiro de um cavalo feioso. Eles pararam a cerca de um metro da porta da frente do abrigo. Charley Linens puxou o rifle do alforje e o apoiou no cabeçote da sela, com plena visão. Os outros dois fizeram o mesmo.

– Ó de casa! – Charley chamou.

Sem a menor pressa, um homem abriu a porta, saiu e ficou encarando-os. Eles notaram duas coisas. Ele não estava de casaco, apenas a calça com a parte de cima da roupa de baixo, o que significava que ele se mantinha fabulosamente confortável queimando a lenha de Andy. E aparecendo no seu cinto estava a coronha de uma pistola.

– Seu nome é Briggs? – Charley inquiriu.

– Talvez.

– Moore? – John Cox perguntou.

Ele parecia acostumado com a pressão. Ele tinha tabaco na mandíbula, que deixou descansando.

– Agora você sabe – disse Charley – que aqui é o pedaço de Andy Giffen. Ele é um amigo nosso e foi para o leste arrumar uma esposa, mas estará de volta a qualquer momento. O que você propõe a respeito?

– Eu proponho ficar.

Isso enervou Martin Polhemus. Ele era um homem pobre. Para impedir que seus pés congelassem com os buracos em suas botas, ele os enrolava com tiras de sacos de comida. – Merda – estourou Martin Polhemus – Você é um maldito invasor.

– Onde estão os papéis dele? – Briggs perguntou.

– Onde está o seu? – retorquiu John Cox.

– A posse é nove décimos da lei – disse Briggs.

Isso os calou por um minuto. O invasor olhou para eles e soltou uma cusparada no chão.

– Cadê os cavalos dele? – inquiriu Charley Linens.

– Eu vendi.

– Cadê a vaca? – Cox perguntou. John Cox era o mais pacífico dos três. – Andy tinha uma vaca muito boa.

– Eu comi.

– Seu fiadaputa! – disse Martin Polhemus, e pôs uma mão no cabo de seu rifle.

Briggs subitamente fez algo peculiar. Seu braço direito era rápido como uma cobra, e ele sacou como quem dá um bote e ergueu a pistola e disparou no ar. O estampido ricocheteou entre os bancos da ribanceira como estalidos de chicote. Briggs abaixou a pistola. Os três visitantes ficaram feito estátuas em seus cavalos. Eles perceberam que a pistola era uma Navy Colt.

Após um instante, Charley Linens disse: – Muito bem, agora escute, senhor. Nós estamos decididos a arrancar teu rabo de ladrão desse lugar antes que o Andy venha. Nós vamos fazer o que for preciso. Então nosso conselho é pra você dar o fora.

Briggs ou Moore ou quem quer que fosse olhou demoradamente para Charley, depois para os outros. Então ele desabotoou sua calça, tirou a pica para fora e mijou na neve. Subiu vapor. Então ele abotoou, deu as costas para eles e voltou para dentro do abrigo e fechou a porta, pois era hora do jantar.

Ele viu Mary Bee Cuddy a mais de um quilômetro de distância, um ponto preto em meio ao branco perto da casa. Montando, ele refletia. Ele tinha ouvido dos vizinhos que, frequentemente, quando o tempo era clemente, ela ficava olhando para o espaço na esperança de ver – o quê? Um búfalo? Um cavaleiro? Um vagão de trem? Ou um milagre, uma árvore crescendo, só uma árvore para lembrá-la da terra natal? Ele se perguntava se existia um jeito de medir a solidão.

Quando chegou a cerca de oitocentos metros, ele acenou e ela acenou de volta, e ambos se sentiram confortados. Eles não tinham se visto nem ouvido falar um do outro havia dois meses, desde o degelo de janeiro. O pastor a conhecia quase tão bem, talvez, quanto o Senhor. Três anos antes ela tinha viajado sozinha de trem, barco a vapor e carruagem do norte do estado de Nova York, para dar aulas em uma escola ao sul de Wamego. Ela ensinou durante um ano, então renunciou às aulas abruptamente e comprou essa terra de uma viúva, que estava voltando para o leste porque seu marido foi pego desarmado no campo e morto e mutilado por índios pawnees. Mary Bee evidentemente tinha algum dinheiro. Ela pagou seiscentos dólares à vista pela terra e contratou homens para construir uma nova casa de turfa e um estábulo e até mesmo um banheiro de turfa, a grande maravilha da vizinhança, pois vento algum podia derrubar. Muitas outras velhas damas de sua congregação estavam tentando tocar propriedades por conta própria, mas nenhuma foi tão bem-sucedida quanto Mary Bee. Ela aprendeu sozinha a se segurar a um cavalo e usar um rifle como um soldado de cavalaria. Desde o início ela sabia cozinhar e costurar e manter a casa e ficar de olho nos vizinhos. Logo aprendeu a arar, plantar, cortar, juntar, empilhar e levar os grãos para um moinho, e a saber quando seus animais precisavam de cuidados veterinários. A mesa dela estava sempre bem posta, e seu coração e sua porta estavam sempre abertos. Foi ela quem fez barulho para ajudá-lo a conseguir fundar a escola da igreja, e deu cem dólares pela causa. Dowd bem sabia que havia sido a comida que ela deu de presente para os Belknaps, que possibilitou seus vizinhos mais próximos atravessarem boa parte do inverno. Ela percorria seu próprio circuito generoso, alegrando os desconsolados, cuidando dos doentes e se fazendo de tia para os pequenos. Ah, ela era um pilar. Culta, apreciava as coisas mais finas, e era corajosa como todo migrante. Na opinião dele, Mary Bee Cuddy era um ser humano admirável. Ele se perguntava se havia uma maneira de se medir caráter.

No entanto, ele se preocupava, montado em seu pangaré que bufava na ladeira em direção a ela. A essa altura ela já tinha passado dos trinta e poucos. Ele tinha esperanças, como todo mundo, de que ela e Andy Giffen pudessem formar um casal, mas Andy voltou para o leste em busca de uma esposa. Com clima bom, uma dama solitária pode ter vida agitada, visitar e receber visitas, mas como ela tinha sobrevivido a um inverno assim, comendo solitária, conversando com o garfo e a faca, indo para a cama à noite com o vento? Se outras haviam sucumbido, mulheres fortes e queridas, amadas por homens, como ela, solteira e sem amor, mantinha a sanidade? Ele gostaria de poder levar boas notícias agora, mas não tinha nenhuma. E imaginava como iria contar sobre Theoline Belknap.

Dowd chegou até ela, soltou as rédeas e saltou da sela. Ela veio até ele, e eles uniram suas mãos, ambas as mãos. As dela eram maiores que as dele, e ela era bem mais alta.

– Primavera! – ela disse.

– Primavera! – disse Alfred Dowd.

Eles sorriram um para o outro enquanto um vento soprava contra eles, um vento morno. Em seguida ela pegou as rédeas e pediu a ele para que adivinhasse o que teriam para o almoço. Ele não soube dizer, e ela disse: – Antílope. No dia anterior à tarde ela tinha avistado um perto da casa sendo perseguido por lobos. Então, pegou o rifle correndo e acertou o lobo líder, que estava se aproximando, e depois derrubou o antílope com um tiro firme a trezentos metros – belo tiro, não? Ela o arrastou para dentro, eviscerou, e eles terão filé de antílope como prato principal, que ela começou a preparar assim que o viu chegando. Ele aprovava?

Dowd sorriu em aprovação, mas depois ficou com uma expressão séria. – Eu tenho más noticias. Prefere agora ou mais tarde?

– Agora.

Ele contou a ela sobre Theoline Belknap. Enquanto ouvia, ela se afastou dele, lentamente.

– Santo Deus – ela disse.

– Sim.

– Era um menino ou uma menina?

– Uma menina.

– Como o Vester está reagindo?

– Como se poderia esperar. Ele culpa Theoline.

– É o que se pode esperar. Por que, ah, por que ele não deixa as meninas comigo?

– Ele diz que não ia aguentar ficar sozinho com ela.

Mary Bee aguardou um momento, então levou seu cavalo em direção ao estábulo. – O senhor pode se lavar – ela disse – e ficar à vontade. Eu já vou. – Ela queria ficar sozinha.

Dowd levou uma bacia, sabão e toalha para fora da casa, lavou-se e esvaziou a bacia, entrou na casa, inspecionou o antílope no fogão, deu uma cheirada, e uma segunda cheirada, então tirou o casaco e se sentou à mesa. Mary Bee chegou e pôs a mesa e operou o grande fogão Premium. As palavras se passaram entre eles apenas uma vez.

– Adivinhe o que estou encomendando – ela disse.

– Nem imagino.

– Um harmônio.

Ele sabia que ela amava música. – Não acredito.

– Pois é. Eu não confio em fretes para piano, então assim que chegar em Loup vou encomendar um Mason & Hamlin. – Ela dizia em um tom quase desafiador. – Na minha cidade eu tocava piano. Não posso mais viver sem música ao vivo.

– Agora você vai ter o primeiro harmônio do território – o pastor disse.

Aguardando, faminto, ele admirou a casa dela mais uma vez. Para a época e o local, era grandiosa. O piso era de tábuas de madeira, e, sobre ele, havia vários tapetes. As paredes de turfa eram cobertas de gesso e pintadas de branco, o que detinha os percevejos. Ela tinha cadeiras de verdade, inclusive uma cadeira de balanço Boston, e uma mesa e uma cômoda, sobre a qual, emolduradas, penduravam-se dois retratos em ferrotipia, um de seu pai, ele presumia, um homem barbudo, carrancudo, e um de sua irmã Dorothy, talvez. Em outra parede havia um pôster grande e colorido do que parecia ser as Cataratas do Niágara. O quarto dela, que ele nunca tinha visto, ficava no fundo, dividido por uma parede interior desta sala, e ele já tinha ouvido dizer que ela dormia em uma cama de penas. Do living-sala-de-jantar-cozinha erguia-se uma escada de madeira para um loft, usado para armazenagem mas também como quarto de hóspedes. Tudo estava perfeitamente limpo.

Então ela serviu um banquete – filés de antílope, batatas fritas, pão de milho e melaço, torta de maçãs secas e café Ariosa de Arbuckle, que sua esposa lhe dissera custar setenta centavos o quilo. Quando ela se sentou, ele abaixou a cabeça. Mary Bee também abaixou a dela.

– Senhor – ele improvisava – abençoe esta dama e sua mesa. Permita-me comer aqui por quanto tempo eu puder. Amém.

Quando ele olhou para cima, seus olhos piscaram, e ela o agradeceu com o sorriso mais robusto que podia. Eles comeram e falaram sobre o clima e o inverno e os vizinhos e a falta de notícias no correio e a primavera e o verão por vir, mas não importava o esforço para se alegrarem, para aproveitar a refeição e a companhia um do outro e a privacidade deles, Theoline Belknap comia junto deles, e havia momentos de silêncio.

– Ela não é a pior – disse Dowd, depois de um desses silêncios.

– Não?

– Não. Tem mais duas. Uma a norte de Loup chamada Petzke, e outra a oeste chamada Svendsen. Ambas no mesmo triste estado. Eu ainda não sei as circunstâncias.

Um momento de silêncio.

– Então são quatro – disse Mary Bee.

– Quatro?

– No último degelo, Harriet Linens veio aqui e me contou. Tem uma família perto deles, os Sours, um casal bem jovem com crianças. A esposa, uma menina, perdeu o juízo. Como e por que, a Harriet não sabia. Mas ela disse que é de dar pena.

Lambendo o melaço do beiço, o pastor pensou. "Sours, Sours. Eu os conheço. Eles fazem parte de uma das minhas congregações." Ele suspirou. – Quatro. Que pena. Vamos precisar de um *homesman*.

– O que é isso?

Ele abaixou os talheres. – É assim que eu o chamo. – No ano passado, Dowd contou, havia três mulheres dementes, três esposas em seu circuito, e na primavera algo tinha que ser feito com elas. Duas chegavam a ser perigosas, homicidas, e a outra pretendia fugir. – Bem, eu reuni os três maridos, que afinal tinham responsabilidade, e fiz um sorteio. O que perdeu foi o *homesman*. Os outros dois contribuíram e providenciaram uma carruagem com cavalos e suprimentos, toda a tarefa se manteve tão sigilosa quanto possível. O *homesman* reuniu as três mulheres e as levou através do rio para Hebron, Iowa. No ano passado o homem que perdeu era um bom companheiro chamado McAllister, um bom cristão. Ele chegou em Hebron com elas em cinco semanas, e sem muita dificuldade, pelo que me lembro. – Em Hebron, o pastor continuou, a Sociedade de Amparo à Mulher da Igreja Metodista era dirigida por uma excelente dama chamada Altha Carter, esposa do pastor local. Ela levantou fundos apelando para congregações no leste, e quando as mulheres desafortunadas chegaram com McAllister, elas ficaram sob os cuidados de três voluntárias da Sociedade, que por sua vez as conduziram por trem ao leste até suas casas, onde quer que tivessem família ou parentes próximos. Ele fez uma pausa, e puxou para mais perto a torta de maçã. – Eu presumo que se faça algo assim em outros lugares por aí. Não é bem um sistema, mas para mim parece uma alternativa.

Mary Bee havia escutado. – Três, no ano passado. Eu jamais ouvi uma palavra sobre isso.

– Coisas como essa não são comentadas. Apenas são feitas.

Ela trouxe o bule do fogão e encheu novamente as canecas. – Deus o abençoe – ela disse.

– Bobagem. A necessidade é a mãe da invenção. Ah, eu suponho que um dia teremos todas as armadilhas da civilização, como os asilos para doentes mentais e tudo o mais. Mas nós fomos alçados a território há menos de um ano, e construir um asilo é uma das últimas coisas que uma legislatura se dispõe a fazer. Por enquanto, isso é o melhor que podemos fazer. Mas devo dizer que exige muito de um homem.

– Coma sua torta.

Ele o fez com prazer, e logo aplaudiu o banquete, suspirando com as costas na cadeira: – Melhor banquete que tive em todo o mês. Deus a abençoe.

– Eu como assim todos os dias.

Nenhum dos dois sorriu. Eles ficaram em silêncio novamente, olhando um para o outro. Um surpreendia o outro. O cabelo dele era espantosamente ruivo e brilhante, com fios grisalhos. Ela tinha olhos de mulher, mas seu rosto grande e quadrado parecia encaixado em um maxilar de homem.

– Aonde o senhor vai agora? – ela perguntou.

– É melhor eu ver o Sours, o pobre rapaz.

– Eu vou aos Belknaps pela manhã. Vou levar um quarto traseiro de antílope.

Dowd pensou e disse: – Diga a Vester para ir à Igreja Kettle daqui a uma semana. Pela manhã. Então vamos fazer o sorteio. Vou dizer ao jovem Sours hoje, e farei com que Petzke e Svendsen saibam. Uma semana contando a partir de hoje.

– Vester não vai fazer isso.

– Ele tem que fazer.

– Se ele perder o sorteio, não vai – disse Mary Bee. – Ele é preguiçoso, ignorante, choraminga demais. Quem lhe dava ânimo era a Theoline. Ela era a espinha dorsal dele.

O pastor franziu o cenho, puxou sua cadeira para trás e começou a vestir seu casaco. – Ele tem que fazer. Ele é responsável por ela, como os outros. Eu também poderia dizer muitas coisas contra ele, mas não vou ser intolerante. O Senhor não iria gostar. – Ele amarrou seu casaco com barbante. – Faça o que puder com ele amanhã – ele suplicou. – Eu agradecerei. – Enrolando seu cachecol no pescoço, ele foi em direção à porta. – Vou pegar meu galante corcel – disse ironicamente.

Após um minuto ou dois, Mary Bee vestiu seu casaco e saiu ao vento morno. Dowd estava tirando seu pangaré do estábulo. – Estou de barriga cheia como um carrapato – ele disse. – Duvido que o Rocinante vá conseguir me carregar.

Eles sorriram, e mais uma vez uniram suas mãos. – Fico tão contente em ver a senhora tão cheia de saúde – ele disse.

– Igualmente – ela disse. – Mande meu afeto para a Sra. Dowd, por favor.

– Sem dúvida. Sinto muito por trazer más notícias. Por favor, não se deixe abater por isso.

– Como é que eu posso evitar?

– Isso acontece por aqui. Simplesmente acontece. Todo inverno. Ano passado, três, este ano, quatro. Fico surpreso por não serem mais, com as condições sendo como são. Eu não sei como qualquer mulher pode suportar. – Ele pegou as rédeas e subiu na montaria e olhou para baixo para ela com sobriedade. – Eu não sei como a senhora faz, minha querida. Sinceramente. Vivendo sozinha, assim.

– Eu posso qualquer coisa – ela disse.

– Eu acredito – ele disse. – Bem, vamos deixar o coração mais leve. Um harmônio. Primavera – ele lembrou.

– Sim, a primavera.

Alfred Dowd cavalgou na direção oposta da vinda. Depois de quase um quilômetro ele parou e se virou em sua sela para ver se Mary Bee Cuddy estava olhando para ele. Ela estava. Ela acenou, e ele também. O aceno dele era uma saudação.

Na manhã seguinte ela selou Dorothy, sua égua de confiança, e cavalgou os três quilômetros até os Belknaps. Vester apareceu para encontrá-la. Ela lhe deu a carne e o aconselhou a pendurá-la alto no estábulo ou os lobos iriam pegá-la. Então ela disse que o reverendo Dowd tinha lhe contado a respeito de Theoline, e ela queria que soubesse o quão chocada e terrivelmente pesarosa estava. Vester disse que ele também. Ela inquiriu sobre a condição de Theoline, e ele disse que continuava a mesma, louca. Ele ainda tinha que dar-lhe comida na boca e carregá-la até a casinha e cuidar das meninas e cozinhar e tudo o mais até se esgotar. Mary Bee apeou. O que poderia ter causado isso? Vester deu de ombros e disse que não tinha ideia, mas que estava preocupado com Line desde o outono passado. Ela reclamou do clima e da perda da safra. Ela falava pouco e comia ainda menos. E passou a achar que Deus estava zangado com eles, então o bebê nasceria aleijado ou teria lábio leporino ou algo ruim. Ah, e ela tinha dores de cabeça e estava sempre mal-humorada. Mary Bee sacudiu a cabeça e foi em direção à porta de entrada. Vester disse que ela não deveria entrar, ele não queria ninguém bisbilhotando a esposa naquele estado. Mary Bee virou-se para ele, fustigada, e disse que ela era a amiga mais querida de Theoline, e que iria vê-la de qualquer modo. Vester xingou-a. Ela disse a ele para dar licença e cuidar da carne, e abriu a porta e entrou.

As três meninas, Junia, Aggie e Vernelle, estavam esperando. Elas foram até ela como pequenos animais cheios de medo, abraçando-se à sua cintura tão forte que quase a empurraram contra o fogão. Todas estavam chorando, e tudo o que ela podia fazer era se segurar para não chorar com elas. Ela não iria se permitir olhar tão cedo para a cama. Depois de um tempo, guiando as meninas pelos ombros, pediu que fossem para o quarto dos fundos, ela queria falar com a mãe delas.

– Agora, por favor, meninas, vão. – Elas obedeceram fungando. Eram boas meninas.

Mary Bee olhou em volta. O lugar estava aos pedaços. Então se dirigiu à cama.

Theoline estava deitada de costas. Os olhos dela estavam fixos em um canto do teto. O cabelo era um ninho de ratos. O avental estava manchado de comida. Os pés estavam descalços e imundos. Seus punhos estavam amarrados por uma corda às colunas da cabeceira. Mary Bee desamarrou a corda mais próxima, então se inclinou sobre ela e desamarrou a corda mais distante. Ela se sentou ao lado na cama e massageou os dois punhos, feridos e inchados.

– Theoline – ela disse –, é a Mary Bee.

– Desfaz – respondeu Theoline.

– Desfazer os nós? Já desfiz, querida.

– Desfaz, desfaz.

– Está me reconhecendo, Theoline?

– Desfaz, desfaz, desfaz, desfaz.

Mary Bee se curvou e puxou o rosto da mulher para sua direção. Os olhos de Theoline permaneciam fixos no teto.

– Line, querida, é a Mary Bee, sua amiga.

– Uh.

– Não me reconhece?

– Uh – Theoline disse. – Uh, uh, uh, uh, uh, uh, uh, uh.

Mary Bee olhou para o lado e aguardou um pouco. Por dentro, ela estava vazia. Ao longe, alguma coisa se acendia no vazio como a faísca de um fósforo no mais escuro breu. Era raiva.

Ela se levantou, puxou a manta para o lado, e foi para o fundo em direção às meninas. Ela ajoelhou, abriu os braços e apertou firme as três irmãs. Ainda havia algumas fungadas.

– Agora escutem, meninas – ela disse. – A mãe de vocês está muito doente, mas ela ama muito vocês assim mesmo, como sempre amou. Vocês têm que amá-la também, e ajudá-la tanto quanto puderem. Eis algumas coisas que vocês podem fazer por ela. Eu soltei os braços dela. Eu quero que vocês tirem a roupa dela, aqueçam um pouco d'água e lhe deem um bom banho, com sabão, dos pés à cabeça.

– Na cama mesmo? – Junia perguntou.

– Na cama mesmo. Lavem e sequem o cabelo também, e escovem e penteiem. Então peguem roupas limpas para ela, e roupas de baixo, que devem estar no baú, e a vistam de novo. E enquanto vocês fizerem isso, sorriam para ela e digam coisas gentis. Vocês conhecem alguma canção para cantar para ela?

– Nós conhecemos *Away in the Manger* – sugeriu Vernelle.

– Está ótimo – disse Mary Bee. – E quando vocês terminarem tudo isso, façam algumas tarefas para seu pai, também. Agora vocês são as mulheres da casa. Varram a casa. Lavem os pratos sujos. Levem a roupa de cama para fora e deixem ventilar. Mostrem a ele o quanto vocês estão crescidas. Vocês fariam isso? Por ele? Por mim?

Elas acenaram, sérias, talvez espantadas com o número de tarefas a cumprir.

– Deus – ela disse. – E lembrem-se: amem sua querida mãe. – Então ela as soltou e olhou para elas. – Agora vocês vão ficar ocupadas como abelhas. Deixe-me beijar suas testas.

Elas ergueram os rostos. Ela beijou cada uma na testa, então as deixou. Passando pela porta da frente, ela não conseguia nem olhar de novo para Theoline. Do lado de fora, Vester tinha pendurado a carne e levado o cavalo dela para o estábulo e estava voltando. Mary Bee notou que estava de punhos cerrados. Era raiva novamente, faiscando ainda mais forte no vazio. Estava começando a pegar fogo. Ela tinha que abafar antes que chegasse ao coração.

– Eu a desamarrei.

Vester olhou zangando. Ele tinha colocado o cavalo no estábulo a contragosto. Ele não tinha agradecido pelo antílope. – Quem te pediu isso? Não dá pra dizer o que ela vai fazer.

– Eu garanto que ela vai ficar inofensiva. Além disso, o senhor não vai ficar com ela por muito mais tempo.

– O que quer dizer com isso?

– Esse é um dos motivos da minha visita. Eu tenho uma mensagem do reverendo Dowd. – Ela começou, então, a explicar a necessidade de um *homesman*, mas Vester logo a interrompeu. Ele sabia tudo aquilo, Dowd tinha contado a ele. Muito bem, ela disse que o sorteio seria realizado na igreja na próxima terça-feira, à tarde, e ele deveria estar lá, como os outros três maridos. Vester perguntou do sorteio. Seria para decidir qual dos quatro levaria as quatro esposas de volta ao leste, através do Missouri, até Hebron, Iowa, de onde elas seriam conduzidas até suas casas. Quem perder o sorteio iria levá-las, os outros três maridos vão providenciar carruagem, cavalos e suprimentos. Assim foi feito no ano passado, quando três mulheres perderam o juízo durante o inverno, e o reverendo Dowd propôs fazerem isso novamente. Vester olhou fixamente para ela, então afirmou inflexivelmente que não faria algo desse tipo. Pelo amor de Cristo, do Sours ele nunca tinha ouvido falar, mas ele conhecia Petzke e Svendsen, um era um maldito holandês e outro um norueguês, e ele não iria levar as mulheres deles para lugar algum. Ela podia dizer a Dowd para que encontrasse outro otário. Mary Bee disse que ele deveria ir lá para o sorteio. Ele era responsável pelo bem-estar de sua esposa, tanto quanto os outros pelas esposas deles. Vester disse que não iria, e ninguém poderia obrigá-lo, já que estavam em um país livre. – Então o que faremos com Theoline? – perguntou Mary Bee.

Isso o desnorteou.

Ela foi em direção ao estábulo. Era um pequeno triunfo, mas a raiva que a queimava por dentro não atenuava. No estábulo, ela olhou de relance para o inchaço no flanco do boi perto de sua égua, só podia ser berne, o animal precisava de óleo de carvão. Quando ela retirou a égua, Vester a seguiu, queixando-se. Ele jurava que queria fazer o que fosse melhor para Line, mas e se ele participasse do sorteio e perdesse? Rumar para leste com uma carga de mulheres, longe por semanas, quem iria tomar conta de seus animais e das meninas? Mary Bee disse que ela o faria. Bem, e se ele não fosse sorteado? Ele estava tão falido que não poderia contribuir sequer com um saco de alimento ou um mísero centavo para a viagem. Afinal ele tinha ido para Loup no último degelo e feito uma hipoteca, então precisava conseguir uma safra na primavera ou perderia tudo. Se tivesse mais um golpe de azar, ele choramingava, no verão teria que fazer as malas e ir embora com as meninas e seus bens para Kentucky, onde poderia tentar a sorte como lenhador. Ela não compreendia que ele só teria a perder? Se fosse escolhido no sorteio, não poderia ir, e se ele não fosse escolhido, para sua humilhação não poderia dar sua parte. De qualquer maneira ele estaria em maus lençóis. Então que diabos ele poderia fazer?

Ela ouviu vozes de crianças cantando dentro da casa, cantando *Away in the Manger*. O que ela gostaria de dizer era: "Ah, Vester, tudo o que trouxemos para essa terra inóspita são nossas vidas e uma semente de civilização. Nós plantamos essa semente. Se não cuidarmos, a semente vai morrer, e, se isso acontecer, não seremos melhores que os selvagens. Levar essas pobres mulheres para casa é civilizado".

Em vez disso, ela disse: – Vá.

– Não vou.

– Terça-feira – ela disse.

Agora ele estava zangado. Não iria ceder para ela.

– Não vou.

– Então eu vou no seu lugar – ela disse. – Eu participo do sorteio no seu lugar. Se eu ganhar, vou providenciar o que você não puder. Se eu perder, você pode começar os preparativos para a viagem com sua esposa e as outras três. Você vai ter que fazer isso.

– Com o diabo que eu vou!

– Eles vão lhe obrigar.

– Eu tenho um bom rifle!

Mary Bee montou, segurando as rédeas em um punho só. – Enquanto isso, mostre amor a ela.

– Amor? Depois de tudo o que ela aprontou? Eu não dei motivo pra ela ficar louca!

– Você deu a ela outro bebê.

– Foi vontade de Deus!

Agora a raiva era um clarão, e Mary Bee Cuddy sentiu o calor em seu coração. – Não foi Deus que dormiu com ela! – gritou, lançando um olhar de perfurar as entranhas. – Vester – ela disse, – você é um homenzinho da pior espécie. – E incitou Dorothy com o joelho e cavalgou para longe.

Vester Belknap fez uma concha com as mãos em volta da boca para projetar a voz: – Eu sou, é? Pelo menos num me visto que nem muié!

Neste dia voltou a fazer frio, e caíam pequenos e esparsos flocos de neve, quase esquecidos de como nevar.

Dessa vez, Charley Linens, John Cox e Martin Polhemus pegaram Henry Caudill no caminho. Henry era um bom homem com uma arma. Quando se juntou a eles, tinha um pacote bem embrulhado em papel branco. Eles perguntaram o que era. Ele disse que era enxofre. Perguntaram para quê. Henry disse que para usar caso fosse necessário. Os quatro cavalgaram a sudoeste em direção ao Rio Kettle, até chegarem à chaminé de fogão de Andy Giffen, com uma espiral de fumaça subindo. Desceram pela ravina, pouco acima da chaminé. Pararam ali e amarraram os cavalos em uma pequena árvore, e, levando os rifles, rastejaram pela ribanceira até um emaranhado de densos arbustos de groselheira-espinhosa, em frente ao abrigo de Andy, talvez uns cinquenta metros. Quando acharam que estavam bem cobertos pelos arbustos, prepararam os rifles e deixaram Charley Linens tomar a iniciativa. Ele gritou:

– Moore!

A porta e a janela estavam fechadas.

– Briggs!

Ele estava falando sozinho.

– Ei, você, invasor!

Isso surtiu efeito. Sob seus olhos, se abriu na porta uma fresta e também na janela.

– Aqui está o mesmo bando que veio no outro dia! – Charley gritou. – Os amigos de Andy Giffen! Andy vai chegar qualquer dia, e nós queremos você fora dessa propriedade! Nós temos quatro armas contra uma sua, então pense bem a respeito. Venha pra fora com as mãos para o alto e nós vamos ver você tomar seu rumo. Ficaremos agradecidos e nenhum mal será feito. Agora vamos!

Eles esperaram um minuto, dois.

– Merda – disse Martin Polhemus.

Ele se ergueu de joelhos, pôs o cano da espingarda através dos arbustos e disparou contra a porta do abrigo. Então os outros fizeram o mesmo, alguns atirando na porta, outros na janela. Soava como uma batalha. O cavalo feioso no estábulo ficou com medo ou raiva dos tiros e começou a bufar e berrar como uma mulher no parto. Briggs ou quem quer que fosse era tão rápido com um rifle quanto com uma pistola. Ele saltava da porta para a janela e vice-versa e o cano saía uma polegada ou duas e ele atirava e saltava de volta. Eles nunca pensaram que um homem poderia ter uma mira tão precisa e atirar tão rápido. As balas dele arrancavam galhos perto de seus rostos. O tiroteio seguia a todo vapor. Até um graveto acertar John Cox no olho e ele gritar e parar de atirar. Então os outros também pararam.

Eles sentaram seus traseiros na neve. Estavam assustados. Sabiam o que precisavam fazer, mas como diabos fazer era a questão.

– Homem maldito – disse Martin Polhemus. Ele estava ofegante e suado.

– Rapazes, escutem – disse Henry Caudill, um homem de fala macia. – Vamos usar a cabeça. Nós não vamos arrancá-lo dali com tiros. Ele está atrás da turfa e da madeira. Então por que não o arrancamos com fumaça? É por isso que eu trouxe o pacote de enxofre.

Ele disse que enquanto o distraíssem ele contornaria a casa pela ribanceira, escalaria até o alto, pegaria o enxofre e jogaria pela chaminé do fogão de Andy. Eles o olharam indecisos. Henry disse para tentarem, e explicou que, de onde vinha, depois das montanhas do Missouri, era como eles tiravam um urso da toca, afugentando-o com fumaça. Então, quando aparecia, urrando e meio cego pela fumaça, eles o matavam fácil, fácil.

– Por que não? – disse John Cox, esfregando seu olho ferido pelo graveto. – Eu estou com frio e faminto e o caminho de volta vai ser longo.

– Não quero tiro em nenhum de nós – disse Charley Linens.

– Nem nele – disse Martin Polhemus, austero. – Eu quero aquele fiadaputa pendurado numa árvore.

Então resolveram tentar. Três deles dispararam contra o abrigo mais uma vez, enquanto Henry Caudill se esgueirava pela ribanceira. Então ficaram de tocaia nos arbustos de groselheira e esperaram, de olho no abrigo, mas não viram sinal algum de movimento. A tarde começava a desfalecer. Ficava escuro mais cedo na ribanceira do que no alto, na planície. Então, de repente, a porta se abriu e a janela também, e uma fumaça amarela escapava dali, em uma massa espessa. Eles esperavam ver Briggs sair de lá tossindo e desorientado. Mas ele não saiu. O abrigo desapareceu completamente sob a nuvem amarela. Martin Polhemus puxou a espingarda e disparou algumas vezes contra a nuvem, e para seu espanto, alguns tiros vieram como resposta de dentro da nuvem e atingiram os arbustos próximos.

Isso deixou Martin Polhemus tão irritado que ele se ergueu e desafiou: – Você comeu bastante fumaça, Briggs? – ele gritou. – Comeu bastante?

O invasor gritou de volta: – Seus caipiras imbecis malditos! Vão pra casa!

Martin voltou a se abaixar e xingou em uma longa sequência de resmungos.

Henry Caudill desceu do alto e eles se reuniram e olharam para ele, agachados.

– Ainda querem ele fora daqui? – ele perguntou.

Eles queriam.

– Muito bem – Henry disse. – Nós não podemos tirá-lo aos tiros nem com fumaça. Venham até minha casa na semana que vem e me peguem lá. Eu estarei com Thor Svendsen. Ele é forte como um boi. E talvez tenha um pouco de pólvora.

– Pólvora? – todos perguntaram.

– Por que não? É a única maneira. Vamos explodi-lo como um toco de árvore.

– Eu vou trazer a corda. – disse Martin Polhemus.

– Corda?

– Eu não quero que ele morra na explosão. Eu quero ele na beira do rio. Na ponta de uma corda. Dançando com o vento.

Quando a referência era a religião, diziam "Igreja Kettel"; quando era educação, diziam "Escola Kettel". Servia aos dois propósitos. Um verdadeiro enxame composto por todos os homens e meninos da vizinhança erigiu-a em um único dia, em uma elevação não muito longe do rio. Troncos para as paredes foram transportados do leito do rio, agrupados em blocos, e cobertos com argila. O teto foi feito de turfa e galhos de árvore. Os cem dólares de Mary Bee Cuddy pagaram pelo refinamento: uma porta, duas janelas com vidro e moldura, um fogão, um púlpito de madeira para o pregador, uma dúzia de lousas com apagadores de pele de carneiro e uma sacola de livros. A cada segundo sábado do mês, quando o inverno permitia, e dessa vez não era o caso, o reverendo Dowd conduzia cultos que ele chamava, com uma piscadela, de "metodistas, não eclesiásticos".

Mas a maior vocação do prédio era a de educar. A escola era dividida em três períodos letivos de oito semanas, outono, inverno e primavera, apesar de, neste ano, o período do inverno ter sido cancelado por motivos climáticos e amorosos. As crianças não podiam ir à escola por causa do frio e da neve. A professora não podia ir porque tinha se casado no Natal. Era a Srta. Clara Marsh, vinda há pouco tempo de Vermont para as planícies. Menos do que resultado do amor, no entanto, o casamento para ela era provavelmente o menor de dois males. A escola era paga. A taxa dela era um dólar por criança a cada período, mais cama e comida, e com um total de dezessete alunos inscritos, ela deveria ter, no final do período de outono, dezessete dólares. Mas não tinha. A Srta. Marsh tinha dez dólares na mão e sete em promessa. Pior. Ela passou o período de outono comendo e dormindo na casa dos pais de seus pupilos, mudando-se de casa de turfa para abrigo, dividindo cama com jovens agitados, subsistindo de uma dieta basicamente de mingau de farinha de milho, às vezes fina, às vezes grossa, torta de milho, bolo de milho e pão de milho, o que enfraqueceu sua constituição. O casamento, portanto, mesmo com um viúvo com calvície avançada e que precisava de uma esposa trabalhadora, deve ter parecido a Clara Marsh uma alternativa considerável, em relação à pobreza e à saúde degenerada. Ela recebeu o pedido e disse sim. Por isso, não houve período de inverno na Escola Kettle.

Mary Bee foi a primeira a chegar.

Ela aguardou um momento, decidindo não acender o fogo do fogão, apesar de ter bastante lenha no caixote. O que precisava ser feito tomaria pouco tempo. Uma longa tábua se encaixava em estacas inseridas nos troncos de dois lados do aposento. Nessa prateleira rude, livros, lousas e apagadores eram guardados em ordem. Os bancos, para os alunos e para as congregações, eram troncos rústicos com pequenas pernas de madeira. Perto do fogão havia um balde de madeira e uma caneca enferrujada. Ela se sentou em um banco em frente ao púlpito removível.

Garn Sours entrou.

Ele olhou surpreso para ela, esforçou-se para acenar, então se sentou no banco perto da porta, virado de costas para ela, curvado, estudando o chão encardido, formando um retrato da desgraça. Ele tinha vinte e um, ou vinte e dois anos, no máximo. O coração dele afundava. Para ele era inconcebível que pudesse conduzir quatro mulheres desprovidas de razão, incluindo sua esposa, muitos milhares de quilômetros pela pradaria, sem estrada, alimentá-las, tomar conta delas e mantê-las protegidas.

Mais uma vez, Mary Bee observou o aposento. Ocorreu a ela invejar a Srta. Clara Marsh. Ambas vieram para o oeste cheias de fé, feijões e bons pressentimentos, mas Marsh teve mais sorte. Sua escola tinha muito mais conforto, comparada com a que ela presidiu por um ano ao sul de Wamego. Sem mesa, sem lousas, poucos livros, um fogão teimoso e o fracasso, ao final de cada período letivo, de recolher os centavos até completar o dólar diário que lhe tinha sido prometido. Além disso, a escola vinha equipada com dois bufões imbecis de dezesseis anos que tiranizavam as crianças mais novas e tornavam a pedagogia impossível. Um grupo de pawnees acampava nas vizinhanças e ela levava um rifle para a escola todos os dias. Quando o outono ainda estava quente, uma cascavel de mais de um metro se esgueirou para dentro da sala. Mantendo a calma, apesar de metade dela estar morta de medo, ela se encarregou do infortúnio. Afastando as crianças histéricas para longe da cobra, pegou sua arma, jogou um livro perto do réptil para fazê-lo se encolher e preparar o bote, fez pontaria, e com uma única bala acertou sua cabeça. De uma vez só ela ganhou o respeito dos bufões e salvou a classe. Mas nem o papel de heroína fez com que ela apreciasse a profissão. Tanto ela, como Marsh, comiam mais milho do que se recomendava para gado. Também, como Marsh, enfrentava a insônia em camas cheias de percevejo e com companheiros imundos de dar pesadelo. Mas, diferente de Marsh, nenhum cavaleiro, calvo ou não, apareceu para salvar a donzela em apuros. Em vez disso, em uma primavera, o dinheiro veio pelo correio, dois mil miraculosos dólares, e ela estava livre. No último dia na escola ela escreveu um recado para a direção e mandou, educadamente, todos se ferrarem.

Otto Petzke e Thor Svendsen chegaram juntos.

Eles hesitaram diante dela, depois acenaram em reconhecimento, disseram a "Srta. Cuddy", retiraram-se para um banco longe dela e do jovem Sours, que ignoraram, e começaram a se perguntar que raios significava uma mulher ali naquela hora.

Para passar o tempo ela se levantou e examinou os livros guardados na prateleira. Ali estava a gramática de Clark, a cartilha de Webster, a *Aritmética Mental* de Ray, a geografia de McNally, e leituras de McGuffey e Hilliard, mas não havia exemplares o suficiente de nenhum desses títulos. Também havia alguns livros de hinos religiosos.

Alfred Dowd surgiu à porta.

Ele também a avistou, falou com os três homens, então se voltou diretamente para ela, mantendo a voz baixa: – O que a senhora está fazendo aqui?

– O Vester não pôde vir.

– Não quis vir, melhor dizendo.

– Eu vim no lugar dele.

Ele franziu o cenho. Tirou o chapéu e colocou sobre o púlpito. – Eu não gosto disso – disse a ela. – Não é certo.

– Não há como evitar.

Ele se dirigiu aos demais. – Otto, Thor, Garn, venham aqui comigo, por favor. – Eles se aproximaram, desajeitados com os casacos pesados e as botas, e se sentaram no banco atrás de Mary Bee. O pastor ainda estava de cenho franzido. – A Srta. Cuddy está aqui hoje no lugar de Vester Belknap. Ele não pôde estar conosco. Eu não sei o motivo, mas não acho que fará qualquer diferença.

O reverendo abriu a boca para falar novamente, depois fechou. Ele repetiu o movimento. Então começou a desenrolar seu cachecol, muito lentamente. Mary Bee percebeu que seu amigo simplesmente não sabia o que dizer. A gravidade do momento o tirou do eixo. Ela olhou para os dois homens mais velhos e para o jovem. Viu o quanto eles não queriam estar ali. O quanto eles não queriam fazer o que um deles teria de fazer. Ela percebeu, em seus rostos, uma estranha mistura de resignação e apreensão. Essa última era o terror de cada um em ser o escolhido, pelo azar, e ela quase podia sentir o cheiro, junto com uma composição de outros odores reunidos no pequeno aposento: giz e animais, urina e fumaça, papel e masculinidade. De repente um vento surgiu do lado de fora, uma pequena brisa. O vento era como o som de uma mulher chorando, ou um homem reclamando.

Quando enfim Alfred Dowd tirou seu cachecol e o pendurou no púlpito, ele encontrou as palavras. – Bem – ele disse. – Bem, essa é uma ocasião dolorosa. Eu, como pastor, lamento pelos senhores. Quatro ótimas mulheres. Mulheres e mães, que foram cobradas por mais do que poderiam dar. Eu espero que os senhores compreendam que a demência não é incomum por aqui, e certamente não há nada do que se envergonhar. Eu asseguro que o Senhor Todo-poderoso está com os senhores em seu pesar. E continuará, adiante, quando os senhores tiverem de ser tanto pais quanto mães de suas crianças. Todas as quatro famílias foram golpeadas. Eu incluo a de Vester. – Ele parou pois estava dando voltas e voltas e sabia disso. Limpou a garganta e prosseguiu: – Eu falei com todos os senhores sobre o sistema. Nós vamos sortear. Um dos senhores irá conduzir as mulheres para o leste, até Iowa. Os outros três devem providenciar o veículo, os cavalos e mantimentos. É um método que foi bem-sucedido no ano passado, e não tenho dúvida de que desta vez será igual. Agora... – ele enterrou a mão em um bolso, pegou seu chapéu e jogou algo ali dentro. – Eu coloquei quatro grãos de milho aqui dentro. Três deles são amarelos, e um é preto. Quem tirar o grão preto vai para o leste. Agora vou sacudi-los. – Ele segurou o chapéu pela aba, revolveu-o, então segurou-o no alto. – Devemos fazer deferência à dama? Srta. Cuddy, a senhora quer tirar primeiro?

– Não, obrigada – ela disse. – Vester não está aqui. Eu acho que ele deveria tirar por último. Eu passo a honra para o Sr. Sours.

– Ah – disse Dowd. – Muito bem. Garn, o senhor vai tirar?

O jovem se ergueu, parou no primeiro banco, quase tropeçando, enfiou a mão no chapéu, e se sentou com um suspiro, segurando um grão amarelo para todos verem.

– Otto? – Dowd convidou, movendo-se em direção a ele.

Otto Petzke hesitou. Ele tinha um costume, de sua terra natal, de repousar a mão direita no pescoço, sob a barba castanha. Ele a tirou de lá, levantou-se, ergueu a mão, remexeu no chapéu, então abriu a mão. – *Lieber Gott* – ele murmurou, ostentando o grão amarelo para os outros, e então sentou-se, gravemente.

– Thor? – disse o pastor.

Thor Svendsen olhou para Mary Bee, pôs-se de pé, enterrou uma manzorra no chapéu, e retirou-a fechada. Ele trouxe a mão ao peito antes de abri-la, então ressoou com alívio, estendendo a mão com a palma para cima como um prato, mostrando o grão amarelo.

Todos olharam para Mary Bee.

– Ele não vai – ela disse.

– Ele vai – disse Dowd.

– Ele disse para mim que não vai.

– Se ele tem amor a Deus, ele vai.

– Ele tem que ir! – gritou Garn Sours.

Mary Bee insistiu. – Eu disse a ele que os senhores iriam obrigá-lo. Ele disse que se tentarem, ele tem um bom rifle.

– Ele deve ir – repetiu Dowd – ou todo o sistema vai se quebrar.

Otto Petzke saltou e ergueu um punho. – Ele vai ter que ir! Eu vou dar uma surra nele!

– Nós também temos rifles – ameaçou Thor Svendsen. – Temos três! Nós vamos obrigá-lo!

– Oh, meu Deus – Dowd se desesperava. – Não podemos ter derramamento de sangue. Eu jamais esperei que...

– Eu vou – disse Mary Bee.

Se não fosse o barulho do vento do lado de fora, o silêncio teria sido absoluto.

– A senhora não pode – disse o pastor.

– Sim, eu posso – ela disse. – Faz sentido. Vester pode cuidar de meus animais.

– Uma mulher... – Thor Svendsen murmurou.

– Eu posso cavalgar tão bem quanto os senhores. E conduzir uma carruagem. E atirar – ela disse a eles. – E eu sei cozinhar. E eu posso tomar conta das mulheres melhor do que os senhores.

Eles olharam uns para os outros. Alfred Dowd deu um passo atrás do púlpito e apoiou os antebraços ali. Ele parecia mais chocado e desconcertado do que eles. – Simplesmente não podemos permitir isso – ele disse.

– O senhor confiaria nele com elas? – ela perguntou.

– Vester tem tanta responsabilidade nisso quanto...

– O senhor confiaria mesmo?

Não havia como retrucar aquilo. Ele olhou para o lado.

– Ela está certa! – gritou Garn Sours. – Srta. Cuddy, isso é muita nobreza de sua parte!

As pernas dela estavam fraquejando, e ela se sentou no banco.

– Quando a senhora poderia ir? – o pastor perguntou.

– Assim que for possível. O tempo vai melhorar em breve. Uma semana, dez dias. Então poderei voltar a tempo da colheita.

– Srta. Cuddy, a senhora, é uma dama e tanto – disse Otto Petzke, quase fazendo uma reverência.

– É mesmo – concordou Thor Svendsen. – Diga-nos o que vai precisar, nós vamos providenciar. – Acenando em agradecimento, ele se voltou a ela e de repente, com uma mão em concha no ouvido dela, sussurrou: – Mas tome cuidado com minha Gro! Não dê as costas a ela! Ela pode matar a senhora!

Tentando absorver isso, ela ouviu a si mesma insistindo em uma diligência bem construída, e bons cavalos, talvez um par de capões, que não iriam decepcioná-la, e muitas provisões, e um armarinho com utensílios. Ela ouviu a garantia deles. Dowd leu em voz alta um nome e um endereço em um pedaço de papel, que em seguida lhe deu: "Altha Carter, esposa do Reverendo Jonas Carter, Sociedade de Amparo à Mulher, Igreja Metodista, Hebron, Iowa". Ele colocou no bolso dela e disse que iria mandar uma carta para Altha Carter imediatamente, dizendo que ela chegaria com quatro passageiras. Ela escutou enquanto ele instruía os três maridos a preparar os papéis de suas esposas, os nomes e endereços de seus parentes próximos para os quais as mulheres deveriam ser confiadas no leste. Mary Bee, ele disse, iria levar as instruções para Altha Carter. Ele os aconselhou a vestir suas esposas bem agasalhadas mas com simplicidade para a viagem, nada muito elegante. Mary Bee ouviu a si mesma dizendo que eles deveriam enviar cobertores, escovas e sabão, e uma ou duas toalhas de mão e uma muda de roupas de baixo. Dowd estalou os dedos. O que seria feito a respeito de Vester Belknap? Mary Bee disse que iria informá-lo sobre o que ficou decidido. Então muito bem, disse Dowd para os homens. Ele esperava que todos tivessem prestado atenção, pois talvez não os visse antes que a Srta. Cuddy aparecesse para pegar suas esposas. O pastor perguntou novamente quando seria, e ela respondeu que preferia sair em uma semana. – Uma última coisa – disse Dowd – quanto menos se disser sobre a viagem e esse trágico episódio, melhor, para o bem de vocês e para o das outras mulheres da vizinhança.

Otto Petzke e Thor Svendsen e Gary Sours agradeceram a Srta. Cuddy, e disseram que tudo estaria pronto para ela dentro de uma semana, ela poderia contar com isso, e que eles e suas famílias ficariam gratos a ela para sempre, e dirigiram-se à porta com Dowd. Ela ouviu a porta fechar, e viu Alfred Dowd voltando até ela. Ele se sentou no banco ao seu lado. O dia estava escurecendo rápido, do lado de fora e ali dentro. Ele tomou as grandes mãos dela nas suas.

– Minha querida dama – ele disse. – Isso é incrível e esplêndido. – Mas por que a senhora quis fazer isso?

– Eu achei que precisava.

– Por quê?

– Vester não vai. Sours é apenas um menino. Eu vi o quanto os outros não queriam. Eu estou disponível.

Ele refletiu. – Lembre-se do que eu disse sobre as quatro esposas? Que foram cobradas para mais do que poderiam dar? A senhora não está exigindo demais de si mesma? Realmente está disposta a algo tão difícil como isso? Tão perigoso?

– Sim.

– Eu acredito. Mas se a senhora hesitar, conte para mim. Nós podemos sortear novamente. Ou eu vou em seu lugar, se for necessário.

Ela ficou em silêncio.

– Muito bem. – Ele soltou as mãos dela. – Vou respeitar sua decisão. É bem do seu feitio.

Ele se inclinou para frente e descansou os cotovelos nos joelhos, pensativo. As botas dele estavam enlameadas, a primeira lama de primavera. Ela notou o quanto estava rala a barba de sua bochecha, e como a parte calva de sua cabeça ficava aparente. Ele também sofria ali, apesar de nunca diminuir o ritmo. Deve haver homens também, ela pensou, à beira do precipício. Ela tinha ouvido falar de um solteiro relativamente jovem chamado Winbegger, próximo de Loup, que se enforcou.

Ele disse: – Se a senhora partir em uma semana, talvez eu não a veja antes. Então, enquanto eu puder, é melhor eu contar a respeito das mulheres. O que levou cada uma delas ao desespero. O caso da Sra. Belknap a senhora já conhece. Mas as outras três...

– Isso é necessário?

– Acho que sim. Se a senhora vai tomar conta delas, ampará-las, não deve saber o máximo possível?

– O senhor está certo.

Ele contou a ela sobre Arabella Sours.

Ele contou a ela sobre Hedda Petzke.

Ele contou a ela sobre Gro Svendsen.

– Pois então, são elas a sua carga – ele concluiu. – Agora a senhora já sabe do pior. – Esperou pela reação de Mary Bee. Não houve nenhuma.

Ele foi até seu púlpito, colocou seu chapéu, e enrolou novamente o cachecol no pescoço. – A senhora está indo agora? – ele perguntou. – Se estiver, eu lhe acompanho em parte do caminho.

– Não – ela disse. – Vou ficar. Para pensar.

– É claro. – Ele se virou e pôs uma mão em seu ombro. – Adeus, minha querida. Obrigado em nome de todos nós. Se houver algum imprevisto, me diga. Ou mesmo se a senhora reconsiderar.

– Adeus, Alfred.

Ele pisou firme em direção à porta, e, então, antes de abri-la, virou-se para ela uma segunda vez. – Vamos orar – ele disse. Ela abaixou a cabeça, onde ele pousou a mão com gentileza. – Santíssimo Pai – ele rezou –, olhai por vossa filha, e a abençoai nesta tarefa. Assegurai a ela vossa força. Orientai com vossa graça. Permiti que ela as leve para casa. Eu rogo a vós em nome de vosso filho, que deu sua vida por nós. Amém.

Enfim ela estava só.

Com a luz do dia através das janelas se apagando, ela permanecia imóvel no banco, as mãos no colo, uma mulher de ombros largos usando um chapéu de pelo de coelho, um casaco preto de lã, uma camisa listrada de homem e calça de lona branca e boas botas de quatro dólares. O chapéu, bem ajustado na cabeça, com protetores de orelha que se prendiam no topo quando o tempo estava ameno, era o orgulho dela. Ela tinha atirado nos coelhos, removido e curtido as peles, cortado na sua medida, e costurado com fio de linho encerado. O vento, do lado de fora, recomendava que não pensasse sobre o que tinha se oferecido para fazer. Em vez disso, ela fixou seus pensamentos no verão e no outono. Ela tinha sessenta acres de trigo, que calculava lhe renderiam entre quarenta e cinquenta centavos para cada meia saca – ou cerca de 25 quilos. Porcos, ela supunha, dariam três dólares para cada 45 quilos no outono, então ela pretendia comprar leitões nessa primavera e engordá-los com o milho que tinha guardado da safra do último ano. Ela também planejava plantar algumas abóboras. Dois ou três carregamentos dariam uma bela soma na cidade, e o que não conseguisse vender daria de comer ao gado. Abóboras eram boas para o gado assim como maçãs para cavalos.

Havia um verso no início do Genesis: "Era a terra sem forma e vazia; trevas cobriam a face do abismo". Ela tomou a palavra "abismo" como o vazio, que era escuro. O que havia lhe acontecido ultimamente ela julgava como algo vazio. Mary Bee estava repentinamente oca por dentro, absolutamente vazia. Havia nela um abismo enorme e escuro. Então uma ou duas coisas ocupavam o vazio. Um fósforo era riscado, uma luz faiscava e logo ela estava incendiada. Era fúria, ela estava furiosa com Vester Belknap. Ou, como uma semente, um cristal de gelo se formava e crescia, e logo seu abismo era gelo sólido. Isso era medo, assim como ela teve medo da cobra. E ela havia descoberto que, no vazio, o medo era mais frequente do que a fúria, especialmente em longas noites de inverno em sua casa quando lobos uivavam e ela estava sozinha, como agora, sentada no banco. E, naquele vazio, sentia o primeiro cristal de gelo se formar. Ela tremia. Levantou-se e foi até a porta. Uma vez lá fora, na penumbra, decidiu se aliviar antes de começar, então contornou a Escola Kettle até a casinha nos fundos. Entrou, fechou a porta, abriu seu casaco, abaixou as calçolas e as ceroulas feitas de sacos de farinha Queen Bee, e se sentou sobre o buraco. Imediatamente, ela pensou em Theoline Belknap e gritou de horror. Ela saltou, recompôs-se, abotoou seu casaco e saiu da casinha, correndo. Agora ela era gelo sólido por dentro, medo sólido. Desamarrou Dorothy da cerca, montou a égua e deu nela um cutucão com a espora no flanco, depois mais um para que ela passasse do trote para um galope lento.

Não era só o que Theoline havia feito.

Era o que Mary Bee Cuddy havia feito.

Pois ela sabia que não poderia. Sozinha, por conta própria, ela jamais poderia manejar a carruagem com os cavalos, alimentar, ser enfermeira, proteger e reconfortar quatro casos como aqueles por todo o caminho do Rio Missouri. Não sozinha, não por conta própria. Ela sabia, do fundo da alma, que jamais poderia. Que mulher abençoada por Cristo poderia?

Ela precisava de ajuda.

Andy Giffen teria ido com ela, com prazer, mas Andy Giffen voltou para o leste em busca de esposa.

O que ela deveria fazer? Engolir o orgulho e pedir para Alfred sortear novamente? Implorar aos outros, inclusive ao jovem Sours? Ajoelhar e derramar lágrimas diante do Vester? Deixar o pobre Alfred se arriscar e falhar? Fingir que ficou doente e incapacitada?

Não, ela precisava arrumar ajuda.

Em nome de Deus, com quem?

Ela estava seguindo através da neve para contar a Vester o que tinha sido decidido e se livrar logo disso, mas, agora, depois de um quilômetro e meio, guiou Dorothy para o nordeste, para sua casa, e diminuiu o ritmo para um trote. Era noite e ela encolheu os ombros com o frio e desamarrou os protetores de orelha de seu chapéu de coelho e cavalgou, cheia de medo.

Quando chegou em casa, cinco quilômetros depois, ela estava em pânico, ofegante, tragando ar frio. Assim que pôde, deu água à sua égua, deixou-a no estábulo, tirou sua sela e, com o ancinho, encheu a manjedoura de feno. Depois correu para sua casa. Ela tirou o chapéu e o casaco, acendeu o fogo do fogão, tirou as botas, a camisa e a calça. Então, tirou da cômoda o melhor vestido que Theoline fez para ela, um de tafetá castanho lustroso que, acreditava, realçava perfeitamente seus negros cabelos. Geralmente ela prendia seus cabelos no alto da cabeça com pentes, mas, em uma festa, ela os deixou amarrados para baixo com um laço castanho para combinar com esse vestido, que caía até o chão, tinha franzidos de laço castanho nas mangas e ao redor da gola alta, e era abotoado na altura do corpete. Ela o vestiu pela cabeça sem abotoar, e se sentou à mesa, desenrolando e esticando um teclado de harmônio de cinco oitavas em tecido, que havia mandado fazer. Era uma réplica excelente de um teclado real, em tamanho natural. As teclas brancas eram realçadas e as pretas manchadas com um corante derivado de cascas de noz esmagadas e fervidas. Ela alisou o teclado de pano, posicionou as mãos, e começou a tocar e cantar, quando seu fôlego retornou, com uma profunda voz de contralto. Ela amava música. Enquanto tocava e cantava, ela sentiu o gelo derreter dentro de si, o medo mitigar e o vazio se encher lentamente de seu próprio eu, forte e quente. Ela tinha feito isso com frequência nas intermináveis noites daquele inverno. Mary Bee Cuddy às vezes acreditava que isso preservava sua sanidade. Ela cantou hinos e baladas, canções e cânticos, e terminou o recital com uma de suas baladas favoritas, *Take Thee This Token*.

Havia cinco deles naquela noite: Charley Linens, John Cox, Martin Polhemus, que trouxe corda, Henry Caudill, e mais um homem, Thor Svendsen, cuja esposa estava doente e que havia levado meio quilo de pólvora.

Eles cavalgavam com nuvens sobre a cabeça, nuvens que vagavam rápido ao vento e em intervalos abriam para o luar. Falavam pouco. Charley Linens impôs um ritmo constante. Cada um tinha um senso de finalidade. Tinham muita luz e pólvora e homens o suficiente para se livrar, de uma vez por todas, do invasor. Martin Pulhemus disse:

– Rapazes, vamos mandar o traseiro dele pros ares.

Eles localizaram a chaminé do fogão, e Caudill apeou com o embrulho de papel cheio de explosivo. A decisão de explodir com o invasor era dele. Caudill disse que daria a eles cerca de dez minutos, então jogaria a carga pela chaminé e desceria correndo para ver a diversão.

Os companheiros o deixaram e cavalgaram ribanceira abaixo. Amarraram seus cavalos em uma pequena árvore, sacaram seus rifles e se arrastaram como índios passando pelo estábulo. Mas eles não puderam enganar o cavalo ruidoso do invasor. Quando passaram perto, ele soltou bufadas nervosas. Assim que chegaram às groselheiras próximas ao abrigo, se deitaram lado a lado na neve, e fitaram a fresta de luz à beira da janela. Eles contavam com Henry Caudill.

A pólvora, quando chegou ao fogo do fogão, provocou o estrondo mais esplendoroso que eles já tinham ouvido desde que nasceram. Torrões de turfa foram catapultados pela ribanceira até os arbustos e caíram aos pedaços em volta deles. Depois disso, eles se ergueram e aguçaram os olhos para ver o que tinha acontecido.

O trabalho tinha sido benfeito. Metade da parede da frente da casa tinha ido pelos ares. Não havia mais nem porta nem janela. Não havia qualquer sinal do fogão ou da chaminé. Eles pensaram que o ferro do fogão, reduzido a fragmentos, devia ter cortado o homem em pedaços. Eles tinham salvado a propriedade de Andy Giffen, mas em troca ele teria um belo trabalho a ser feito em sua casa.

Henry Caudill reuniu todos, baforando, e disse:

– Bem, vamos lá perto e confirmar se ele está morto. – Então, com rifles a postos, seguiram em bando em direção ao buraco que tinha sido feito a frente do abrigo.

Eles andaram um pouco e pararam no meio do caminho como se tivessem sido atingidos na cabeça. Porque bem naquele momento a lua despontava, assim como Briggs. Ele estava cambaleando para fora do buraco e vacilava em círculo como um homem cego, surdo e mudo, que não sabia onde estava ou qual era o dia da semana. Ele era um espetáculo à parte. Seu rosto estava preto de fuligem. O cabelo estava completamente alvoroçado. Tudo o que ele vestia era a roupa de baixo, que também estava preta, e até mesmo seus pés descalços estavam defumados. De repente ele balançou em direção a Henry Caudill, com os braços esticados como que para agarrar algo e se sustentar, mas na sequência Henry golpeou-o forte nas costelas com a ponta de seu rifle.

– Alto lá, senhor – disse Henry. – Eu teria muito prazer em atirar agora.

Briggs recuou e Charley Linens disse, com dureza:

– Todos em volta dele. Vamos cercá-lo.

E assim o fizeram, e a cada vez que ele tentava escapar, esbarrava com um rifle. E ali o detinham, cinco fazendeiros tementes a Deus, cercando-o e respirando pesado. Eles estavam afoitos. O fato é que estavam com medo dele. Já estavam desde a primeira tarde quando ele sacou sua pistola. E apesar de agora o terem acuado, sem possibilidade de reação, eles não tinham noção exata do que fazer com Briggs. Mas um deles tinha.

– Ah, eu fico feliz por isso – disse Martin Polhemus. – Estou feliz pelo "fiadaputa" não estar morto. Eu disse a vocês, companheiros, quero é ver ele dançar. Por isso trouxe corda. Vamos levar ele de cavalo pela ribanceira, pra debaixo de uma dessas árvores grandes. Então vamos vê-lo dançar e vamos pra casa.

– Bem, eu não sei – disse Charley Linens.

– Eu sei – disse John Cox, normalmente um homem de paz. – Meu voto está com Martin. Eu tenho uma cama quente me esperando.

– Estou dentro – disse Henry Caudill. – Qual sua opinião, Thor?

Svendsen, o norueguês alto e magro que tinha providenciado a pólvora, foi decisivo. – Enforquem-no. Se o deixarmos ir, ele vai invadir outras terras. Se o enforcarmos, é o fim para ele.

Isso era racional.

– Muito bem – disse Charley Linens. – Para mim não é fácil, mas não vou me opor.

Uma vez em acordo, puseram-se em ação. John Cox manteve o prisioneiro sob a mira. Henry Caudill correu pela ravina para trazer os cavalos. Linens, Polhemus e Svendsen foram ao estábulo para tirar o cavalo do invasor, mas não conseguiram por nada no mundo. Ele era selvagem como um lince acuado. Corria, empinava, dava coice e tentava morder, fazendo uma algazarra terrível. O que eles acabaram por fazer foi levar Briggs aos empurrões até o estábulo, e isso enfim aquietou a besta maldita. Eles lhe puseram um cabresto e o levaram para fora. Ajudaram Briggs a montar no animal, e amarraram suas mãos atrás das costas e os tornozelos debaixo do cavalo. Caudill trouxe suas montarias. Eles montaram e conduziram o cavalo malhado de Briggs, cavalgando pela ravina cerca de quatrocentos metros até onde se abria para o norte do Rio Kettle, que estava congelado na superfície. Ali encontraram algumas boas árvores, principalmente figueiras e salgueiros. Foi onde cortaram as vigas para a escola-igreja. E onde selecionaram uma grande figueira com um galho comprido, adequado para o propósito de uma forca. Então apearam e levaram o cavalo e o cavaleiro para debaixo dele. Se o cavaleiro sabia onde estava ou para onde estava indo, não deu sinal algum disso. Tendo destreza com corda, Henry Caudill preparou o laço e apertou o nó. Depois colocou o laço em volta da cabeça de Briggs, apertando sob sua mandíbula, e jogou a corda sobre o tronco, atravessando uma forquilha. Então, amarrou a ponta solta em volta de um tronco de árvore e começou a puxar devagar, com cuidado para que a corda não esticasse a ponto de o estrangular, mas firme o bastante para erguer a cabeça de Briggs de modo a fazê-lo se sentar bem ereto e voltado para frente como um soldado alerta. Então ele envolveu a corda três vezes em torno do tronco e apertou apenas o suficiente com um nó de marinheiro. Todos deram um passo para trás para cobrar satisfação.

– Eu que vou tocar o cavalo – anunciou Martin Polhemus.

– Como isso vai funcionar?

– Ele vai sofrer – explicou Henry Caudill, o homem de Missouri. – O pescoço dele não vai quebrar. Só vai cortar-lhe o fôlego. Eu avalio que ele não vá morrer nos dois ou três minutos seguintes.

– Adeus, seu "fiadaputa" – disse Martin Polhemus para Briggs, aproximando-se. – Eu vou tocar esse cavalo com tanta força que ele vai correr daqui até Ioway.

– Esperem – era Charley Linens. Ele foi até o tronco da figueira e pousou a testa ali por um tempo, então se virou e caminhou de volta até os outros. – Rapazes, escutem-me – ele disse. – Isso é execução sumária, pura e simples. Eu nunca matei um homem antes, e não me importo em fazer isso agora. Eu estava rezando para o Senhor, e o que me veio foi: não façam isso. Não o executem. Deixem que ele mesmo se enforque.

– Como é isso? – perguntou Thor Svendsen.

– Apenas deixem-no aí – Charley respondeu. – Deixem-no aí exatamente como está. Essa corda está esticada como um arco de violino. Mais cedo ou mais tarde esse cavalo vai sair andando e ele vai se enforcar sozinho e não teremos sangue em nossas mãos.

– Merda – disse Martin Polhemus.

– Martin, pense no que eu disse – Charley Linens esfregou suas mãos. – Nós queremos fazer algo pelo qual teremos que ser perdoados depois? E se não formos? Perdoados, quero dizer. – Ele fez o apelo para os demais. – Pensem nisso, rapazes. Todos somos tementes a Deus. De qualquer jeito ele já era. "Minha é a vingança" disse o Senhor. Bem, vamos para casa e deixar o serviço para o Senhor.

Ninguém disse uma palavra depois disso. Eles chutaram a neve e olharam para o gelo e para o rio. Martin Polhemus foi o primeiro, inesperadamente, a concordar. Ele caminhou lentamente até seu cavalo e agarrou as rédeas, erguendo-se com desgosto até a sela.

– Merda – ele disse.

Os outros foram lentamente até seus animais e montaram. Mas em vez de ir embora, ficaram sentados por um tempo no escuro debaixo da árvore e deram uma última olhada, com interesse, ao trabalho que fizeram. Ali estava sentado, seminu, amarrado e quieto, duro e imóvel como um jogador de pôquer, um cavaleiro indo para lugar algum para ver ninguém a respeito de nada. Se ele apenas olhasse para baixo ou para os lados, a corda, que não lhe dava folga alguma, iria lacerar sua garganta. Charley Linens estava certo. Em uma hora ou duas ou três, aquela coisa infernal de quatro patas na qual ele estava montado iria se assustar ou sair para pastar e seu parceiro invasor de terras iria se ver com o que a lei da gravidade decreta. Ele iria descer até o inferno.

Martin Polhemus sacudiu um punho contra ele. – Adeus, seu ladrão "fiadaputa". Eu só queria mesmo pendurar você aí pelos bagos.

– Ei, bandido – disse Henry Caudill. – Sinto muito, mas não vai ter muitas terras pra roubar no inferno. Naquele reino já está tudo arranjado.

John Cox tragou o cachimbo. – Não poderia contar para nós agora, senhor. Por Deus, qual o seu nome?

É claro que não houve resposta. Eles saíram de baixo da figueira e percorreram a ribanceira através do luar intermitente. Cada homem provavelmente se perguntava se tinha cometido um erro ou não, se deveriam tê-lo enforcado e o enterrado ali mesmo ou se afinal tinham feito a coisa certa, deixando-o ali, e é provável que nenhum tinha a resposta para isso.

Ela decidiu ir para Loup pela manhã. Um homem chamado Hessler tinha aparecido em sua casa na tarde anterior com uma mensagem de Alfred Dowd: a carruagem, os cavalos e os mantimentos estavam prontos e esperando por ela em uma ferraria.

Na manhã do dia seguinte ela iria contar a Vester Belknap, por mais que isso a apavorasse. Ela lhe contou sobre o sorteio, que Petzke e Sours e Svendsen estiveram lá e ela tirou o grão de milho preto para ele e como ele tinha declarado que não iria, ela se oferecera para ir em seu lugar. Ainda bem que ela não esperava gratidão desse homem de Kentucky. Para resguardar sua consciência, ele a tratou com desprezo e disse que estava louca, como as esposas. Ela nunca chegaria lá. Iria atolar no meio do nada e elas iriam morrer de fome ou ser capturadas por malditos índios assassinos. Não, ele amava demais sua esposa para confiá-la a qualquer fêmea desgraçada do território. Ela o escutou, então disse que a situação era essa, ela estava indo, era pegar ou largar. A carruagem estaria pronta a qualquer dia, e ela começaria a agrupar as mulheres imediatamente. Ela iria deixar a casa dele para o fim, para ver se ele mudaria de ideia. Seria sua última chance. Se ele mudasse de ideia, deveria deixar um papel para Theoline com o nome e o endereço de alguém próximo em sua cidade natal, e cobertores, escova, pente, sabão, toalhas de mão, e roupa de baixo limpa. Se ele não quisesse, se ele preferisse ficar com ela, sem problema, ele que a sustentasse e cuidasse dela. Vester mandou-a seguir o caminho dela com uma linguagem grosseira demais para ignorar. Mary Bee voltou à sela e lhe acenou um adeus.

Mary Bee Cuddy não havia feito uma única viagem até a cidade desde novembro. Ela tinha uma longa lista de necessidades e supérfluos compilada durante o inverno, mas essas compras poderiam esperar até sua volta de Iowa. Ela teve um dia ensolarado durante quinze quilômetros. Montes de neve estavam se desfazendo como bolos. Água corrente gorgolejava pelas valas. Ela perdeu a conta dos coelhos magros que vira. Sua égua Dorothy sabia que era primavera quando ela surgia. Ela andava de cabeça empinada.

Vista por um pássaro, Loup parecia fezes de búfalo. Vista da terra firme, era um conjunto disperso de cabanas e pequenas construções, algumas de turfa, outras de madeira, algumas de ambas, espalhadas aqui e ali em meio a um vale, e uma grande trilha de lama e adubo em volta. Tinha uma mercearia com produtos secos na qual a correspondência, quando vinha, era distribuída; um banco, com um balcão, uma escrivaninha e um cofre; um *saloon* com um barril de whiskey e bar feito de tábuas sobre cavaletes; um grande cercado para onde os cavalos e mulas eram levados e vendidos e no qual o gado bovino e os porcos eram abatidos segundo a demanda local; e o estabelecimento de Buster Shaver, que consistia em uma ferraria e um galpão de madeira, e um estábulo com teto feito com galhos de árvore. Quando o tempo estava bom havia cem pessoas e cães em Loup em qualquer dia menos domingo; no tempo ruim, metade desse número, incluindo os cães.

A correspondência para Mary Bee foi decepcionante. Ela não recebeu nada, com exceção de uma carta de Dorothy, sua irmã casada em Geneva, Nova York, que escrevia todo mês sem falta, e um anúncio de uma sementeira de Fort Wayne, Indiana, incitando-a a semear um pomar com maçãs, ameixas, cerejas etc. Que audácia a deles. Ela encomendou várias sementes de cada árvore do mesmo anúncio da mesma sementeira no ano anterior, e as que ela recebeu pelo correio estavam em condições tão precárias que ela não conseguiu persuadi-las a vicejar. Escrever pedindo seu dinheiro de volta foi como escrever para as paredes. Que desplante. O atendente da mercearia disse que tinha uma tonelada de cartas paradas em Wamego, mas que o verdadeiro atraso começava em St. Joe. Podia levar mais um mês, ele disse, antes que a torneira abrisse. Ela comprou dez centavos em queijo e bolachas para o almoço.

Buster Shaver montou a ferraria em Loup antes que Loup existisse. A cidade se agarrou a ele como uma ninhada se agarra a uma leitoa. Ele tinha dois negócios, transporte e informação, e ambos eram básicos, transporte para a economia e informação para a curiosidade. Ele podia ferrar um cavalo e informar quem estava doente, reforçar um eixo e contar quem estava quase perdendo a terra, construir um balancim e dizer quem estava grávida, ajustar uma roda e falar de quem era a culpa.

– Olá, Mary Bee. Ei, ouviu falar do invasor? – Ele cuidava do casco de um cavalo com esparavão, com a pata traseira dobrada para cima.

– Olá, Buster. De que invasor você está falando?

Eles não se viam desde novembro, mas não havia necessidade de serem sentimentais. Mary Bee e Buster eram membros da mesma sociedade, com admiração recíproca.

– Um na casa do Andy. O nome é Briggs.

– Oh, não! Eu não sabia.

– Executaram ele noite passada.

– Eles o quê?

– Explodiram ele pra fora do abrigo com pólvora, enforcaram, enterraram ele. Acabou-se.

– Misericórdia! Quem fez isso?

Buster deu um sorriso malicioso. – Eles não deixaram cartão de visitas. – Ele soltou a pata traseira do alazão. – Então, quer ver suas mulas?

– Mulas!

– Isso mesmo.

Se tivesse qualquer coisa onde sentar, ela se sentaria. – Malditos! Mulas? Ah, não. Eu pedi bons cavalos. Eles prometeram!

– Petzke e Svendsen.

– Sim.

– Mas eles arrumaram pra você uma parelha de mulas. Pagaram barato, pelo que ouvi. Então, venha cá, é hora de vocês três se conhecerem.

Buster conduziu-a para fora da ferraria. Um homem de cinquenta e tantos anos, ele tinha pernas curtas, braços longos e ombros largos, o que levava alguns a associarem sua aparência à de um chimpanzé, apesar de nunca em sua presença. Ele a levou até o estábulo e lá estavam as mulas. Mary Bee olhou para elas, desconsolada. – Eu não sei nada sobre mulas!

– E quem é que sabe?

– Elas estão em boa saúde?

– O suficiente.

– Elas dão coice?

Ele respondeu sem expressão: – Eu perguntei a elas. Elas disseram que não.

– Por que aquela ali revira tanto as orelhas?

Buster estava confuso. Para ganhar tempo, ele esticou o braço e deu um peteleco na lama seca que estava em seu avental de couro. – Eu acho – ele teorizou –, que é porque ela está pensando. Deve doer pra uma mula quando ela pensa, e como o cérebro dela fica entre as orelhas, ela revira para aliviar a dor. – Ele suspirou. – Algo mais?

– Malditos!

– As mulas?

– Otto Petzke e Thor Svendsen. Como coloca arreio nas mulas?

– Do mesmo jeito que nos cavalos. Como mais poderia ser?

– Mostre para mim.

Buster começou, ela ajudou com o cabresto e o colar, até que Mary Bee disse:

– Espere um minuto. Esse é um arreio para varal, e não de língua. Eu pedi a eles por uma carruagem boa e forte, não uma carroça qualquer. O que foi que eles...

– Espere um pouco. Vamos terminar aqui e levá-las para lá, então sim a senhora pode ter um chilique.

Eles terminaram, Buster tirou o par de mulas do estábulo, usando os tirantes como rédeas para levá-los até o galpão de madeira.

– Meu Senhor, o que é isso!

Ela estava tão transtornada quanto ao se deparar com as mulas. O veículo parecia um caixote grande sobre rodas. Longe de tudo, nas planícies, seria um verdadeiro chamariz. À distância, poderia se passar por um carro funerário. Visto mais de perto, tinha algo de agourento, até mesmo funesto. Era o tipo de carruagem na qual criminosos eram transportados ou que conduzia soldados ao som de tambores em marcha lenta para o fuzilamento. Apenas olhar para aquilo consternava o espírito.

– Eu a troquei por uma Moline ano passado, e não sabia o que fazer com isso. Só deixei aqui na neve. Então os dois fazendeiros apareceram aqui, Petzke e Svendsen, procurando carruagem, e eu pensei, isso é bem o que eles querem. Vendi barato para eles. Coloquei novos raios de roda, algumas pinas novas, um aro novo, instalei janelas maiores para os passageiros verem a paisagem, coloquei graxa, e ela está pronta para dar a volta ao mundo.

Mary Bee não teve um chilique com a carruagem, ela se moveu lentamente ao redor buscando um motivo para recusá-la. A carroceria talvez tivesse pouco mais de três metros e meio de comprimento por um e meio de largura e quase dois metros e meio de altura desde o solo. O teto, a base e as laterais eram feitos inteiramente de tábuas de uns dois centímetros de madeira dura, com um tom cinza escuro desbotado e desgastado pelo clima. Na parte da frente havia o apoio para os pés e um banco com compartimento para armazenagem atrás. O topo estava montado para guardar roupas de cama, provisões e utensílios, com uma tela de lona dobrada e uma corda enrolada e cabrestos. Em cada uma das laterais havia duas pequenas janelas. Na traseira havia duas portas e um degrau, ao lado do qual se encontrava um barril com capacidade para seis galões de água. Havia cabrestos na parte traseira, também, em caso de se atrelar outros animais. E essa grande carruagem andava sobre rodas de dezesseis travas, com aros de ferro, tão altas quanto possível. Quando Mary Bee terminou sua inspeção externa da coisa, ela abriu as portas pela traseira e entrou na cabine.

Buster levou as mulas para suas posições, enganchou os arreios, correu os tirantes do colar através do balancim, puxou as rédeas dos freios e as jogou para a boleia. Então foi para a traseira da carruagem e subiu junto a Mary Bee. Em cada lado da carruagem foi construído um banco de madeira com local para guardados no topo. Ele a acompanhou enquanto ela inspecionava o armarinho, essencial para a viagem. Mary Bee encontrou ali quase tudo que iria precisar: canecas e pratos de metal, garfos e colheres, fósforos, sal e pimenta, bicarbonato de sódio, manteiga e gordura em latas fechadas. Ela sentiu falta de uma frigideira, potes, panelas e café. Buster disse que ela estava sentada sobre isso tudo, estavam debaixo do banco. Um fogão? Na parte de cima, ele disse. Entre os bancos, voltado para frente, havia uma variedade de sacos e uma lata grande fechada. Dentro deles, ele disse, havia farinha de milho, feijões, batatas, porco salgado e, na lata, melado. Ele apontou para as portas abertas.

– Eu pus ferrolhos nas portas.

– Por quê?

– Para trancar as mulheres.

– Por que eu teria que fazer isso?

– Pense um pouco.

Ela pensou por um momento.

– Ah – ela disse. Então ela pensou em outra coisa. – Estacas.

– Tem quatro. Debaixo do banco da frente.

Ela se inclinou para trás e conferiu o interior da carruagem. As paredes de madeira cinzenta pareciam aprisionantes.

– Oh, meu Deus – ela disse.

– "Oh meu Deus" por quê?

– Está na hora. Chegou tão rápido. Hora de começar. Eu não tenho certeza de que estou pronta.

Buster se inclinou para frente e viu a manhã de domingo pela janela do lado oposto. – Tá com medo?

– Um pouco.

– Mary Bee, escute – ele disse. – A senhora tem uma carruagem aceitável, mulas e é tão homem quanto qualquer um da redondeza. E a senhora tá fazendo uma ação danada de bonita e boa. Então vá em frente.

– Eu vou. – Ela olhou para a janela do lado oposto ao dela, a manhã de domingo estava doce. – Todo mundo já sabe?

– Pois é.

– O que estão dizendo?

– Não dizem nada. As pessoas falam de morte e de impostos, mas quando é de loucura, ficam de bico calado.

Os dois refletiram. Buster levou um dedo à boca e o moveu por dentro como se conferisse quantos dentes ele tinha sobrando e calculasse o quanto eles ainda durariam. Então ele deu um tapa com as duas mãos nos joelhos cobertos de couro, levantou-se, saiu da cabine e desceu o degrau. Ela fez o mesmo. Ele fechou e trancou as portas. Foi até a frente e pegou a mula mais próxima pelo cabresto e conduziu a parelha e a carruagem para fora do galpão, amarrou a égua dela em um aro na traseira, deu a volta e ajudou Mary Bee a se sentar. Então, lhe entregou as rédeas nas mãos.

– Adeus, Mary Bee – disse Buster Shaver. – As pessoas me perguntam por que eu nunca me casei. Bem, eu nunca casei porque eu nunca conheci nenhuma mulher como a senhora.

Ele se virou abruptamente e se dirigiu ao galpão, como se não confiasse em si mesmo, caso dissesse algo mais ou ficasse ali por mais tempo.

Mary Bee segurou firme as rédeas e fez um muxoxo. Esperou e fez um muxoxo de novo. Desta vez as mulas se aprumaram e se moveram.

No caminho, saindo de Loup, encontrou e passou por duas mulheres da cidade que caminhavam erguendo as saias acima da lama. Ela deve ter acenado ou cumprimentado, mas as mulheres apenas deram uma longa olhada para a carruagem e, sabendo aonde estava indo e o que iria carregar, sua própria gente, viraram os rostos.

Mary Bee parou na casa de Linens. Charley e Harriet sabiam o que iria fazer, todos sabiam. Ela contou a Charley que começaria o agrupamento pela manhã, ela esperava ficar fora por quatro ou cinco semanas. Será que ele poderia, por favor, cuidar do gado dela? Ele disse que o faria com prazer, que tomaria conta da terra dela como se fosse dele, e, aliás, ele queria que ela soubesse o quanto admirava a sua coragem. Ele nunca tinha posto os olhos em uma carruagem como aquela. Charley olhou para dentro e perguntou se não queria que ele acondicionasse os sacos de mantimentos na parte de cima para ela, e Mary Bee agradeceu. Enquanto ele se ocupava disso, Harriet apareceu para se despedir, e quando Charley terminou de alojar os sacos e de cobrir com a lona e amarrar, Harriet pôs os braços em torno de Mary Bee, a abraçou forte e se retirou para a casa de turfa às lágrimas.

Mary Bee saiu conduzindo a carroça e, a menos de dois quilômetros de sua casa, se deu conta de que aquele seria seu último dia livre por um bom tempo. Ela mudou de direção. Pensou em dar uma olhada no estrago feito pela pólvora no abrigo de Andy Giffen. Ela desviaria menos de cinco quilômetros de seu caminho, e o dia de primavera ainda estava brilhante.

Ela passou a gostar imediatamente das mulas. A mula da direita, a pensadora, que revirava as orelhas frequentemente, era a mais interessante, mas a mula da esquerda era a trabalhadora. O focinho dela estava sempre uma polegada à frente da outra. Era nessa em que poderia realmente confiar.

Ela olhou para a traseira da carruagem, vendo a pobre Dorothy sendo arrastada contra a vontade pelo cabresto, uma nova experiência para ela, certamente aflitiva. Então ela se deu conta de que estava na mesma situação, sendo arrastada por uma carruagem e por mulheres que enlouqueceram, por um marido que não cumpriria seu papel e pelo seu próprio coração tolo que a levava para onde anjos temeriam ir. Uma nova experiência, sim, porém mal se podia dizer aflitiva. Apavorante seria a palavra mais apropriada.

Chegou à chaminé de Andy e manteve as mulas firmes na rédea ribanceira abaixo ao passar pelo estábulo, e as fez parar diante do estrago do abrigo. Ela ficou abismada. Para salvar a propriedade de Andy do invasor eles tiveram que destruir sua morada. A execução foi pouco para esse homem, que pelo que ela lembra Buster chamou de Briggs. De um bolso do casaco ela tirou o queijo e as bolachas de dez centavos comprados na cidade e os comeu como almoço. Ali, sentada na alta boleia da carruagem, comendo, ela se lembrou da noite do último setembro em que fez um jantar para Andy na casa dela, recebendo-o como convidado com o vestido de tafetá castanho. Ofereceu a ele um repasto suntuoso, e depois ousou mostrar o teclado de musselina e tocar e cantar para ele. Balançando na cadeira Boston, bebericando de quando em quando a garrafa de whiskey que ele trouxera, o convidado parecia se divertir. Ela poderia ter amado Andy Giffen. Ele tinha lindos olhos negros, era alto e robusto. Ele tinha vinte e nove anos e havia lhe dito que a diferença para seus trinta e um era nula. Então ela parou de cantar e lhe fez uma proposta. Por que não se casar com ela? Por que não juntar tudo – terra, animais, acessórios, o pacote completo? Por que não usar o capital e a experiência dela para desenvolver a terra dele, assim como havia feito com a dela? Como parceiros, eles iriam prosperar. Se eles tivessem filhos, ainda melhor. Visto de qualquer ângulo, fazia sentido. Por que não casar? Ela esperou, com a respiração suspensa. Andy deu um gole comprido em sua garrafa. Ele disse que planejava voltar para o leste em busca de uma esposa. Ela não iria aceitar um não como resposta. Ela tentou de tudo, pressionou, argumentou, mordeu os lábios, humilhou-se. Andy se levantou, sem equilíbrio, e pôs a garrafa na mesa, com peso. Ele estava um pouco bêbado.

– Srta. Cuddy – ele disse –, eu agradeço a oferta. E o jantar. E a música. E tudo. Mas eu não posso me casar com a senhora. Eu não quero. Não vou. Eu não sou perfeito. E a senhora é muito mandona e maldita de teimosa.

O som de algo se rompendo a surpreendeu. Vinha da direção do Rio Kettle abaixo. Era como o som de um tecido, seda ou tafetá, sendo rasgado de ponta a ponta. Ou o som do gelo no rio se quebrando de margem a margem. Em um ímpeto, com a boca cheia de queijo e bolacha, ela pegou as rédeas e manobrou as mulas e foi descendo a ravina que se alargava rumo ao rio. Um motivo era para deixar a casa de Andy e sua futura esposa para trás, e a vergonha que passou naquela noite. Ela ficou de coração partido durante semanas. O outro era que ela queria ver o gelo se partir, um sinal evidente de primavera. E mais um motivo era a vontade de ver árvores, muitas árvores, árvores miraculosas.

A carruagem chegou ao nível do rio com seus salgueiros e figueiras. De repente, perto de uma figueira enorme, as mulas enterraram as patas dianteiras e empacaram, com as orelhas para frente. Elas não se mexiam. Elas a deixaram alarmada. Mary Bee saltou da boleia, passou por trás de Dorothy, pegou seu rifle e andou, com a mão no gatilho, passo a passo, cautelosamente em torno da árvore. Então parou, plantada na neve. Um boneco preso em uma corda sobre um cavalo.

Pareceu levar uma eternidade até ela entender. O homem, o cavalo, a corda.

O homem estava sentado de ombros caídos, mas com a cabeça ereta de modo nada natural, presa pelo nó, com rosto e mãos e pés pretos, as mãos atadas nas costas, os pés atados rente à barriga do animal. Rosto, mãos e pés tinham sido enegrecidos pela fumaça.

O cavalo era mal-encarado, um alazão com rabo pelado, o rosto e as quatro patas salpicadas de branco. Parecia índio. De cabeça baixa, as patas dianteiras e traseiras cansadas, parecia prestes a tombar, como se tudo o que o segurasse fosse o laço das pernas amarradas de seu cavaleiro.

Enfim a corda, esticada em um galho e através de uma forquilha rodeando três vezes o tronco e terminando em um nó de marinheiro. Agora ela tinha entendido. Esse deve ser o invasor, e os homens da noite passada, fossem quem fossem, afinal não o haviam executado. Eles decidiram que ele iria enforcar a si mesmo, ou o cavalo iria. Quando o cavalo se afastasse dele, ele estaria enforcado. Ou o cavalo iria morrer e tombar, e o homem iria tombar e morrer. Agora já era meio-dia, ou mais tarde. Horas! Ele já deveria estar morto. Talvez esteja.

– Você – ela disse.

Os olhos dele se abriram, depois os lábios.

– Ajude-me.

– Você não está morto.

– Ajude-me – ele repetiu, com voz rouca.

– Por que eu deveria? Você tentou invadir a terra de Andy Giffen. Merece ser enforcado.

Ele fechou os olhos.

Ela se aproximou, sob a sombra da árvore, calculando o que fazer, e então, do alto de seus pensamentos, foi como se tivesse sido atingida, atingida por uma ideia.

– Vamos supor que eu faça isso – ela disse. – Suponha que eu salve a sua vida. O que você vai fazer por mim?

Os olhos dele se abriram. – Qualquer coisa.

Quanto mais ela pensava, mais possível parecia, e mais ela sentia que não tinha escolha.

– Se eu soltar você, vai fazer tudo o que eu pedir. É isso mesmo?

– Sim.

– Então diga. Jure.

– Eu juro.

– Jure pelo Deus Todo-poderoso.

– Eu juro por Deus.

Ela ficou parada por um minuto, assombrada pelo risco, irritada por não ter alternativa. – Muito bem – ela disse. – Eu vou te salvar. Eu tenho um serviço para você. Mas se fizer um único movimento para me machucar, eu atiro em você.

Dito isso, ela passou por ele e foi até o tronco da figueira, e forçando o rifle contra a árvore, desfez o nó, e desenrolou a corda. Quando solto, o queixo do invasor caiu. Ela deu alguns passos e afrouxou a corda passando-a pela forquilha, até que ela estivesse solta no chão. Ela se aproximou do cavalo e do cavaleiro, e agachada, com o rifle escorado nela, desamarrou seus tornozelos, então se levantou e apenas desfez o nó de seus punhos, e se afastou rapidamente, com o rifle empunhado.

– Termine de desamarrar – ela disse.

Ele ergueu um braço, depois o outro, de maneira bizarra, sentindo dores nas juntas, e mexeu desajeitado na corda até conseguir passá-la por sobre sua cabeça e tirá-la dos braços. O cavalo dele não tinha se movido. Em seguida ele tentou apear, mas levantar sua perna direita o fez perder o equilíbrio, cair do cavalo, bater na neve e ficar deitado como desmaiado. Ela esperou. Depois de um pouco, ainda deitado de costas, moveu os braços e pernas para cima, para baixo e para os lados para recuperar a circulação, e assim que conseguiu arrastou-se, de joelhos, e com uma mão no flanco do cavalo apoiou-se sobre os pés e ficou virando a cabeça para aliviar o torcicolo.

Mary Bee observava-o como um falcão.

Então ele fez uma coisa estranha; enrolou a corda. Ou ele era um homem que não desperdiçava uma boa corda ou queria guardar aquela como lembrança.

– Preciso ir para a casa – ele disse asperamente, com a corda pendurada em um braço. – Para pegar algumas coisas.

– Vá – ela disse.

– Vá para a carruagem.

Ela franziu o cenho, mas foi saindo de perto da árvore e após alguns poucos passos ela o ouviu. Ele estava de pernas abertas molhando o tronco da figueira. Ou estava apertado ou queria mostrar desdém.

Quando ela chegou à carruagem, com o rifle ao seu lado na boleia, e pôs as mulas para se moverem novamente, ele estava conduzindo seu cavalo pelo cabresto através da ribanceira, caminhando penosamente para a parte mais estreita com os pés descalços na neve. Duas vezes ele parou para um acesso de tosse e para assoar o nariz com os dedos, um hábito masculino que ela detestava. Isso e cuspir. Quando chegaram à casa de Andy ele levou seu cavalo para o estábulo, presumivelmente para alimentá-lo, então voltou para o abrigo arruinado. Ela esperou sentada em sua carruagem, o rifle sobre o colo, e o observou atravessar os escombros da parede de turfa em busca de alguma coisa útil. Ela não podia acreditar nela mesma. Que danação levou Mary Bee Cuddy a ir lá e fazer o que fez? O que significaria um juramento, mesmo que fosse sobre uma pilha de Bíblias, para um invasor de terras? Só Deus sabia que outros crimes ele teria cometido. Será que ele não iria estuprá-la ou matá-la ou as duas coisas? Ou simplesmente fugir dela gargalhando? O que iria fazer quando eventualmente ela tivesse que contar a ele aonde iriam e para quê? Não era melhor ela fustigar as mulas para longe, agora, e pagar, sozinha, durante o caminho, o preço por sua idiotice? O sol passava da margem oeste da ravina, e ela estava na sombra, tremendo.

Ele saiu do abrigo vestido, o rosto tão sujo como antes. Tinha encontrado um chapéu desmazelado, botas, um cachecol vermelho esfarrapado para enrolar no pescoço, um couro de vaca para usar sob a jaqueta, e trazia alguma coisa nas mãos. Ele foi em direção à carruagem, colocando o que parecia ser uma lata de sardinhas em um bolso, e então, abrindo seu casaco, enterrou em seu cinto uma pistola de repetição grande com empunhadura preta de madeira.

– A senhora pode afastar o rifle – ele disse. – Eu posso explodir a senhora a qualquer hora que der na minha cabeça. Que tipo de carruagem é essa?

– Uma *frame wagon*, para passageiros.

Ele se virou e caminhou até o estábulo e voltou com seu cavalo, selado, e arremessou a corda enrolada para o topo da carruagem. Então montou e olhou firme para Mary Bee. Ele tinha olhos tão castanhos e profundos como um pântano.

– Então? – ele disse.

– Nós vamos para minha casa. Seu nome é Briggs?

– Talvez.

– Vamos passar a noite lá e partir logo pela manhã.

– A senhora falou sobre um serviço.

– Eu vou contar quando der na telha.

Não apenas uma, mas vinte vezes, ela virou para trás para ver se ele ainda estava ali, seguindo-a, cavalgando aquele alazão de rabo arrepiado, e todas as vezes, lá estava ele.

Quando chegaram ao cume da ladeira que levava até sua casa, ela disse a Briggs para desatrelar as mulas e levá-las ao estábulo e alimentá-las, e que fizesse o mesmo com sua égua e com o cavalo dele, e também que cuidasse dos outros animais.

Sentado em seu cavalo, ele ficou olhando para ela. Era como se ela tivesse falado na língua dos hotentotes. Ela reconhecia um ermitão quando via um. É claro que alguém assim não iria entender uma ordem, ou mesmo uma sugestão, mas o que era exasperante, ele nunca tinha ouvido falar sequer de cooperação. Um eremita vivia por conta própria no globo e acreditava que assim que era confortável e conveniente. Ela saltou para o chão.

– Ou, se não quiser, eu mesma faço – ela disse. – E então seu jantar vai se atrasar por uma hora.

Ela pegou o rifle e entrou na casa, e de uma janela observou-o desatrelando as mulas. Quando ele as levou para o estábulo, ela foi para a casinha. Enquanto ele tratava dos outros animais, ela estava ocupada com o fogão. Quando, mais tarde, com as tarefas cumpridas, ele foi em direção à casa, ela o encontrou na porta, barrando a passagem com sabão, uma bacia e uma toalha. Ele se lavou, mas provocou Mary Bee – indo à casinha depois de se lavar, em vez de antes. Ao entrar na cozinha, entregou para ela, cheio de cerimônia, a bacia e a toalha, e tirou o cachecol e o casaco de couro para revelar um terno preto envelhecido, rasgado em uma das mangas e dois tamanhos acima do dele. Era isso que ele vestia, como se estivesse jantando formalmente, e após tirar a pistola do cinto e a colocar sobre a mesa, sentou-se, pronto para ser servido.

Ela lhe deu um jantar decente: porco salgado frito, vagem que ela plantou e preparou, pão de milho com melado e café, que ele provou repetidamente até se convencer de que era real, então deu um longo gole e empurrou a caneca para ela pedindo mais. Ele devorava a comida como um lobo, e tinha maneiras abomináveis, usando apenas a faca e os dedos, espalhando vagens pelo chão e comendo mesmo as que caíam. Quando seu prato ficou vazio, ele limpou o pouco que restava de comida com pão e comeu. Depois se recostou inclinando a cadeira e arrotou.

Estava escurecendo. Ela acendeu uma vela e terminou sua própria refeição, enquanto o bandido admirava os móveis da casa dela.

– Sobre o serviço – ele disse, enquanto ela guardava os talheres. – É hora de eu saber qual será minha tarefa.

– Terei o maior prazer em dizer, se o senhor não usar minha cadeira desse jeito.

Ele pôs os pés da cadeira no chão com um baque e plantou os cotovelos na mesa. – Então?

– Meu nome é Cuddy. Mary Bee Cuddy.

– Onde está o Sr. Cuddy?

– Eu sou solteira.

Ele descobriu alguma coisa entre seus dentes, desalojou com uma unha, decidiu que era comestível, e acrescentou ao jantar. – E o serviço...

– Muito bem. Durante este inverno, quatro mulheres, casadas, da vizinhança, perderam a sanidade. Os maridos não se importam o suficiente com elas. Elas têm que ser levadas para Iowa, onde algumas pessoas da igreja vão entregá-las aos parentes. É... é uma situação triste. Elas eram boas mulheres, e ainda são. É apenas que... – ela reprovou a si mesma franzindo o cenho. – Bem, o fato é que eu me ofereci para levá-las pelo caminho do rio. Os maridos contribuíram providenciando-me as mulas, a carruagem e mantimentos para a viagem. Meu plano é começar pela manhã.

– A senhora quer dizer o rio Missouri?

– Sim. isso mesmo.

– Que inferno. Isso fica a cinco semanas daqui.

– Sr. Briggs, eu sou tão sensível em relação aos meus ouvidos quanto às minhas cadeiras. Esta é minha casa, e eu não vou tolerar palavrões aqui dentro.

– Inferno.

– Se eu me sentar à sua mesa, o senhor pode fazer o que quiser. Mas não na minha casa.

– Já entendi porque você é solteira.

Se ela fosse um homem, iria arremessá-lo com toda força porta afora. E depois dele, as roupas e sua arma.

– Continuando – ela disse –, eu sei que não posso fazer esse serviço sozinha. Eu ainda vou ter que cuidar das mulheres, também. Eu preciso de alguém que possa guiar e caçar, revezar comigo nas rédeas e me ajudar com os animais. É por isso que eu libertei o senhor. É esse o seu serviço. E o senhor jurou que iria cumpri-lo.

Ela aguardou, fixando o olhar em sua pistola de repetição, e na empunhadura de castanheira, que estava tão chamuscada pela explosão que devia sujar sua mão a cada vez que ele a tocava.

– Cinco semanas – ele disse. – Quatro mulheres loucas. É muito mais do que o nosso acordo.

– Mas vale a sua vida certamente.

– Depende.

– Do quê?

– Do que isso implica.

– Entendo. É bom deixar claro. Eu vou depender do senhor, assim como as mulheres. Se o senhor tiver qualquer intenção de nos abandonar em algum momento do percurso, eu quero ouvir agora. O senhor é um homem de pouca moral, Sr. Briggs. Se o senhor mentiu para mim, conte agora, antes que seja tarde.

Briggs olhou para ela. Por um momento ela temeu que tivesse ido longe demais. Mas se acaso ela o tivesse insultado, ele não iria deixá-la perceber isso. Ela se lembrou de quando ele mijou na árvore como um sinal de desprezo. Ele a mirava com um olhar que tinha elementos tanto daquele desprezo quanto de indiferença. Ele era um homem frio e seguro. Ele não temia nada, muito menos palavras. E a fonte de sua força era sua ignorância. Enfim, ele se pôs de pé, lentamente, pegou sua arma da mesa e a guardou no cinto.

– Obrigado pelas palavras gentis, irmã – ele disse. – Mas a senhora não é nenhuma flor que se cheire. A senhora é insossa como um balde velho de lata e tem uma víbora na boca. – Ele pendurou o cachecol e o casaco de couro sobre um dos ombros. – Essa é a viagem mais patética que já ouvi falar, e é ainda mais patético que a senhora consiga fazê-la sozinha. – Ele colocou o chapéu desmazelado na cabeça em um ângulo desleixado, quase cômico. – Mas a senhora pode dormir tranquila. Eu vou partir com a senhora porque eu falei que iria. E pensando bem eu preciso mais é sair das redondezas também. Eu vou proteger as loucas varridas o melhor que eu puder. Mas aviso que vou abandonar o barco quando, onde e se eu quiser. Agora, se a senhora não se importar que eu pergunte, onde está minha maldita cama?

Mary Bee saltou, com o rosto ardendo, marchou até seu quarto, arrancou um cobertor da cama, marchou de volta e empurrou para ele.

– Sua cama está no estábulo – ela disparou. – Boa noite e desapareça da minha vista!

Ele aceitou o cobertor, virou-se, alongou-se até a porta, e depois de sair bateu-a com um estrondo.

Ela ferveu água e lavou a louça. Então, achando que ele tinha usado a casinha, foi se aliviar, preocupando-se a cada passo na ida e na volta.

Finalmente ela teve a oportunidade de ler a carta de sua irmã que ela pegara em Loup, pela manhã. Dorothy estava bem, assim como Harold, o marido médico, e Adam, o filho de seis anos, e adivinhe, ela estava grávida novamente!

Uma batida seca na janela fez Mary Bee quase saltar para fora de sua própria pele. Ela pegou a vela, era Briggs, claro, querendo entrar. A noite estava fria, ele gritou, e ele estava com muito catarro. Ela disse que não, absolutamente não.

Ele disse que iria entrar de qualquer jeito, pois ela deveria ter uma cama no andar de cima.

Mary Bee sacou o rifle e ameaçou atirar se ele entrasse.

Ele entrou, com o cobertor nas costas, e subiu a escada, enquanto ela permanecia com o dedo no gatilho, como uma verdadeira boba.

A situação, como ela via agora, era desesperadora. Ele não apenas era um homem sem medo, como também descarado. Ele apostou que ela estava blefando, e poderia fazer isso outras vezes. Se atirasse e o matasse, ele não poderia ajudá-la; se ela não atirasse, ele poderia ficar à vontade e fazer o que quisesse. Ela podia ser grande e forte, tão alta quanto ele, mas, no fim das contas, ela não poderia vencê-lo.

Mary Bee foi para sua cama totalmente vestida, com a vela por perto, rifle ao lado apontado para a porta. Ela não ousava fechar os olhos. E, certamente, na madrugada, ela ouviu os estalos na escada. O lobo em sua casa. Ela se sentou e apontou para ele.

– O que está fazendo? – gritou Mary Bee.

Ele foi até a porta de entrada.

– Saindo para mijar! – ele sibilou.

Depois de ele ter se aliviado, sem dúvida na frente da porta, e depois de subir de volta para o andar de cima, ela estava tão humilhada que pegou no sono, e, quando acordou, era dia claro e ele estava descendo a escada e logo depois fechando a porta de fora.

Ela fez panquecas para o café da manhã. De quando em quando, observava o bandido pela janela. Depois de algumas tarefas domésticas ele encheu o barril da carruagem com a água do poço, então foi e voltou levando vários itens do estábulo e alojando-os no caixote debaixo do banco dianteiro da carroça. Ela o chamou para dentro, e quando Briggs se sentou à mesa, Mary Bee pôs uma pilha de panquecas para ele. O bandido as encharcou de melado. Ela também se serviu.

– A manga de seu casaco está rasgada – disse Mary Bee, declarando uma trégua. – O senhor não quer que eu remende?

Ele sacudiu a cabeça.

– O que o senhor estava colocando na carruagem?

– Martelo. Pregos. Pá. Machado. Estacas e coisas do tipo. – A boca dele estava cheia. Ela se moveu para pegar o melado. – Vamos nesta manhã? – ele perguntou.

– Sim. Antes vamos parar em Loup.

– Por quê?

– Eu tenho uma ideia. O senhor disse na noite passada que vai nos abandonar quando quiser. Não posso aceitar isso. Então eu pensei em uma maneira de manter o senhor conosco até o Missouri. Para fazer o serviço valer sua dedicação.

– O quê?

– Eu vou contar em Loup que o senhor vai conosco.

– E depois vamos para onde?

Ela foi até o fogão e retirou as últimas panquecas. – Eu tenho o mapa na minha cabeça. O senhor tem que saber os nomes delas. Sra. Petzke, Sra. Sours, Sra. Svendsen e Sra. Belknap. Nós vamos buscá-las nessa ordem, duas hoje, duas amanhã. Elas moram longe umas das outras. Quer mais uma panqueca?

Ele assentiu com a cabeça.

Ela pegou o prato dele e o serviu, encheu a caneca dele e a dela, e se sentou novamente.

– Acho que o senhor precisa saber algo sobre nossas quatro passageiras – ela disse. – Vou começar com Theoline Belknap, nossa vizinha mais próxima e uma pessoa querida. Deixe-me contar o que aconteceu. – Ela tomou um gole de café. – Algumas semanas atrás, durante a borrasca, Theoline deu à luz uma menina. Ela tem quarenta e quatro anos. Era a sexta criança dela. O marido estava na cidade e ela pariu sem ajuda. Então ela levou a menina para a casinha e a jogou pelo buraco. O marido a encontrou mais tarde, morta. Agora ela está completamente insana, não consegue falar nem se alimentar sozinha.

Mary Bee esperou pela reação dele. Seu estimado hóspede terminou a panqueca.

– Então temos a Sra. Petzke – ela começou.

– A senhora vai levar seu cavalo?

– É claro. O senhor não está interessado na Sra. Petzke?

– Não, não estou. – Ele esvaziou sua caneca, levantou-se, e juntou suas roupas. – Quem vai cuidar dos seus animais?

– Charley Linens. Meu vizinho ao leste.

– Muito bem. Eu vou preparar o cavalo e atrelar à carruagem. A senhora pode limpar aqui, fazer suas malas e pegar roupas de cama para nós. Se vamos, é melhor nos apressarmos.

Antes que Mary Bee tivesse tempo de se sentir provocada, ele já estava do lado de fora. Ela lavou rápido a louça, então pensou em sua bagagem. Gostaria de usar sua mala grande e levar um vestido apropriado para se encontrar, ao final, triunfante, com Altha Carter em Iowa, mas simplesmente não havia espaço. Ele provavelmente iria até barrar a mala grande. Decidiu-se então pela sacola costurada de veludo com as poucas coisas que recomendou para as esposas, mais a última carta de sua irmã, dez dólares em dinheiro vivo, e, por fim, como um capricho, enfiou seu teclado de pano enrolado. Para alguma pequena oportunidade, preciosa, que ela tivesse para tocar! Uma ou duas vezes ela olhou pela janela para o dia nublado, desfavorável.

Briggs já tinha amarrado a égua e o alazão à carruagem e colocado as selas em cima, e agora estava atrelando as mulas já com arreio. Ele parou, tossiu, e se dobrou de tanto tossir, ao que se seguiu muito pigarro e cuspe. Ele estava mesmo empesteado de catarro. Ela fez dois rolos com as roupas de cama, retirando dois cobertores de sua cama e dois da cama dele, no andar de cima, envolveu-os à sacola de veludo e amarrou com corda. Então, abriu o fogão e apagou as brasas com cinzas. Esvaziou a água do balde, jogando-a pela porta. Colocou no bolso diversas caixas de munição para seu rifle. Então, de repente, estava pronta. Olhou ao redor, para sua adorável casa, e, para seu desalento, os olhos se encheram de lágrimas. Se ela não se contivesse, iria sentar à mesa e abrir uma grande choradeira e iria seguir com ele com a cara assustadoramente inchada. Não podia lhe dar esse gostinho, já que, afinal, era insossa como um velho balde de lata. Respirou fundo. Lágrimas estavam fora de questão. Mas um tanto de autocomplacência ela podia se permitir. Esse era o dia em que Mary Bee Cuddy se lançava ao maior gesto de generosidade de sua vida. Ela era saudada por trombetas? Não era. Uma saraivada de tiros de canhão? Não era o caso. Tudo o que tinha para homenagear seu heroísmo era um dia nublado, quatro animais estúpidos esperando e um quinto pigarreando e cuspindo. Ela pôs seu casaco e o chapéu de coelho, recolheu as roupas de cama e o rifle, trancou a porta atrás de si e seguiu para a carruagem, deixando as roupas de cama na parte de dentro e sua arma no caixote sob o banco na cabine. Briggs estava examinando os dentes das mulas.

– Quanto a senhora sabe sobre mulas? – ele perguntou.

– Alguma coisa.

Ela subiu para o assento. Ele ainda estava estudando os dentes. – Elas vão conseguir nos levar até lá?

– Elas são velhas. Mulas velhas, os dentes estão gastos de tanto mastigar.

Ela apontou para a da direita. – Essa aí faz mais do que a obrigação. É a trabalhadora. – Ela fez um gesto para o animal mais distante. – Essa aí revira muito as orelhas. É a pensadora.

– Ele – disse Briggs –, ele é uma mula macho. A outra é uma mula fêmea.

– Ah – foi tudo o que Mary Bee pôde dizer.

Ele voltou e iria subir a bordo, mas alguma coisa o acometeu. – Espere – ele disse, e foi para o estábulo. Ela ouvia baques surdos, como o som de um martelo. Quando ele retornou, estava com quatro tiras de couro cortadas de outro arreio, tiras de couro com cerca de setenta e cinco centímetros com dois buracos de prego em cada ponta. Ela só tinha que se levantar para ele instalar debaixo do assento.

– Para que serve isso?

– Para amarrá-las.

Ele desprendeu o banco na cabine.

– Para amarrá-las? Por quê?

– Elas são loucas, por isso. Podemos precisar amarrá-las.

– Tenho certeza que não.

– Elas podem arranhar ou morder. Ou sair correndo.

– Elas não vão fazer nada disso.

Briggs se arrastou para o lado dela no assento. – Como diabos a senhora pode saber?

Ele estava certo, é claro. Como elas iriam se comportar? Elas iriam brigar? Elas iriam tentar escapar? Ela se lembrou do Sr. Svendsen aconselhando-a a não dar as costas para sua Gro. "Ela vai matar a senhora!" Ou elas seriam tão dóceis e fáceis de lidar quanto crianças retardadas? Ela não tinha sequer um palpite. O conhecimento dela a respeito de mulheres loucas era tão extenso quanto o que sabia sobre mulas. Ela o puniu por estar certo não lhe dizendo uma única palavra durante quase todos os quinze quilômetros até a cidade. Faltando pouco mais de dois quilômetros ele esticou os braços, pegou as rédeas, parou as mulas e saltou da boleia.

– A senhora está indo para Loup.

– Eu tenho negócios a fazer ali.

– Então desça e me tranque na carruagem.

– Por quê?

– Eu acabei de escapar de uma corda. Não quero arriscar a enfrentar uma segunda.

– Eu não entendi.

– Pense um pouco.

Ele a fez se sentir uma ignorante novamente.

– Ah, o senhor poderia ser reconhecido.

Ele andou até a traseira da carruagem. Ela desceu, viu que ele já estava dentro e, espremendo-se entre os cavalos atrelados, o dela e o dele, trancou a porta com o ferrolho. Enquanto ela ia para frente, ele falou através de uma das janelas laterais. – A senhora tem dinheiro?

– Um pouco.

– Eu não tenho. Vou dizer o que a senhora deve comprar para mim. Três caixas de cartuchos de papel para Navy Colt 36 e cápsulas. Tabaco Star. E uma garrafa de whiskey.

– Whiskey?

– Snakebite.

Mary Bee pôs as mãos nos quadris. – Ah, não. Balas e tabaco, talvez, mas nada de whiskey, nem uma gota.

– Por que não?

– Pense um pouco.

Ele se sentiu realmente contrariado. Pôs a cabeça para fora pela janela e derrubou o chapéu. – Por que não?

– Não posso permitir que o senhor fique bêbado perto de quatro mulheres indefesas.

– Se eu não beber perto daquelas mulheres, eu mesmo vou enlouquecer.

Ela pegou o chapéu dele. Ele recolheu a cabeça e ela lhe passou o chapéu pela janela. – Não – ela disse. – Não posso.

Dentro, ele suspirou. – Então mantenha-se na seca e dane-se. Eu não vou para o leste com a senhora – ele disse. – Adeus, Cuddy.

Ela estava muito mais do que contrariada. – Você tem que ir, Briggs. Eu salvei a sua vida.

– Obrigado.

Ela bateu no chão com a bota. – O senhor jurou por Deus!

– Eu sou um homem de pouca moral, lembra-se?

No último quilômetro para Loup ela elaborou a vingança perfeita. Ele estava trancado na carruagem, não se deu conta de que era seu prisioneiro. O que ela iria fazer era guiar até o centro da cidade, levantar-se na boleia e anunciar, o mais alto que sua voz alcançasse, que dentro da cabine ela tinha o verme que invadira a terra de Andy Giffen, um crime no mínimo tão odioso quanto roubar gado ou cavalos. Isso iria atrair uma multidão. O invasor, cujo nome é Briggs, escapou da forca uma vez, ela diria para a multidão, maior e mais furiosa nesse momento, mas ela o tinha em suas mãos agora, e tinha certeza de que havia homens o suficiente e árvores e corda em Loup para liquidar com ele. Então ela iria descer, soltar o ferrolho, andar com afetação, e deixar os justiceiros locais enforcá-lo enquanto ela gastava uma hora à toa na mercearia imaginando a morte por estrangulamento e admirando os chapéus à venda.

Ela amarrou as mulas a uma árvore em frente à mercearia, atravessou a lama, entrou, apareceu após alguns minutos, atravessou a lama de volta para a carruagem, e pela janela entregou para seu prisioneiro três caixas de cartuchos e três nacos de tabaco Star.

– E agora – ela disse –, uma garrafa de whiskey. – E ela acrescentou. – O melhor do saloon, Old Tabby.

Ela sorriu quando ele pegou a garrafa pela janela. Meia vingança era melhor do que nenhuma. Ele deveria ter ouvido a história, contada a respeito de praticamente todo saloon do território e seus proprietários. Em Loup, como em qualquer outro lugar, o whiskey fornecido pela mercearia era considerado de melhor qualidade que o do saloon, que passou a ser chamado de Old Tabby*. O proprietário do saloon adquiria whiskey do barril de Wamego e, rezava a lenda, dobrava seu volume com água, mas mantinha sua potência ao adicionar ratos mortos pegos por seu gato. Então quando o gato desapareceu, talvez devido à falta de ratos, suspeitava-se que o proprietário do saloon,

* Em tradução livre, "Gato Velho Malhado".

desesperado para manter algum veneno em seu elixir, usou o desafortunado gato no lugar.

Ela falou pela janela. – Qual é o seu primeiro nome?

Ele ficou longe do campo de visão. – Isso não é da sua conta.

– Eu preciso saber.

– Por quê?

– Eu falei para o senhor. Eu tenho uma ideia de como mantê-lo conosco, por todo o caminho até o Missouri. Eu vou ao banco, e preciso do seu nome.

A palavra banco ressoou na sua mente. – Vamos dizer... George.

– George. George Briggs. Muito bem. Eu volto em breve.

O Banco de Loup ostentava um balcão, uma escrivaninha, um cofre, e o Sr. Clemmons, presidente e caixa. A história que se conta sobre o banco e sobre ele, provavelmente tão apócrifa quanto a contada sobre o proprietário do saloon e seu gato, também era contada a respeito de todo banco e todo banqueiro do território. Solto no mundo, procurando por uma profissão, Clemmons vagou pela cidade, alugou uma casa em obras, instalou um cofre, pintou BANCO na janela, e abriu para os negócios. No primeiro dia um homem apareceu e depositou 100 dólares. No segundo dia um segundo indivíduo depositou 200 dólares. No terceiro dia, Clemmons obteve tanta confiança no seu banco que ele mesmo depositou 100 dólares. Era uma boa história, mas quem riu por último foi Clemmons. Ele era um banqueiro formidável e um homem de total probidade. Estava sobrevivendo ali havia dois anos. Tinha a hipoteca de muitas das melhores terras agrícolas da área, com uma média de taxas de juros de 5% ao mês. Como todo especulador da região, ele emitia seu próprio dinheiro em espécie, notas do

Banco de Loup, cuidadosamente impressas, com garantia de resgate em cédulas verdes ou em ouro ou prata. Sua moeda era aceita em qualquer parte. Por fim, o atendimento ao cliente era de alto nível. A Srta. Cuddy pediu para retirar 300 dólares de sua conta, e recebeu imediatamente seis notas de 50 dólares e foi informada que isso reduzia seu saldo em conta para 204 dólares. Quando ela disse que gostaria de enviar o dinheiro pelo correio, foram-lhe oferecidos a escrivaninha, uma caneta, tinta, papel e um envelope. Ela endereçou da seguinte maneira: "Sr. George Briggs, a/c Sra. Altha Carter, Sociedade de Amparo à Mulher, Igreja Metodista, Hebron, Iowa". A Srta. Cuddy levantou-se, foi conduzida até a porta pelo presidente do Banco de Loup com o voto de um bom-dia.

Seus passos no retorno à carruagem foram lentos. O envelope parecia pesado em sua mão. Com duzentos desses trezentos dólares ela tinha planejado comprar um belo harmônio de cerejeira com banquinho. Ela segurou o envelope diante da janela da carruagem.

– Leia isto.

O rosto dele apareceu no retângulo. Ele franziu o cenho quase ferozmente. Era uma expressão que ela tinha visto muitas vezes. Ele não sabia ler, e, certamente, não sabia escrever. Nomes e palavras escritas ou impressas ele podia reconhecer apenas por repetição ou associação.

Ela virou a frente do envelope para ele e leu em voz alta: – "Sr. George Briggs, aos cuidados de Sra. Altha Carter, Sociedade de Amparo à Mulher, Igreja Metodista, Hebron, Iowa". – Ele olhou para ela. – Eu coloquei trezentos dólares neste envelope. Eu vou enviar agora pela mercearia. Quando chegarmos sãos e salvos a Hebron, a Sra. Carter vai dar o envelope ao senhor. Não acha que é uma quantia justa?

– Tenho que admitir.

– Eu também. Alguma vez em sua vida o senhor já ganhou trezentos dólares por um trabalho de algumas semanas?

Ele respondeu à pergunta com outra. – Por que não me dar agora?

– Ah, não.

– Por que não carregar conosco?

– Ah, não.

Ele saiu da janela.

Ela atravessou a rua de novo, então parou, tão afundada em seus pensamentos quanto seus pés na lama. De fato seria mais seguro carregar o dinheiro com ela. Não se podia confiar no correio. Além disso, ele podia abandoná-los a qualquer momento no caminho, viajar mais rápido, identificar-se e recolher o envelope com Altha Carter, que não saberia qual o propósito e o que continha. Ela abriu seu casaco e abotoou o envelope dentro de sua blusa. Quando eles chegassem a Iowa, ela faria uma pequena cerimônia para entregar a ele pessoalmente. Decidida, ela cruzou a rua de volta, montou na boleia, e guiou para fora de Loup.

Depois de poucos quilômetros Mary Bee parou a carroça, abriu as portas traseiras e deixou Briggs sair. Ele esticou as pernas e pegou as rédeas para revezar com ela.

– A senhora enviou o dinheiro a George Briggs?

– Sim.

– Então é melhor que eu seja ele.

– Quer dizer que o senhor não é?

– Um nome é tão bom quanto qualquer outro.

Ele guiou por duas horas a noroeste, enquanto ela fazia a lista em sua mente. Duas vezes eles perguntaram pelo caminho aos moradores das casas de turfa. Então eles chegaram ao topo de uma grande colina, e Mary Bee pediu para ele parar, e apontou.

– Aquela deve ser a casa de Petzke. – Ela se virou para ele. – De agora em diante teremos mulheres conosco. Há algumas coisas que quero dizer ao senhor. Primeiro, o senhor disse que não está interessado, mas não me importo. Eu quero que o senhor saiba o que aconteceu à Sra. Petzke. Hedda, acho que é o nome dela.

Ela contou a ele. O homem ao seu lado escutou, ou fingiu que escutou, tirando do bolso do casaco um naco de tabaco Star e abocanhando um bom pedaço para mascar.

– Muito bem, agora o senhor sabe – ela disse. – Eu vou contar sobre a Sra. Svendsen e a Sra. Sours quando formos buscá-las. – Ela franziu o cenho. – Ah, sim, uma segunda coisa. Eu sei que o senhor não sabe ler. Eu soube quando o senhor olhou para o envelope. Se o senhor quiser, eu posso ensiná-lo. Em algum lugar, em alguma casa ou escola, vou pegar um livro ou dois, e eu sou bem capacitada, tenho treinamento para professora. Então, a qualquer momento que o senhor se sentir pronto, eu também estarei.

Ela aguardou. De cima deles vinha um som. Eles olharam para cima, e sobre a terra branca, o céu se abria como uma enorme lona cinzenta, e debaixo dela, rumando para o norte, um bando de gansos negros voando em forma de flecha.

– Em terceiro lugar – disse Mary Bee, contando com seus dedos –, a esta hora amanhã já teremos todas as passageiras.

Daí em diante, eu estarei no comando. Eu vou tomar as decisões. Eu sou a responsável. O senhor apenas vai me ajudar no que puder. Está claro?

Era como dar aulas a uma mula, com a única diferença de que o homem ruminava o tabaco em resposta, enquanto a mula revirava as orelhas.

– Quatro – disse severa. – O senhor pode não saber agora, mas um dia, quando nós as deixarmos a salvo em suas casas, o senhor vai perceber que feito notável e glorioso o senhor cumpriu. Pagamento à parte, pode ser a única coisa altruísta que o senhor vai fazer na vida. – Ela falou com fervor. – E um dia, um dia, Sr. Briggs, o senhor vai agradecer a Deus por Ele ter lhe dado essa oportunidade.

Ele cuspiu para o lado. – A aula acabou – ele declarou, e pôs a carruagem em movimento.

ÁREA 6 NO, SEÇÃO 25, MUNICÍPIO 10, EXTENSÃO 22 O.

Ela o abraçou firme e não o deixava ir. Ele perguntou qual era o problema.

– Aqueles lobos – choramingou Hedda Petzke.

Otto Petzke tentou acalmá-la com um tom de brincadeira. – Tudo o que a gente precisa fazer é abrir a porta e gritar *Raus! Raus!* que eles saem correndo.

– Não, não – ela choramingou.

Agora ele compreendia que ela estava realmente assustada. – *Schatzlein, schatzlein* – ele murmurou em seu ouvido. Otto Petzke tinha quarenta anos, sua esposa, Hedda, trinta e seis, estavam casados havia dezesseis anos, e ele ainda a chamava de "querida". Ele teve uma ideia. Entrou em casa, e saiu com sua espingarda e um cartucho. Sempre deixava o rifle na carroça para, caso precisasse, atirar em um búfalo. Hedda nunca manejara uma arma, estremeceu ao vê-la, mas ele mostrou como abrir a arma e carregá-la e, depois de muitas orientações, como apoiar no ombro e apontar. Então, de pé, atrás dela, colocando o seu dedo no gatilho, para que ela conhecesse o som e o tranco, e sem avisar, puxou para disparar. Com a explosão e o coice, ela gritou e teve um colapso aos seus pés, e ele achou que ela tinha desmaiado. Eles ficaram juntos alguns minutos, e os rapazes, Rolf e Jergen, de quinze e quatorze anos, observavam impacientemente da carroça puxada por bois que soltavam vapor pelas narinas. Havia a luz do início da manhã. O pai e os filhos estavam indo para Couteau, treze quilômetros ao sul, para cortar madeira às margens do rio, já que estavam sem lenha e quase sem feno para o fogão. Ainda era fevereiro e apenas a segunda trégua da nevasca. Otto Petzke olhou para o lado, para a casa de turfa. A neve havia caído no lado norte até a altura do telhado. O que acontecera com a mulher pequena, vigorosa, de olhos faiscantes que tinha vindo para o oeste com ele três anos antes? Seria esse longo inverno amaldiçoado, ou talvez a morte de Gerda. Agora ela estava magra, falava apenas quando lhe dirigiam a palavra, qualquer movimento a cansava, era uma estranha naquele ambiente. E ele se lembrava: quando os lobos, caçando em alcateias, uivavam à noite no campo, ela se virava para ele na cama e o abraçava desesperada, como agora.

Ele a soltava à força, apertando seus braços.

– Agora vamos – ele disse. – Eis como se deve fazer. Dentro da casa eu deixei duas caixas com munição. Se os lobos chegarem perto, abra a porta e dispare a arma, para qualquer lado. Eles vão sair correndo *schnell*, rápido, rápido, eu prometo. Nós estaremos de volta amanhã, eu prometo. – Ele deixou a espingarda na mão dela.

– *Nein* – ela disse, e a deixou cair.

Ele se afastou dela em direção à carroça.

Mas ela não os viu irem embora. Ela correu para a casa, deixando a arma na neve.

Para se ocupar durante aquele dia, ela costurou, remendando os assentos e os joelhos dos macacões de Otto e dos rapazes com sacos de farinha. Fazia isso também para afastar da mente a chegada da noite.

Ela estava muito solitária. Sentia falta da voz viril do marido e de seus filhos. Gostaria que tivessem um relógio que fizesse tique-taque.

Eles tinham vindo para o oeste de uma fazenda ao sul de Springfield, em Illinois. Otto desejava terra virgem para si e um novo começo. A fazenda dele estava hipotecada. Ele ansiava por aventuras também, mas isso não poderia ser posto em palavras, a não ser quando falava de quando em quando sobre búfalos. Então vendeu a fazenda e comprou uma carroça e bois. Hedda o fez esperar até que o bebê nascesse, uma menina, Eva, e eles partiram cruzando Iowa: marido, esposa, dois meninos, a menina, Gerda, e Eva, o bebê de peito. Cruzando o Missouri de trem em Kanersville, eles se juntaram a muitas outras carroças para seguir pelo Rio Platte, a trilha mais percorrida. Ali eles perderam a pequena Eva que teve febre e convulsões, e a enterraram sob uma árvore ao lado do rio. Eles deixaram o trem, então, e seguiram para noroeste, e depois de mais um mês Otto encontrou sua terra. Ele solicitou a demarcação de duas propriedades, cada uma de cento e sessenta acres, metade de uma seção, uma para a residência e a outra para a provisão de madeira, e pagou a taxa de cinquenta centavos por acre. O solo era arenoso ali e ele concluiu que podia tentar batatas com milho e trigo. No fim do segundo verão ele deu preferência às batatas e ao trigo em quarenta acres. Os

Petzkes prosperaram. E, para completar, Otto encontrou aventura. Ele matou com um tiro o único búfalo visto naquelas partes nos últimos anos, um búfalo errante. Arrancou-lhe o couro, fatiou, ficou com a corcunda e um quarto traseiro e levou três quartos para os três vizinhos mais próximos, e chegou bêbado em casa pela primeira e única vez em sua vida de casado.

À tarde começou a nevar.

Ela estava bem só. Não era tão ruim no inverno com a família por perto, mas no resto do ano, quando ela estava sozinha, ela falava consigo mesma. Dessa vez havia quatro meses que ela não via outra mulher, nem mesmo sua vizinha mais próxima, Sra. Iverson, a seis quilômetros e meio de distância. Ela não ia para Loup com Otto desde agosto. A Sra. Iverson contou-lhe sobre uma esposa de fazendeiro ao norte do território que foi para os campos de verão e se deitou no meio das ovelhas, para ter companhia.

Hedda se esqueceu de ir ao estábulo para alimentar os animais até perto do anoitecer. Então foi correndo, depois foi à casinha, e na volta tropeçou na espingarda. Ela a agarrou, apressou-se de volta para casa, secou a arma, e se recostou em uma cadeira perto das caixas de munição, que Otto tinha deixado à mão.

Agora estava nevando pesado e esfriando. O degelo estava no fim. Eles poderiam não voltar no dia seguinte.

À noite ela acendeu a velha "fogosinha". Era uma bacia de areia com um graveto fincado no meio e um pavio enrolado em volta e coberto de óleo de gambá. Otto havia caçado um gambá gordo que rendeu quase dois litros de óleo. Com essa luz ela cozinhou o jantar para ela, *schnitz und knepp*, maçãs cozidas com presunto e bolinhos, e tomou uma xícara de café de centeio, com essência de farelo de milho para o gosto lembrar o de café de verdade.

Havia poucos e preciosos fardos de feno sobrando. Ela colocou um pouco no fogão, guardando a maior parte para a manhã, e foi para a cama completamente vestida, exceto pelas botas.

Eram lobos-cinzentos. Alguns pesavam mais que vinte quilos. À medida que o inverno se prolongava, eles começavam a caçar em bandos famintos de cinco ou seis para garantir suas presas. Eles atacavam qualquer criatura viva. O Sr. Iverson tinha contado para Otto o que fizeram com o gado durante as borrascas. Coberto por gelo e neve, os bois sofriam ataques e eram abatidos e não podiam escapar, e os lobos rasgavam suas barrigas e devoravam até formar um buraco grande o suficiente para que um ou dois deles rastejassem para dentro da carcaça para se abrigar da tempestade. Hedda Petzke sabia do fundo da alma que eram mais do que lobos. Eles eram mensageiros de Deus.

Ela adormeceu, depois ficou rígida com os uivos do lado de fora, não muito próximos, mas não tão distantes.

Ela deslizou para fora da cama e à luz da velha fogosinha pegou a espingarda, carregou, e se esgueirando até a porta, abriu apenas uma fresta, pôs a arma no ombro, enfiou o cano através dela e disparou. A explosão a ensurdeceu, e o coice a derrubou para trás. Ela fechou a porta. Quando seus ouvidos voltaram a escutar, o uivo tinha parado.

Depois disso ela não conseguiu dormir, mas ficou deitada, a espingarda carregada ao lado dela na cama.

Mais tarde, ouviu arranhões na porta de madeira. Como que poderia abrir e atirar para fora sem deixá-los saltar pela fresta para cima dela? A porta estava presa em dobradiças de couro. Se eles saltassem contra a porta, dois ou três deles, como faziam com o gado, não poderiam arrancá-la das dobradiças?

Ela tinha insistido para que trouxessem de Illinois a cama com cabeceira e pés de carvalho sólido, dela e de Otto. Era a cama de casamento deles. Os arranhões que a cama ganhara durante a viagem continuavam ali. Os meninos dormiam ao lado dos pais, atrás de um cobertor pendurado que fazia a divisória, em uma cama de varas e cordas atadas junto às paredes de turfa.

Ela pulou da cama, com a arma nas mãos, e pôs a cabeceira como uma parede entre si e a porta, apoiou a arma sobre a cabeceira, e, inclinada para frente, apontou para a saída.

Os lobos eram caçadores natos. Eles sabiam que algo, alguém vivo estava dentro da casa.

De repente se ouviu o vidro da janela estilhaçando com grande estrondo ao lado da porta, e ela virou o cano da espingarda em direção à chuva de vidro e puxou o gatilho.

Dentro da casa o rugido da arma era ainda mais alto. Quando a audição dela voltou, pôde ouvir. Ela não podia ver o animal. Ela o teria matado? Ferido? Ou errado o tiro? Mas o silêncio era mais amedrontador para ela do que o som, e depois de um minuto ela se afundou no chão atrás da cama, puxou o cobertor pendurado para perto dela, e começou a soluçar. Mais tarde, quando a luz entrou pela janela estilhaçada, ela ainda estava ali sentada, envolta no cobertor, tremendo.

Quando a manhã brilhava plena, ela se levantou. O lobo que tinha saltado pela janela tombava morto ao pé da cama. Ele era magro, dava para contar suas costelas, e sua cabeça estava ensanguentada. Ela abriu a porta e, puxando-o pelo rabo, arrastou-o para fora. Foi ao estábulo alimentar os animais, depois foi à casinha, sob uma nevasca pesada e um céu da cor de água suja. Eles não poderiam voltar para casa, não transportando uma carga de lenha na carroça. Ela iria ficar sozinha mais uma noite.

De alguma maneira ela atravessou o dia. Não havia razão para acender o fogo, não com a janela aberta. Ela não comeu nada. Seu ombro direito estava dolorido pelo coice da espingarda. Ela pegou no baú um pacote de cartas de suas duas cunhadas de Illinois, recebidas e guardadas como relíquia nos últimos dois anos, e as leu em voz alta uma por uma para ouvir um som humano. Os Petzkes não recebiam correspondência desde novembro. Havia um velho ditado alemão, *Reden ist Silber, Schweigen ist Gold*, A palavra é de prata, o silêncio é de ouro. Não era verdade.

À tarde ela se preparou. Usando alguns gravetos que estavam atrás do fogão, pregou uma manta contra a janela, então deixou duas cadeiras, uma em cima da outra, na frente. Depois foi alimentar os animais. Tinha parado de nevar. Quando o dia começou a escurecer, ela pôs uma terceira cadeira atrás da cabeceira da cama, acendeu a fogosinha, colocou as caixas de munição sobre a cama dos meninos logo atrás dela. à mão, então se envolveu em outro cobertor e se sentou na cadeira, com a espingarda carregada sobre o colo.

Hedda Petzke esperou.

Ela não tinha feito o bastante para salvar Eva, seu bebê, que agora repousava em uma cova solitária ao lado do Platte. Ela não tinha feito o bastante para salvar Gerda, sua filha de quatro anos, que havia morrido por uma mordida de cascavel, no verão passado. Ela saiu correndo na direção de Gerda quando ouviu o grito no estábulo, matou a cobra de quase um metro de comprimento com uma enxada, levou a criança no colo para casa, depois correu pelo campo chamando por Otto. Eles deram whiskey a ela, então Otto selou o cavalo e galopou até os Iversons, pegou uma galinha, galopou de volta, e juntos eles a despedaçaram e comprimiram o coração sobre a mordida, no tornozelo, para absorver o veneno. O médico mais próximo morava a trinta quilômetros dali. A noite toda eles lhe deram whiskey e mantiveram o coração sobre a mordida, mas pela manhã Gerda morreu. Eles a enterraram perto de casa. Hedda tinha perdido suas duas meninas. Ela falhou com elas. Ele sabia disso também. Era por isso que Ele tinha mandado os lobos como mensageiros. "Minha é a vingança; eu retribuirei, diz o Senhor". Romanos, 12:19.

Os uivos começaram mais próximos naquela noite.

Ela se desenrolou do cobertor, esgueirou-se até a porta, abriu uma fresta, e disparou. Os uivos pararam. Ela se sentou novamente atrás da cabeceira.

Mas eles continuaram perto, provavelmente circundando a casa. Será que eles podiam sentir o cheiro dela através do cobertor?

De repente a manta sobre a janela ondulou. Ela saltou de pés no chão e apontou.

A manta caiu, as cadeiras empilhadas foram derrubadas, e uma forma cinzenta, depois de saltar, se enroscava nas cadeiras. Ela atirou. A forma cinzenta se contorceu, depois se imobilizou contra as cadeiras, perto do pé da cama.

Recarregando a arma, ela começou a chorar suavemente. Depois de algum tempo ela podia realmente ouvi-los, ganindo na frente da casa. Ela permaneceu em pé, chorando. O que eles iriam fazer agora? Eles estavam muito hesitantes quanto a tentar a janela novamente. Com a arma apontada para a janela

ela permaneceu, rígida e gelada, e seus olhos se borravam com lágrimas. Ela não podia se permitir isso. Tentava se forçar a parar de chorar, mas, para aliviar seu medo, começou a ganir como os lobos.

De repente ela ouviu alguma coisa por cima. Eles estavam no teto. Procurando um jeito de passar pela arma e alcançar sua presa, eles subiram pelo monte de neve do lado norte da casa, para escavar um buraco no telhado e saltar em cima dela.

As garras continuavam. Pedaços de madeira e terra caíam na cama. Choramingando, ela ergueu a arma e apontou para o teto.

– *Gruss Gott!* – ela gritou, e atirou.

A carga de pólvora derrubou o animal de lado sobre a mesa, derrubando a mesa e apagando a luz.

No escuro ela ganiu com temor e tateou em busca de um cartucho, abriu a espingarda e recarregou; não podia ver para onde apontar mas percebeu outro mensageiro de Deus descendo e atirou onde o instinto ordenou; o mensageiro, ferido, gritou e foi arremessado sobre a cama. Ele rosnava e dava dentadas em agonia, rastejando sobre a cama para rasgá-la membro por membro e cobrar vingança por seus mortos queridos. Ela podia ver seus olhos terríveis, mais perto, mais perto. Ela sentia seu hálito, seu hálito maligno, mais perto.

Os homens dela chegaram em casa pela manhã. Eles viram a janela quebrada, o lobo morto do lado de fora, e dentro encontraram as carcaças de mais três, um preso entre as cadeiras, um sobre a mesa, e outro na cama. Eles encontraram a espingarda e as cápsulas vazias atrás da cabeceira. Mas não havia sinal da esposa e mãe. Um Otto agoniado correu gritando até o estábulo. Rolf e Jergen foram para a casinha. Então voltaram correndo e por algum motivo Otto se atirou ao chão e olhou sob a cama. – *Lieber Gott*! – ele disse, com voz sufocada. Precisaram de dois deles para tirar Hedda Petzke de debaixo da cama. Os braços, pernas e corpo dela estavam rígidos. Ela estava como uma paralítica. Eles tiveram que ajudá-la a se levantar e a se sentar na cadeira. Ela não podia falar, mas emitia estranhos sons de lamúria. As pupilas de seus olhos estavam dilatadas. Ela não reconhecia o marido ou os filhos. – *Schatzlein*, querida – condoía-se Otto Petzke, repetidamente, com as mãos dela nas dele e lágrimas nos olhos.

Eles deviam estar aguardando, pois saíram da casa de turfa bem antes que a carruagem chegasse e ficaram como soldados em posição, os três, o pai e dois rapazes adolescentes corpulentos. Eles estavam prontos. Otto Petzke tinha alguns envelopes na mão, um rapaz estava com a bagagem, o outro com roupas de cama. Nenhum dos meninos, provavelmente, já tinha visto uma carroça daquelas antes, mas não ficaram olhando, mantendo o porte ereto e germânico como o pai, e o coração de Mary Bee se compadeceu pelos três. Ela sabia o que a carruagem significaria para as quatro famílias, visitadas uma por vez. A chegada seria temida, assim como a recepção. A partida seria tão determinante quanto uma morte.

Ela desceu do assento e cumprimentou Otto, então apontou para Briggs, que, ela disse, iria ajudá-la com a viagem. Petzke apresentou seus filhos, Rolf e Jergen, e disse que os três estavam esperando desde que o reverendo Dowd tinha passado por lá, no dia anterior, e dissera que a Srta. Cuddy logo estaria ali. Ele entregou a ela um pacote de envelopes amarrados em um barbante. Na frente havia o nome "Karl Koening", o irmão mais velho de Hedda, que vivia não muito longe de Springfield, Illinois. Dentro, ele disse, havia uma carta dele para Karl explicando tudo. As outras eram cartas de Hedda para suas cunhadas. Karl, ele tinha certeza, iria receber sua irmã e fazer o que pudesse por ela, caso contrário seu irmão mais novo, Albert, faria. Ele vivia em uma fazenda perto de Karl. Hedda manteve contato com suas cunhadas, trocando correspondência com frequência. Mas se nenhum familiar tivesse condições, deveria haver algum sanatório perto de Springfield, por ser a capital do estado.

Petzke também deu a ela um lenço dobrado, dentro do qual havia 8 dólares em cédulas, todo o dinheiro que ele tinha. A quantia deveria ficar com Karl ou Albert, o irmão que aceitasse ficar com sua Hedda.

Eles estavam agrupados entre a casa e a carruagem, perto o suficiente dela, para que Briggs ouvisse o que estava sendo dito. Ela queria que ele ouvisse. Ele perguntou a Otto Petzke qual era a condição de sua esposa, para que enfrentasse a viagem. O fazendeiro disse que a mesma de quando a encontraram sob a cama depois da noite com os lobos. Ele rezava a *Gott* todo dia para que sua Hedda voltasse a si novamente, mas ela não conseguia. O medo a transformou, talvez para a vida inteira. Ela não podia falar, só emitia sons. Se ele a segurasse, ela podia mover as pernas para andar, como fazia para a casinha, mas ela não mexia os braços, e ficava sentada na cadeira um longo tempo. Ela tem que ser alimentada na boca, como um bebê. E, à noite, era pior. Ele a deitava na cama e ali ficava deitada, acordada, os olhos bem abertos de medo. Ele não sabia como poderiam levá-la para tão longe, como iriam cuidar dela. E era tudo culpa dele, era isso que o dilacerava por dentro. Ele sabia o quanto ela detestava armas. Nunca deveria tê-la deixado sozinha para cortar lenha, quando tinha chance de nevar e aqueles lobos *"verdammt"* aparecerem. E agora, mortificando-se, o rosto redondo e estoico de Otto Petzke parecia rachar, e Mary Bee sentia que se ela o deixasse continuar, ele iria desabar.

– Nós precisamos ir, Sr. Petzke – ela disse. – Por que o senhor não a traz para fora?

– Eu vou buscá-la, vou buscá-la – ele disse, quase com alívio, e se dirigiu para a casa.

Mary Bee falou com os meninos. – Será que poderiam, por favor, colocar as coisas na carruagem? Tem um ferrolho na parte de trás, podem deixar as portas abertas.

Enquanto eles atravessavam a lama e a neve com passos firmes até a carruagem, ela abriu seu casaco e abotoou dentro da camisa, junto com o envelope do banco, o pacote de correspondência para Illinois e o lenço com o dinheiro dos Petzke. Quando eles acampassem naquela noite, que seria escura, ela iria esconder tudo no meio de sua própria bagagem.

De repente ele apareceu, um homem selvagem, os braços erguidos para o alto, lágrimas correndo pelas bochechas, e, virando-se para o lado, caiu de joelhos e começou a atacar a casa, esmurrando a parede de turfa com os punhos.

– *Nein! Nein!* – berrou Otto Petzke. – *Nein, nein, nein, nein!*

Voltando da carruagem, Rolf e Jergen estancaram o passo, olhando para o pai, perguntando-se se ele também teria perdido o juízo.

– Entrem, entrem, rapazes – ordenou Mary Bee. – Tragam-na para fora. Rápido!

Otto Petzke continuou de joelhos. Depois de se exaurir, ele esticou as duas mãos contra a parede da casa que ele próprio construiu, então deixou a cabeça repousar ali, soluçando, como se fosse o colo de sua mulher.

Os rapazes trouxeram a mãe, com os braços em volta de sua cintura, erguendo-a um pouco para aliviar o peso de suas pernas, pernas que balançavam e erravam passos enquanto as botas topavam no chão. Ela não emitia som algum. O casaco dela era todo remendado com sacos de alimentos. Eles tinham coberto a cabeça dela com uma espécie de gorro de lã com aba em forma de bico e protetores de orelhas. Mary Bee vislumbrou um rosto pálido e abatido com buracos no lugar de olhos e isso era tudo. Rolf e Jergen a arrastaram passando pelo meio dos cavalos atrelados, até as portas abertas. Então tiveram dificuldade com sua carga ao subir o degrau. Mary Bee se apressou em ajudar, ciente de que Briggs continuava sentado, tão indiferente quanto se estivessem carregando lenha. Jergen saltou para a cabine, enquanto Rolf e Mary Bee tentavam erguer a mulher, e Jergen, de dentro, de alguma maneira a sentou em um banco, depois saltou para fora. Mary Bee fechou as portas, passou o ferrolho, passou agachada sob a corda que atrelava Dorothy, foi para a frente da carruagem e subiu ao lado do cocheiro. Os filhos de Hedda Petzke andavam pesados atrás dela como estudantes calados, os rostos virados para cima. Apenas agora eles compreendiam o que estava acontecendo e o que significava.

– Cuidem de seu pai – ela disse.

Mary Bee mordeu o lábio. Essa havia sido uma família austera, mas amorosa, que tinha sofrido junto nesta terra fronteiriça e sobreviveu até aquele dia. Ao levar embora seu âmago, sua alma, ela a estaria salvando ou destruindo? Não sabia, não podia dizer. Como que para entalhar a cena na memória, ela se permitiu uma última olhada ligeira para os rostos abatidos dos meninos, para o marido desolado ajoelhado junto ao muro de seu lar, agora vazio – e fechou seus olhos apertando-os para evitar as lágrimas. Incapaz de dizer algo, ela cravou um cotovelo nas costelas de Briggs. A carruagem partiu. Quando tinha rodado talvez uns trinta metros, ela ouviu o pranto doloroso atrás deles.

– Mãe! Mãe! Ah, mãe!

ÁREA 10 O, SEÇÃO 22, MUNICÍPIO 6, EXTENSÃO 18 O.

Através da tarde cinzenta, das crostas de neve e da água lamacenta, a carruagem rodava, com Briggs mantendo as mulas ocupadas. Dentro da cabine, a Sra. Petzke estava quieta. Eram cerca de sete quilômetros até a casa dos Sours, que, como lhes disseram quando perguntaram o caminho, era um abrigo escavado na terra. No caminho Mary Bee contou a Briggs sobre Arabella Sours. Ele pareceu ouvir mas pode não ter prestado atenção a uma só palavra. Ela disse que nunca tinha ouvido falar de um acontecimento tão terrível na vida de um casal tão jovem. Havia conhecido Garn Sours, que não devia ter muito mais que vinte anos. A esposa não devia ser mais velha, teriam que ficar muito atentos a ele, Mary Bee avisou. Não tinha ideia do que ele poderia fazer quando enfim levassem Arabella para longe. Briggs cuspiu para o lado.

Eles levaram algum tempo para localizar a chaminé e tiveram que dirigir em círculos concêntricos até avistarem o desenho da linha de fumaça subindo, aparentemente, de dentro da neve. Então, quando chegaram à beira da ribanceira, estando o abrigo de Sours abaixo, do lado oposto, Briggs se recusou a descer com a carruagem. Se ele descesse, disse, não iria garantir que conseguiria subir na volta, não com apenas dois animais e todo o peso dentro. E como, Mary Bee perguntou, ele propunha que tirassem a esposa dali? Briggs enlaçou as rédeas no apoio para pés e se recostou para trás contra a cabine. Se ela é jovem, ele disse, ela podia andar. Se ela não pudesse, mas o marido pudesse, ele podia muito bem se dar ao trabalho de carregá-la.

A ladeira era íngreme mas Mary Bee conseguiu passar por ela, apesar de ter caído sentada uma vez, batendo forte contra o chão, o que a fez imaginar o deleite de Briggs. Ninguém veio do abrigo para encontrá-la. Em vez disso ela foi recebida por dois porcos esguios, um macho e uma fêmea, que estavam confinados em um chiqueiro improvisado com um buraco no chão e laterais escarpadas. Eles grunhiram para ela e chapinharam em uma poça d'água com cerca de trinta centímetros de profundidade, em cuja superfície flutuavam restos de comida. Ela bateu na porta. Garn Sours abriu e, reconhecendo-a, sacudiu sua mão desajeitadamente convidando-a a entrar. O interior do abrigo era pequeno e escuro, o chão irregular. Pratos de estanho e canecas se empilhavam sobre uma panela com restos, e os odores do local a deixavam nauseada. Ela tomou o cuidado de deixar a porta bem aberta.

– Muito bem, aqui está ela, madame – disse Garn. – Minha esposa. Belle.

Arabella Sours sentou-se em uma cadeira de encosto estreito, a única cadeira. Em seu colo ela segurava uma boneca de pano esfiapada com um braço frouxo. Ela era pequena, e magra como uma vara. Seu rosto em forma de coração era o de uma mulher com o dobro de sua idade. Seu cabelo loiro estava emaranhado.

– Como a senhora está? – Mary Bee sorriu. – É um prazer conhecê-la, Sra. Sours.

A Sra. Sours olhava estática para a janela.

– Ela num vai falar nada, Srta. Cuddy – disse o marido dela. – Ela apenas fica parada olhando para a ventania. É como se o corpo dela tivesse virado pedra. Eu tenho que levar ela pra casinha, despir à noite, vestir de manhã.

– Entendo. Há quanto tempo ela está assim?

– Desde que o doutor Jessup disse que ela iria envelhecer de repente, e acho que aconteceu mesmo. – Garn se sentou na beira da cama. Sua mandíbula tinha um caimento que enfatizava a tristeza em seu rosto. Ele levava Mary Bee a pensar em um aluno gigante do oitavo ano que pensava estar sendo punido por algo que não tinha feito.

– Eu nem a conheço mais – ele declarou.

– Qual a idade de sua esposa?

– Dezenove.

– E o senhor?

– Vinte e um.

– Estou vendo.

– Meu Deus, ela era linda pouco tempo atrás, Srta. Cuddy.

– Ela pode voltar a ser, Garn, quando voltar para casa. – Mary Bee deu a ele sua total atenção, determinada a não olhar de novo para a garota. Ela tinha chegado perto de chorar com Hedda Petzke. – O que o senhor vai fazer quando ela tiver ido? Quero dizer, daqui em diante.

Ele sacudiu a cabeça: – Eu num sei. Só sei que num vou conseguir sozinho.

– Por que não? Outros homens conseguiram. Eu mesma vivo sozinha. Não é fácil, mas é possível.

Ele não estava no melhor estado de espírito para acreditar nela ou em quem quer que fosse.

– Bem, eu vim buscá-la – disse Mary Bee. – Onde estão os papéis dela?

Garn tirou do bolso uma folha de papel pautado, desdobrou e a entregou. – Aqui tem o nome dela e o endereço em Ohio, de onde todos vieram, e os outros nomes. Os pais estão vivos e a família é grande, três irmãos, três irmãs, alguns casados. Ela vai receber cuidados.

Mary Bee abriu o casaco e abotoou a folha em sua camisa. Quanto às outras coisas, ele não tinha preparado, e ela teve que ajudá-lo com os lençóis e os dois cobertores e com uma sacola com sabão e pente, que ela fez questão de levar, uma toalha e uma muda de roupa de baixo.

– Leve isso também – disse Garn. – O presente de casamento da avó dela. Deve valer muito. Eu acho que tem que ir com ela.

Mary Bee abriu a palma da mão para pegar e estudar mais de perto. Era um broche com um camafeu rosa. A cabeça e as feições de uma garota eram gravados em relevo, com traços delicados, e sobre a cabeça tinha uma coroa, a aparência era de uma jovem rainha. O broche era bem estimado, Mary Bee supôs, e a menina era invejada. Ela vivia em um palácio. Ela teria um filho ou dois e nunca iria trabalhar pesado, nunca envelheceria antes de seu tempo. Iria reinar para sempre, e sempre seria bela.

– É lindo – ela disse. – Eu vou guardar e fazer com que ela leve para casa.

O casaco de Arabella era adequado, mas o boné não, então Mary Bee cobriu a cabeça da garota com dois cachecóis de tricô, amarrados sob seu queixo.

– Pronto – ela disse. – Acho que estamos prontas. – Ela olhou para o jovem fazendeiro. – Garn, deixe-me dizer uma coisa. Tem uma tarefa para o senhor fazer depois que ela se for. Se o senhor a ama, limpe a casa dela. Deixe arejar. Deixe a roupa de cama ao ar livre. Varra a casa. Lave a louça. Até o senhor decidir o que fazer, mantenha sua casa tão limpa e arrumada quanto ela mesma faria. É o mínimo que o senhor pode fazer, não concorda?

Ele estava acabrunhado. – Sim, senhora.

– Muito bem. A carruagem está na beira do barranco. O senhor pode levá-la?

– Sim, senhora.

E começaram a subir, a esposa carregada nos braços dele, a boneca de pano nos dela. Mas na metade da ladeira, ele escorregou e caiu de joelhos, levantou-se, e escorregou uma segunda vez na neve molhada. Ele não podia continuar. Mary Bee, arquejando, furiosa como uma vespa, berrou para o homem no banco da carruagem, que estava observando os esforços.

– Sr. Briggs! O senhor pode interromper seu lazer por um instante e dar uma mão? Agora!

O Sr. Briggs soltou seu cuspe para o lado, desceu o barranco sem qualquer pressa, e chegou ao lado de Garn Sours. Os dois homens fizeram uma cadeira unindo os braços e transportaram a garota até a carruagem. Mary Bee abriu as portas traseiras, depois era uma simples questão de colocá-la ali dentro no banco com a Sra. Petzke. Mary Bee fechou as portas, deslizou o ferrolho, e não se incomodou em apresentar Briggs, que assumiu o assento do cocheiro e as rédeas.

– Eu desejo o conforto de Deus ao senhor, Garn – ela disse. – Eu sei e o senhor sabe que essa é a melhor coisa que podemos fazer por ela. – Ela tocou na mão dele e a apertou. – Nós voltaremos dentro de algumas semanas, e o senhor vai ouvir de mim através do Reverendo Dowd que ela está sã e salva.

– Muito bem, madame – disse, parecendo ainda repleto de sentimento de injustiça.

Mary Bee assumiu seu assento e a carruagem começou a rodar quando uma coisa estranha aconteceu. Alguém chamou. Briggs e Mary Bee viraram, e por uma das janelas, diante de seu marido, Arabella Sours moveu o braço, erguendo-o, e estava acenando em despedida.

– Adeus! – ela disse para ninguém. – Adeus!

Garn Sours correu atrás da carruagem em movimento até o lado dela e diminuiu o ritmo.

– Adeus! – disse Arabella.

– Eu sei para quem você está acenando! – Garn gritou com raiva para sua esposa. – E não é para mim!

– Adeus!

– Ou não iria me abandonar assim! – o jovem marido gritou, andando ao lado da carruagem, com os punhos fechados, lágrimas escorrendo pelas bochechas. – Você não tinha motivo pra perder a cabeça. Nós podíamos ter mais filhos! Você não me ama, você não dá a mínima pra mim!

– Adeus!

Com as rédeas, Briggs fez com que as mulas mudassem para um trote, e a carruagem sacolejou ruidosamente. Mary Bee virava-se para frente, desejando parar de ouvir.

– Vá pra casa e brinque com essa boneca maldita! – soluçou Garn Sours. – Deixe eu me ferrar sozinho! Belle, por mim você pode ir pro inferno!

Mais uma vez o aceno do braço pela janela enquanto ele tombava atrás da carruagem, mais uma vez o adeus melancólico para pessoas que só Arabella Sours podia ver.

ÁREA 4 O, SEÇÃO 14, MUNICÍPIO 3, EXTENSÃO 5 O.

A manhã trouxe um dia tão lúgubre quanto o anterior e o anterior. Um céu de nuvens de chumbo parecia pesar sobre a carruagem, enquanto ela rangia pela terra sem-fim.

A quase dois quilômetros de distância eles viram um homem de pé diante de sua casa. Ele também os viu, e em vez de esperar entrou.

Ela tinha tempo, portanto, ao cobrir essa distância, para contar a Briggs o que ocorrera com Gro Svendsen. Talvez tivessem problemas ao pegá-la, ela adiantou. Ela conheceu o marido, Thor, e ele a tinha aconselhado a não dar as costas para sua esposa, pois naquela condição ela podia ser perigosa. Ela tinha esperança e expectativa, Mary Bee disse, que se houvesse qualquer problema, ele, Briggs, iria socorrê-la sem que precisasse pedir.

Eles chegaram à casa de turfa, que era maior e mais bem construída que a maioria, e esperaram, como pedia o costume. Svendsen não apareceu. Mary Bee disse que ele provavelmente estava arrumando os últimos detalhes. Depois de muitos minutos ela desceu e bateu à porta. Depois de mais um minuto Thor Svendsen abriu.

– Bom dia, Sr. Svendsen.

– Bom dia, Srta. Cuddy. É bom ver a senhora. Entre, entre. Ela está pronta.

Gro Svendsen estava amarrada em uma cadeira com uma corda que envolvia seus braços e o torso duas vezes, terminando com um nó por trás.

Mary Bee ficou tão chocada pela visão que se virou, em reflexo, para Thor Svendsen. – Muito obrigada. Quero dizer, pela carruagem e pelas mulas. Elas são... boas.

– Que bom. Otto Petzke e eu demos o dinheiro. Os outros, nada.

Mary Bee continuava completamente perdida. – Será que posso perguntar por que ela está amarrada?

– Ah, ela queria me matar. Dezesseis anos de casados, e ela queria me matar.

– O senhor não pode estar falando sério.

Aquele norueguês alto, um homem esbelto com braços longos, abriu-os bem abertos, desconsolado. – Deus vai acabar com você, ela disse para mim, seu marido. No caso, ela é Deus. É o que pensa. – Ele falou em ritmo monótono, balançando os braços compridos e as mãos enormes. – Ah, ela iria me matar, por isso a deixo amarrada o dia todo, mesmo quando a alimento, e toda a noite, na cama. As pernas também. Eu avisei à senhora, não dê as costas a Gro.

– Então ela fala – Mary Bee se forçou a olhar para a mulher, que estava totalmente vestida em um casaco pesado, com botas e um boné de feltro com fitas. – É um prazer conhecê-la, Sra. Svendsen. Eu sou Mary Bee Cuddy.

Gro Svendsen só tinha ouvidos e olhos para seu marido. Os olhos dela estavam brilhando de ódio.

– Nós não temos filhos – disse o homem, inesperadamente.

– Sinto muito, eu não sabia – disse Mary Bee.

– Eu tenho pesadelos.

– É.

– Com ogros.

Ela sentiu a pele se arrepiar. Até agora ele parecia normal. Por um instante ela pensou em chamar o Briggs. – Bem – Mary Bee disse rápido –, se ela estiver pronta, é melhor nós irmos. Estou com a Sra. Petzke e a Sra. Sours na carruagem agora, e vamos em busca da Sra. Belknap nesta tarde. O senhor está com os papéis?

Ele se inclinou sobre a cama, que estava arrumada. Sobre a cama, bem enfileirados, estavam as roupas de cama enroladas, um pacote com roupas e um envelope. Ele lhe deu o envelope.

– Aqui estão os nomes, e onde ela vai morar. Os dois primos dela, em Minnesota. Talvez eles fiquem com ela, talvez não. Eles têm um asilo em Minnesota.

Mary Bee disse que tudo daria certo, ela iria passar os nomes para as pessoas em Hebron. – Agora, como podemos levá-la para a carruagem?

– Eu faço isso, Srta. Cuddy – disse Thor. – A senhora pode trazer as coisas dela e abrir a porta.

Mary Bee pegou a roupa de cama e o pacote e abriu a porta. Svendsen moveu-se cautelosamente até sua esposa, inclinou--se e desatou o nó do encosto da cadeira. Ela saltou sobre os dois pés como se quisesse atacá-lo, mas os braços ainda estavam amarrados ao torso, e ele conseguia revirá-la e prendê-la a ele com seus braços compridos. Amarrada, ela lutava, emitindo sons ferozes como os de um animal capturado, mas ele a fez andar, empurrando-a com passos longos porta afora. Mary Bee o seguiu, então correu para tirar o ferrolho das portas traseiras da carruagem e abri-las.

Gro Svendsen era uma mulher alta, tão magra quanto o marido, e forte, e em um momento ela quase passou uma rasteira neles, mas ele a obrigou a chegar cambaleante à carruagem e lutando a fez subir e a pôs sentada com estrondo. Pegou as roupas de cama e o pacote com Mary Bee, arremessou para dentro, então passou o ferrolho nas portas, afastou-se por alguns passos, e ficou de pé respirando pesado.

– Pronto – ele disse. – Está feito.

– Não podemos desamarrá-la? – perguntou Mary Bee.

– Não, não. E o que ela pode fazer com as outras? Não. – E só então Thor Svendsen notou o homem na boleia. – Quem é esse?

– Um homem que está indo conosco. Certamente o senhor compreende, Sr. Svendsen, que eu não posso...

– Espere. – O fazendeiro foi até a frente da carruagem. Briggs tinha desviado o rosto. – Você – disse Svendsen. – Você!

Briggs virou-se para ele.

Svendsen deu uma olhada, então foi para a casa em linha reta. Ele entrou e saiu em poucos segundos, e agora tinha um rifle em suas mãos.

– Esse homem, eu o conheço! Ele é o invasor sujo da terra do Andy Giffen! – Svendsen avançou para a carruagem. – Ele não vai! Nem com minha esposa nem com ninguém! – Ele apoiou o rifle no ombro e apontou para Briggs. – Você! Desça ou eu atiro em você! – ele rugiu.

Ele era bem capaz disso. Mary Bee sabia assim como também sabia que a arma de Briggs estava em seu cinto, debaixo do casaco de couro, e sabia também que se ele tentasse pegá-la, ele seria morto. A mente dela girou como um moinho.

– Espere! Espere, Sr. Svendsen!

Ela correu e se atirou para a boleia, de modo a ficar entre Briggs e o rifle e ordenou, sussurando para ele: – Levante-se! Atrás de mim! – Foi o que ele fez. Velozmente, ela ergueu a tábua do assento, retirou seu rifle do compartimento, apoiou a arma no ombro, e apontou para o homem embaixo.

– Se atirar nele, atiro em você, Sr. Svendsen! – gritou com voz estridente. – Não é o que eu quero, mas vou fazer.

– Saia da frente dele! – rosnou o fazendeiro.

Os braços dela estavam fraquejando, e estava difícil manter o rifle erguido. A pontaria de Svendsen caía sobre ela agora, e o pequeno buraco escuro no final do cano parecia aumentar. – Não, acredite em mim! – ela gritou. – Eu não consigo fazer isso sozinha! Eu preciso dele! – E sussurrando, incitou Briggs: – Vamos sair daqui! Agora!

Briggs se sentou. A carruagem começou a rodar. Ela gritou novamente para Svendsen: – Eu vou cuidar da sua esposa, Sr. Svendsen! Eu prometo!

Ele não atirou. Ainda de pé, Mary Bee apoiou uma bota no assento para não ser jogada para baixo quando as mulas passassem para um trote.

À distância, quando eles estavam a uns cem metros, depois duzentos, o homem diante de sua casa baixou o rifle. Ela desmoronou no assento ao lado de Briggs, não acreditando que tinha ameaçado outro ser humano com uma arma, e ela mesma tinha sido ameaçada. Então, olhou para trás. Thor Svendsen continuava na frente de sua casa tão desnorteado, tão desamparado, e tão sozinho como antes.

Um cavaleiro figurou em uma serra em curso paralelo ao deles, e quando ele mudou o caminho para encontrar com eles, seu velho cavalo e a andadura eram familiares, e quando ela acenou e ele acenou, Mary Bee soube que era Alfred Dowd. Ele veio pelo lado de Briggs. Ela os apresentou. Com um ricto na boca e os olhos apertados, o pregador itinerante reconheceu o nome de Briggs, ela supôs. Ele estudou a *frame wagon* e a parelha de mulas e disse que lhe pareciam tão aceitáveis em movimento quanto na ferraria de Buster Shaver, quando as viu. Não eram? Mary Bee disse que sim, ela estava satisfeita, e eles já estavam com a Sra. Petzke, a Sra. Sours e a Sra. Svendsen ali dentro e estavam a caminho dos Belknaps. É claro, ela ainda não sabia se Vester iria deixar Theoline ir com ela. Ele tinha soltado uma boa torrente de xingamentos ao dizer que não iria. Bem, agora ele ia deixar, disse Dowd. Aliás, ficaria muito aliviado em deixar a esposa partir. Ontem, Dowd informava, tinha parado na casa dos Belknaps e teve a certeza de que Vester deixaria Theoline partir. O reverendo continou a contar, sem no entanto revelar o porquê dessa sua certeza. Ele perguntou se Mary Bee tinha ouvido falar de uma família chamada Tull, por volta de uns cinquenta quilômetros ao sul. Após ela confirmar, ele relatou que Otis Tull tinha uma filha com lábio leporino em casa, Jenny, com dezessete anos, e que Vester havia pago cinquenta dólares do dinheiro da hipoteca por ela e levara Jenny para casa com ele.

– Não – disse Mary Bee.

– Sim – disse Alfred Dowd.

– Coitadinha – ela se condoeu.

– É mesmo – ele concordou. – Vivendo em pecado aos dezessete. E com Vester, velho o bastante para ser o pai dela. É repulsivo.

Briggs deixou a fofoca entrar por um ouvido e sair pelo outro. Para passar o tempo, ele contemplava a terra, o céu, e os traseiros das mulas.

– Eu gostaria de falar um momento com a senhora em particular, Srta. Cuddy – disse o pastor. – A senhora poderia descer?

Ela desceu e passou por trás dos cavalos atrelados. Dowd cavalgou um pouco para trás e desmontou, segurando as rédeas. Ele estava preocupado, disse. Briggs era o nome do invasor que supostamente teria sido enforcado.

– Ele é o homem. Eu salvei a vida dele. Em troca, ele jurou que iria me ajudar.

– Bobagem. O juramento dele não vale um alfinete. Ele pode matar todas vocês em um minuto.

– Eu creio que não, Alfred. Ele é um homem que comete deslizes, mas não assassinato. Pequenos crimes, não grandes.

– Tem certeza?

Ela hesitou. – O suficiente.

– Por quê?

– Preciso ter.

– E?

– Para garantir, eu enviei dinheiro adiante, aos cuidados da Sra. Carter. Ele sabe que receberá em Hebron, quando chegarmos.

– Dinheiro.

– Faz o cavalo andar. E as mulas.

– Eu ainda não posso acreditar. A senhora, nosso *homesman*. – Ele suspirou. – Nenhum de nós terá um momento de paz até que a senhora retorne. E, aliás, eu já escrevi para Altha Carter, informando-a de que a senhora está prestes a partir. – Ele olhou para ela solenemente. – Bem – ele disse. Abriu a boca, depois a fechou. Ela se lembrou da tarde na escola, quando se reuniram para o sorteio. A gravidade da ocasião, a confusão de suas emoções atordoaram o pastor por um momento. – Bem – ele disse. – Vamos partir. – Hoje ele não estava com cachecol para enrolar ou desenrolar. – Deus a abençoe e a proteja. – Abruptamente ele virou e deixou seu pangaré dar alguns passos, enquanto espiava cada uma das duas janelas naquele lado da carruagem. Quando ele chegou ao lado do cocheiro, levantou a voz. – Sr. Briggs – ele começou, depois começou novamente. – Sr. Briggs, o senhor carrega uma enorme responsabilidade. Para as mulheres desafortunadas nessa carruagem e para a dama ao seu lado. – Dowd limpou a garganta. – Eu espero que o senhor cumpra sua função com lealdade.

Briggs olhou-o de cima como se ele fosse alguém vendendo poções caseiras.

Dowd caminhou firme pelas mulas e ao redor da carruagem, então espiou as outras duas janelas. Mary Bee cruzou com ele enquanto assumia seu assento ao lado de Briggs. O pastor montou em seu pangaré e pousou uma mão no topo da carruagem. – Vamos orar – ele disse, essencialmente para os que iam na boleia. Mary Bee abaixou sua cabeça. Briggs não. – Senhor Deus, a vosso amor e proteção eu confio estas mulheres. Elas são três agora, e logo serão quatro. Hoje elas iniciam uma viagem pelo deserto. Elas terão carências. Alimentai-as. Elas terão fardos. Elevai seus ânimos. Elas terão medo. Dai a elas vosso escudo. Ao final da jornada, oh, Deus, permiti que cheguem a Hebron com as mentes em paz, com serenidade de espírito. Permiti, oh, Deus, que vossas crianças queridas e transtornadas cheguem a vós. Amém.

Mary Bee ergueu a cabeça e olhou em volta. Alfred Dowd estava cavalgando para longe, passando por uma nogueira. Ela o observou, mas dessa vez ele não acenou.

Briggs adormeceu. Não tinha sido o dia mais enfadonho de sua vida, depois de buscar e transportar lunáticas e olhar para o cano de um rifle.

– Aqui é a casa de Belknap – disse Mary Bee, manejando as rédeas com uma mão e apontando com a outra. – A minha é logo depois daquela colina, como o senhor lembra, então estamos quase de volta ao ponto em que começamos. A última parada, graças aos céus. Vai ser um grande alívio estar com todas as quatro e poder começar a viagem. Eu contei sobre a Theoline, não contei? E o bebê dela?

Briggs acenou com a cabeça.

– E o senhor ouviu o reverendo Dowd. Vester sempre teve seus defeitos, mas nunca pensei que pudesse ser tão carnal. Uma garota com lábio leporino, e a pobre Theoline ainda na casa! Dá para imaginar?

Briggs assentiu.

– Então ele mudou de ideia sobre deixar sua mulher ir. Tenho certeza que sim. Ele vai achar uma maravilha quando ela se for, e para nós vai ser fácil como tirar doce de criança, marque minhas palavras. O senhor não concorda?

A cabeça de Briggs não se moveu.

– Não concorda? – ela cutucou.

Briggs assentiu.

Ela franziu o cenho. – E a lua é feita de queijo, não é?

Briggs assentiu com a cabeça.

– Acorde – ela estalou o dedo. – Olhe ali.

Alguém com um cachecol sobre a cabeça estava correndo da porta da casa de turfa para a casinha.

– Hmmm – fez Mary Bee. – Essa não é uma das filhas dele. Eu sei, essa é a Jenny Tull! Ela está com vergonha de me encontrar, pobre garota, e Vester não sabe que eu sei que ele está com ela, e não quer que eu descubra. Há, Há. Mas eu podia lhe dar uma lição.

Vester Belknap apareceu diante da casa imediatamente quando a carruagem parou, e se aproximou para ajudar Mary Bee a descer delicadamente ao chão. Se ele estivesse usando um chapéu, teria a saudado com ele.

– Srta. Cuddy, que bom ver a senhora. Estava esperando desde que o pastor apareceu aqui e disse que a senhora estava vindo.

Ele quase fez uma reverência.

Ela quase sorriu.

– Muito bem, agora, a Line está pronta – ele disse, estudando rapidamente o homem na boleia.

– Como ela está, Vester?

Ele exibiu sua expressão mais dolorosa. – Quase a mesma. Ela come sozinha, mas inda não fala nada com sentido. – Ele se lembrou de algo. – Uma coisa que ela fez, a senhora não acredita.

Algumas manhãs atrás, disse, ele acordou e viu sangue pelo corpo todo da Line e no leito, no leito dela. Ele tinha feito uma cama de palha para ela no chão, para as noites. Bem, o que ela fez foi morder rasgando o pulso, a veia grande que corre junto do osso grande do antebraço.

Mary Bee ficou olhando para ele, atônita.

Pois, tentou se matar, foi o que a Line fez. Culpando a si mesma, ele acha, por ter matado o bebê.

– Deus amado.

No entanto, ele e as meninas deram um jeito e ataram os dois pulsos com tiras dos lençóis, um para estancar o sangramento, o outro para ela não morder de novo. E quando ela, Mary Bee, encontrasse as faixas nos pulsos de Line, sob a camisa, saberia para que eram. E era melhor não tirá-las, ele aconselhou, porque ela poderia tentar se matar a qualquer momento.

Mary Bee sacudiu sua cabeça. – O senhor fez bem em me contar. Onde estão as meninas?

– Ah, estão ali dentro – ele fez um gesto para a casa. – Num tem motivo para elas ficar aqui fora, chorando enquanto a mãe delas vai embora.

Vester interpôs toda sua estatura entre ela e a porta. Mary Bee virou um pouco de lado e viu Junia, Aggie e Vernelle junto ao vidro turvo da janela, os narizes achatados. Ela acenou com a cabeça para elas. Para o aborrecimento do pai, elas tamborilaram uma saudação pela vidraça. Naquele momento ela pôde ver, com toda a precisão, o que Vester estava armando. A chegada da carruagem e o transporte de sua esposa eram para ele um jogo de esconde-esconde. O objetivo era impedi-la de descobrir que ele tinha trazido uma nova esposa para substituir a antiga, que, apesar de legalmente casada com ele e ainda residente na casa, estava em frangalhos. Afinal, ele tinha ordenado às garotas que ficassem escondidas dentro da casa para que não tagarelassem e o entregassem, enquanto Jenny Tull tinha sido instruída a correr para a casinha e se esconder ali, fora da vista, até que Mary

Bee, que era o pegador da brincadeira, fosse embora. E agora faria de tudo para ela ir embora o mais rápido possível.

– Aqui estão as coisas dela, Srta. Cuddy – ele disse, arrastando-se para a casa, pegando as roupas de cama e a bagagem e levando até ela. – E aqui está o papel para Slade's Dell, Kentucky, onde é pra ela ir. Tem irmã e irmão dela lá. Agora a senhora guarda as coisas dela que eu vou buscar ela pra você, que tal?

Antes que ela pudesse dizer sim ou não, ele já tinha entrado na casa. Ela abotoou o papel na camisa, levou a roupa de cama e a bagagem para a carruagem, abriu as portas, sorriu para cada uma das três mulheres, e se virou para Vester, que com um braço na cintura de Theoline, tirava-a de casa às pressas para atravessarem o trecho lamacento até a carruagem. Os olhos da mulher zanzavam de um lado a outro, mas seu passo era firme e reto. Mary Bee estava determinada a conversar com ela, para ver como ela reagia.

– Olá, Theoline. Estou feliz por ver a senhora com aparência tão boa. Lembra-se de mim, Mary Bee?

– Ti – disse Theoline. – Ti, ti, ti, ti.

– Ah, a senhora quer conversar, ela vai falar pelos cotovelos – disse Vester, ajudando-a a subir na carruagem e sentando-a ao lado da Sra. Sours. Ele se afastou e desceu, bufando, e lançou um olhar prolongado e triste enquanto a Mary Bee fechava e trancava as portas. – Num sei como que eu e as garotas vamos viver sem nossa Line – ele disse. – Mas eu sei que essa é a melhor coisa pra ela. E eu agradeço à senhora, Srta. Cuddy, por levar ela pra casa. Que coisa boa e cristã de se fazer. E por falar nisso, posso cuidar dos seus bichos enquanto a senhora estiver fora?

– Muito obrigada, mas não precisa. – disse Mary Bee. – Charley Linens vai fazer isso.

De repente ela se esgueirou e passou por ele. Era hora de o pegador procurar. Ela marchou em linha reta até a casinha, parando a três metros. – Jenny! – ela chamou.

Não obteve resposta.

– Jenny Tull!

Ela quase podia ver, através da porta de madeira, a garota assustada e desfigurada escondida ali dentro. Ela sabia o que Theoline Belknap tinha feito ali?

– Jenny, eu sou Mary Bee Cuddy – ela anunciou alto o suficiente para ser ouvida da carruagem e mesmo dentro da casa, se alguém estivesse curioso o bastante para abrir uma fresta e escutar. – Bem-vinda à vizinhança. Eu moro a duas milhas ao leste daqui. Eu estou indo agora, por algumas semanas, mas quando eu voltar, quero que saiba que sou sua amiga. Adeus.

Quando ela voltou triunfante para a carruagem, Vester tinha ido para a frente ao lado do assento, descoberto, enrubescido. Ela subiu ao lado do cocheiro.

– Isso foi bem esperto da sua parte, Srta. Cuddy – ele escarneceu. – Mas é o roto falando do rasgado. Estou vendo que a senhora também tem companhia pras suas noites frias. Quem é esse mal-encarado?

Na mão direita de Briggs apareceu sua grande Navy Colt. Ele também tinha entrado na brincadeira. Mary Bee não sabia onde ele tinha escondido a arma, atrás dele ou debaixo ou dentro do casaco de couro, mas ali estava ela. Vester ficou imobilizado, os olhos arregalados por causa da arma. Um rifle não o teria intimidado, mas ele nada sabia sobre pistolas e o tipo de homem que as carregava. Briggs inclinou-se para fora e para baixo e com o cano de sua arma de repetição deu uma estocada na testa de Vester, logo onde começam os cabelos, insuficiente para derrubá-lo, mas forte o bastante para rachar o escalpo. Briggs pôs a arma no assento e limpou a fuligem da mão direita no casaco. Sangue escuro escorria da testa de Vester sobre a ponta do nariz e caía em gotas. Briggs passou as rédeas para Mary Bee, que fez um muxoxo para as mulas, e a carruagem se moveu. Vester Belknap ficou parado como um animal estúpido, sangrando. Briggs cuspiu para o lado.

Assim, o caixote de madeira sobre rodas começou sua travessia pelas planícies. As rodas provocavam dois sons. Onde tinha crosta de neve antiga, esmigalhava. Quando não tinha, pelos muitos quilômetros de um tapete de grama úmida amarronzada, as rodas com aros de ferro passavam cortando o solo, e guinchavam. E o contraponto desses sons, na frente e atrás, era a marcha das mulas e o baque dos cascos dos animais atrelados, a égua e o alazão de rabo arrepiado. Mary Bee Cuddy segurava as rédeas, Briggs estava ao seu lado. Quatro mulheres seguiam com eles na cabine, passageiras e prisioneiras, trancadas com seus pertences. No topo, amarrados sob uma lona, havia roupas de cama e sacolas com provisões e selas para os cavalos atrelados. Abaixo, suspenso por barras transversais, pendurava-se um balde de graxa para o eixo. De suas janelas quadradas, olhares estáticos que nada viam; a carruagem seguia para leste, em direção a um lugar onde o céu cinzento e a terra salpicada se encontravam e formavam uma linha comprida, comprida. Depois de uma hora ou duas de viagem, um novo som se sobrepôs aos demais. O som de uma das mulheres que começou a gemer alto, penosamente, e seguia gemendo até que Mary Bee disse que não podia mais aguentar, pediu para Briggs parar, desceu, e foi até uma das janelas. Era a Sra. Svendsen, a menos provável das quatro, cujos braços tinha desatado. – Por favor, pare, Sra. Svendsen – ela pediu. A mulher continuou. – Sra. Svendsen, eu pedi à senhora para parar. Por favor, respeite. – A mulher não parou. – Pare! – gritou Mary Bee pela janela, para ela. – Nesse instante! Pare! – A Sra. Svendsen parou.

Mary Bee subiu para seu assento, chiando como se não pudesse retomar o fôlego. Quando conseguiu, ela falou para Briggs. – Aquilo era horripilante, eu não podia aguentar. – Ele olhou para ela, divertindo-se. – O que a senhora pensou que seria, Cuddy? Um piquenique da igreja? – Logo, no entanto, a Sra. Svendsen voltou a gemer, e foi acompanhada por outra mulher, depois outra, até que todas as quatro vozes se apresentaram, Gro Svendsen, Hedda Petzke, Arabella Sours e Theoline Belknap, juntas na desarmonia. Era um lamento que essas terras silenciosas raramente tinham ouvido. Tamanho era o desespero que fendia o coração e enterrava os dentes na alma. Mary Bee apertou as mãos contra os ouvidos. Lágrimas rolaram por suas bochechas, as lágrimas que ela tinha represado desde o dia anterior. Era como se as trágicas criaturas da carruagem tivessem finalmente discernido o que estava acontecendo com elas: que estavam sendo arrancadas de todos que as amavam, seus homens, suas crianças nascidas e não nascidas, e de todas as coisas que elas amavam, as flores que tinham plantado, seus melhores chapéus e anéis de casamento, e que não teriam nunca mais. A carruagem guinchava. Mary Bee chorava. Briggs conduzia as mulas. As mulheres continuavam gemendo. Gemendo.

A TRILHA

Na vizinhança todos os viam como "os noruegueses". No meio de sua própria gente, eles eram conhecidos como "vossings", porque antes de ir para o Novo Mundo viviam no distrito de Voss na Noruega. Eles eram pessoas austeras que deixavam o suor falar por eles. Eles temiam apenas a Deus e incêndios na pradaria.

Thor e Gro Svenden vieram para o território saindo de Minnesota, depois de vender a fazenda que tinham ali para Syvert e Netti Nordstog, os pais de Gro. Demarcaram uma terra no território e compraram a adjacente de um fazendeiro que tinha congelado seu pé ao passar por uma inundação. Um médico amputou sua perna com uma faca de trinchar e uma serra.

Os Svendsens construíram uma casa de turfa e um estábulo, revolveram oitenta acres com um arado e plantaram sorgo, escavaram um poço e encontraram água a seis metros e logo prosperaram. Eles trabalhavam pesado do raiar do dia até a hora de dormir e tiveram chuva o suficiente e dinheiro no Banco de Loup e amavam um ao outro e compartilhavam a tragédia.

Gro era infértil.

Era o fato central da vida deles.

Agora ela estava com trinta e seis, Thor com trinta e oito. As páginas do calendário iam sendo viradas. A cama não os ajudava. A relação sexual, que um dia tinha sido um ato de amor, e mais tarde uma tarefa tão costumeira quanto trazer uma vaca para junto de um touro, tornou-se, após dezesseis anos de casamento, um ato feito em silêncio desesperador. A ausência de filhos não foi por falta de tentativa. Toda noite, exceto aquelas de seu período, o marido lançava uma perna sobre a esposa, arrancava sua camisola, montava nela, atuava nela como se ele fosse um martelo ou um pé de cabra ou como se sacudisse um machado, despejava sua semente, rolava para o lado, e dormia. Jamais se deram ao trabalho de fazer uma carícia. Nenhum beijava o outro. Thor não podia conceber por que Gro não conseguia conceber. Como um campo, um campo virgem, agora arado e semeado incontáveis vezes, podia se furtar a fornecer uma safra? Que veneno havia naquele solo? A culpa devia ser dela. Ele não tinha cumprido seu dever? Por que Gro não cumpria o dela?

De vez em quando, depois do jantar, enquanto ela se curvava à luz de vela para realizar suas tarefas, remendando lençóis, tecendo um capacho de pano, Thor olhava para ela através dos óculos que ele tinha comprado de um vendedor que todo ano percorria a vizinhança. Depois de experimentar vários modelos, um parecia se ajustar e então se barganhava. Dois dólares não era um preço alto demais para salvar a vista. – Eu lhe dei a minha semente. – Thor dizia. – Você não a aceita.

– Sinto muito.

– Eu deveria ter meninos grandes e fortes para me ajudarem. Você deveria ter meninas. Logo será tarde demais Logo ficaremos velhos. E então?

Ela mordia a língua.

– Todas têm crianças. Todas menos você.

Depois de um tempo ela dizia. – Eu sou como Deus me fez. – E acrescentava. – E como quando você me desposou.

Ele olhava para o lado, e eles levavam a amargura dele e a mágoa dela para a cama com eles.

Então para compensar, para provar a ele que ela não era inútil, Gro Svendsen realizava o trabalho de três, de uma mãe e de duas das filhas que ela não pôde ter. Ela trabalhava nos campos com o Thor quando podia dar uma mão. Frequentemente alimentava os animais e manejava os fardos de feno com o ancinho. Ela plantava e cuidava da horta. Ela remendava roupa de cama, mantinha as velas acesas, cozinhava, fazia suas próprias roupas com tecidos, lavava a roupa do lado de fora e passava a ferro do lado de dentro, fritava, fazia sabão com cinzas e gordura derretida, ressecava milho e carne, salgava porco e pepino, reparava sobretudos e jeans, fazia guisados, batia manteiga, estofava os leitos de feno, mantinha a casa limpa, esmagava moscas, recolhia ervas para remédios, combatia percevejos nas paredes, e abria a porta e a despensa para viajantes esperançosos que iam para o oeste, assim como para as pessoas tristes que iam para leste, de volta para a terra natal, derrotadas. Ela apreciava um pequeno espelho que fitava quando Thor estava fora, tentando se lembrar da noiva para o qual ele tinha sido dado, e toda vez ela sentia vontade de chorar.

Ela chorava, frequentemente, quando estava sozinha, mas as lágrimas não podiam aliviá-la. Thor dizia a verdade. Ela devia ter alguma culpa. Ele lhe concedia a dádiva de sua virilidade, e o corpo dela não aceitava. Ao longo dos anos a culpa crescia nela como uma criança incômoda, não desejada. A culpa a tornava pesada. A culpa agitava-se dentro dela, desajeitada. A barriga dela doía. Ela ficava sem esperança. O tempo não iria retirar a abominação de seu ventre, ela tinha certeza, não importando o quanto ela ficasse disforme, não importando quanto tempo ela vivesse. E como a culpa deveria ser sua única criança, ela tinha que mantê-la em segredo. Ela iria morder sua língua antes de sussurrá-la ao marido. Ela pensava em cometer suicídio.

Então, em Minnesota, no início do outono, o pai dela, Syvert Nordstog, morreu, e Netti, sua mãe, escreveu dizendo que não conseguia tocar a fazenda sozinha, estava velha e solitária demais. Então propôs vendê-la e vir para o território para viver com sua filha e seu genro. Ela daria todas as suas economias para eles e ajudaria a Gro no que pudesse. Os Svendsens tinham que decidir.

Gro era favorável. – Ela não tem mais ninguém, pobre alma. E ela deve ter trezentos ou quatrocentos dólares, sem dúvida.

Thor ergueu os óculos e massageou a ponta de seu nariz. – Onde ela vai dormir?

Gro logo soube o que ele queria dizer. – No loft. Ela tem sono pesado.

Em cima da parte de trás da casa de turfa havia um loft com vigas, onde eles estocavam coisas, e uma escada. Gro poderia estofar mais um colchão.

Netti Nordstog chegou à casa deles com a primeira neve. Parecia diferente da mãe que Gro havia conhecido, estava frágil e envelhecida. Ela não conseguia subir a escada para a cama feita para ela no loft, e teve que dormir com Gro enquanto Thor se empoleirava na parte de cima. Mas ela era um conforto para Gro e mais um par de mãos. Ela podia cozinhar e limpar e costurar e acrescentar uma nova voz e uma presença nas noites quando os troncos de figueira estalavam no fogão e o vento enfurecia-se pelos cantos da casa. Ela era como uma segunda vela ardendo. Mãe e filha nunca estiveram tão próximas.

Era o inverno mais radical que qualquer um deles já tinha vivido, mesmo em Minnesota. Enquanto os dias se sucediam com borrasca após borrasca e os montes de neve se acumulavam tão altos quanto sua cabeça, Thor acumulava ressentimento dentro de si. Gro entendia. Uma idosa levou a melhor sobre ele em uma barganha. Ela tinha invadido sua terra, inclusive sua cama, e passado a perna em sua virilidade. É preciso admitir que ela tinha dado um bom dinheiro, mesmo assim, mais dinheiro no banco não valia um único fio de cabelo de uma criança. Às vezes, à noite, com sua mãe dormindo ao lado, Gro podia ouvi-lo revirando e resmungando no loft. Era mais do que pesadelos com ogros. Se no começo ele tinha rancor contra Netti Nordstog, agora ele a odiava. Gro temia uma explosão.

E em fevereiro, como se fosse uma praga do Thor, Netti ficou desesperadamente doente. Não era febre, não ficou amarelada, não tinha agonia ou temperatura alta ou calafrios, era alguma coisa dentro, a falha de um órgão, talvez o fígado ou um rim. Ela sentia uma profunda e intensa dor. O doutor se encontrava a quase cinquenta quilômetros, e não se podia esperar que Thor arriscasse a viagem. Gro cuidou de sua mãe dia e noite, usando o único medicamento que ela tinha, um remédio patenteado chamado "xarope composto de sassafrás de J. L. Curtis", o que, de acordo com o rótulo, era uma cura garantida para "esgotamento, urticária, bronquite, sangue na saliva, acesso de tosse, reumatismo lombar, gastrite aguda e outros males numerosos demais para se mencionar". Ela também tratou a paciente com chás feitos de evônimo-da-américa e serpentário-da-virgína. Ela também tentou cataplasmas de mostarda no pescoço, pulsos e tornozelos. Mas na madrugada do terceiro dia, enquanto outra tempestade de neve assolava a casa e Thor fungava no loft, Nordstog faleceu, agarrando-se à mão de sua filha até o final de sua vida.

– Thor! Thor! – Gro soluçou para ele do andar de baixo, e os dois confabularam. Não podia haver funeral ainda, pois os vizinhos, mesmo os Caudills, que eram os mais próximos, não poderiam ser notificados nesse tempo, nem poderiam contar com o pregador itinerante, o reverendo Dowd. Tudo isso teria que ser adiado, mas seria preciso enterrá-la agora.

Thor sacudiu a cabeça. – A terra está dura demais. Ao menos um metro de neve sólida.

– Então como?

– Eu digo como. Vamos deixá-la do lado de fora.

– Como?

– Congelando.

– Congelando!

Ele revirou as brasas no fogão e acrescentou gravetos e um tronco. – Ela não pode ficar aqui dentro. Logo mais vai feder.

Gro engasgou. – Você desejou a morte dela!

– Eu não fiz isso.

– Você a odiava!

– Deixe-a do lado de fora, mulher! – Thor rosnou.

Gro lavou sua mãe, penteou o cabelo dela, vestiu-a em seu melhor vestido de seda, passou um pano úmido com vinagre em seu rosto para suavizar o *rigor mortis* e cruzou seus braços sobre o corpo inerte. Thor carregou o corpo para fora, na borrasca, então voltou, pisando firme e tremendo de frio.

– Onde? – Gro perguntou.

– Não importa.

– Onde!

– Em um monte de neve. Perto de casa.

– Oh, Deus! – Gro se sentou na cadeira, cobriu o rosto com as mãos e balançou. – Minha mãe! Na neve! Como um animal!

Naquela noite Thor voltou à sua cama de direito e esperava ter sexo. Gro saltou das cobertas e gritou para ele de trás do fogão. – Não, não faça isso! Quando ela estiver propriamente enterrada, sim! Agora, não!

Thor se sentou na cama. – É o meu direito! Você não quer um filho?

A resposta dela foi passar correndo por ele, subir a escada e dormir no loft.

E ali ela passou a dormir sempre. Marido e esposa não trocaram uma única palavra depois daquilo.

Então veio um degelo, e no primeiro dia Thor tentou cavar uma sepultura adequada, sem sucesso. Depois de um grande esforço ele acabou limpando a neve, mas a pá voltava ao bater na terra congelada, como se fosse uma rocha. Depois de alguns minutos tentando, ele selou o cavalo e cavalgou até os Caudills para discutir o problema com o Henry. Enquanto ele estava fora, Gro deixou a casa e, derramando lágrimas, varreu os montes de neve com uma vassoura em busca de sua mãe, mas não pôde encontrá-la.

Na manhã seguinte, após as primeiras tarefas, Thor montou novamente e cavalgou vinte e cinco quilômetros até Loup. Henry Caudill havia sugerido pólvora. Uns quatro quilos e pouco, em sua opinião, iriam explodir um buraco largo e profundo o suficiente. Para garantir, Thor comprou cinco quilos na mercearia, e rastilho, e não voltou para casa até duas horas após o anoitecer. Gro ainda dormia no loft.

Pela manhã, com um pé de cabra, Thor abriu dois buracos de um metro de profundidade, com um metro e vinte de distância entre um e outro, onde ele tinha limpado a neve, e encheu quase até a borda com pólvora. Como ele era um homem econômico, guardou meio quilo de pólvora, que ele deixou no estábulo. Então ele cortou o rastilho em dois, deixou duas pontas nos buracos, tampou bem com torrões de terra, acendeu um fósforo, acendeu as extremidades dos rastilhos, e correu para a casa, chegando bem a tempo.

A explosão se deu com um baque surdo.

Gro quis saber.

– Pólvora – disse o marido. – Eu fiz uma sepultura com pólvora. É o melhor que posso fazer. Agora eu vou enterrá-la. Não quer vir?

Thor foi para fora e olhou para o buraco. Era amplo o bastante para um humano pequeno. Ele pegou uma coberta grande no estábulo, com uma pá localizou o monte de neve certo, e desenterrou o corpo. Estava rígido, enregelado. Ele rolou o corpo para dentro da manta, colocou no buraco, e começou a trabalhar com a pá.

Naquela noite, quando ambos estavam prontos para a cama, Gro se dirigiu para a escada do loft, mas Thor pegou-a pelo braço e a segurou rapidamente.

– Não – ele disse. – Agora ela está sob a terra. Agora você vai se deitar comigo.

Ela desceu a escada e foi para a cama. Ele a seguiu, despiu-a da camisola, jogou uma perna para cima dela, montou nela, atuou em cima dela, despejou sua semente, e rolou para o lado.

Para a sua surpresa, ela saiu da cama arrastando-se sobre o pé dele e se levantou.

– Deus vai acabar com você – ela disse, então subiu a escada para o loft.

O sonho de Thor Svendsen lhe salvou a vida naquela noite. Em algum momento da madrugada, um ogro cavalgava um urso através da floresta em direção a ele, e ele acordou sobressaltado. Ele ouviu um estalo. Os olhos dele se ajustaram à escuridão. A esposa estava descendo a escada. Ele ficou parado para observá-la. Ela se moveu até atrás do fogão e veio com alguma coisa na mão. Enquanto ela se aproximava da cama, mesmo sem os óculos ele podia ver a lâmina comprida da faca de trinchar. Ela ergueu a faca bem alto. Ele se preparou.

Quando ela mergulhou a faca, em sua direção, ele conseguiu empurrá-la, arremessando as costas dela contra uma cadeira perto da mesa, derrubando a cadeira e Gro juntas, e tirando a faca de sua mão. Ele rapidamente a pegou e sentou com a faca na cama. Sua esposa se levantou sem uma palavra e subiu para o loft. Ele não pôde dormir no resto daquela noite.

Pela manhã eles se vestiram, e enquanto ela tomava seu café da manhã, Thor saiu para as primeiras tarefas. Quando ele voltou e chegou à porta, alguma coisa, um instinto, fez com que ele abrisse a porta lentamente e se agachasse ao entrar. Ele fez bem. Ela estava escondida atrás da porta, e assim que ele passou a soleira, ela se voltou contra ele com o machadinho para cortar lenha, que ficava perto do fogão. A lâmina se enterrou na porta.

Thor Svendsen ficou furioso. Ele a forçou a se sentar na cadeira, dominou-a lutando com um braço, enquanto com a outra mão ele abria o baú dela, encontrou uma fronha, e a amarrou à cadeira pelo pescoço.

Ele ficou parado, respirando fundo e olhando para ela. Ela olhou de volta, os olhos brilhando de ódio. Foi quando ele percebeu que sua esposa estava insana.

Eles tinham que atravessar quase o território inteiro, e Briggs escolheu um percurso voltado para o leste. Mary Bee preferia seguir pelos vales do rio, que corria para sudeste, na esperança de encontrar pessoas que pudessem ajudá-los no caminho, quanto mais gente melhor. Ele a contrariou. Quanto menos, melhor.

– Por quê?

– Porque estamos levando uma carga bem incomum.

– Carga!

– A senhora pode chamar como quiser, para mim é carga – ele disse. – Pense um minuto. Nós podemos encontrar três tipos de pessoas por estes lados. Quem?

– Bem, caravanas, eu suponho.

– E a senhora supõe que esses homens vão querer que suas esposas saibam o que fazem com as mulheres por essas partes?

Mary Bee ficou em silêncio.

– Quais os outros tipos de gente?

– Eu não sei.

– Carregadores. Homens que não veem mulher há algum tempo. Quem mais?

Mary Bee olhou zangada para ele.

– Eu digo à senhora. Índios. Depois de me abater eles vão fazer uma bela festa com as cinco.

Ele deixou que ela refletisse um pouco e, tendo vencido pelos argumentos, teve direito à última palavra. – Então eu vou direto para aquele rio, e vou me esquivar de qualquer pessoa que apareça. Quanto menos, melhor.

Mas ela era uma mulher. – Elas não são carga. Elas são seres humanos.

– Elas são loucas.

– Elas são preciosas para o Senhor.

– Bem, elas são para mim também, Cuddy. Valem trezentos dólares.

Eles viam, de quando em quando, uma moradia de turfa ou uma escola ou a fumaça da chaminé de um abrigo, e Briggs evitava-as tão cuidadosamente quanto evitava as carcaças intumescidas de gado morto congelado pelo inverno.

Depois de três dias eles estabeleceram uma rotina. Assim como os cavalos, as mulas eram amarradas, e acordavam zurrando pelas manhãs com toda a pompa, como se fossem clarinetes. Briggs desamarrava as mulas, a égua e o alazão, e os deixava vagar e correr e brincar e empinar e tentar morder e dar coices uns nos outros. Ele não podia alimentá-los com grãos, mas mesmo a grama azulada úmida e morta tinha algum nutriente. Mary Bee se afastava com três das mulheres para que, uma por vez, pudessem se aliviar atrás das moitas, quando havia moitas, enquanto Briggs acendia o fogo. Tendo perdido o uso das pernas, Arabella Sours tinha que ser carregada, e ele o fazia. Mary Bee aquecia água e lavava as mãos e rostos das mulheres e penteava seus cabelos, então cozinhava o desjejum. A Sra. Sours e a Sra. Petzke tinham que ser alimentadas na boca. Depois da refeição Mary Bee lavava a louça, guardava tudo no armarinho, enrolava os cobertores e os guardava, enquanto Briggs arreava e atrelava a parelha e amarrava os cavalos. Juntos eles colocavam as passageiras na carruagem e seguiam em frente. Os braços da Sra. Svendsen ainda estavam desamarrados. Os sacolejos da viagem pareciam ter aplacado a fúria dela.

Eles se revezavam nas rédeas. Briggs falava pouco. Entre outros passatempos, Mary Bee contava as árvores isoladas. Pequenos trechos arborizados eram encontrados normalmente ao longo de riachos ou junto ao leito do rio, salgueiros, figueiras, oliveiras e ulmeiros, mas ocasionalmente uma árvore solitária parecia ter se plantado sozinha na planície e crescido em total majestade. Como surgia ali era uma charada sem resposta, a não ser que um pássaro tivesse soltado a semente. Ela adorava essas árvores solitárias. Elas não se intimidavam. Elas a confortavam e a inspiravam. No segundo dia ela contou quatro, no terceiro dia, duas. Eles faziam duas ou três paradas diárias. Na primeira os animais bebiam água e o barril era completado em um riacho ou bica. Em outra parada, quando a oportunidade surgia, Briggs pegava um machado e cortava um suprimento de lenha, que deixava no alto sob a lona. Uma parada ao meio-dia estava programada para permitir às mulheres, com Mary Bee no comando, aliviarem-se, e novamente Briggs carregava a jovem Sra. Sours e sua boneca. Eles se revezavam na caça também, ela em uma tarde, ele na seguinte. Ela selava Dorothy, pegava o rifle e cavalgava tão livre quanto a brisa, esperando por uma presa grande, um antílope ou um búfalo errante, mas terminava, assim como ele, com gansos ou lebres, que pesavam três quilos e meio.

Eles acampavam ao final da tarde, Briggs escolhia o local. Mary Bee acendia o fogo, esvaziava o armarinho e o forno holandês, limpava e preparava a caça. Ele desatrelava, tirava os arreios e amarrava os quatro animais junto às estacas. Ela nunca tinha visto ninguém tão escrupuloso com esse processo. Primeiro ele procurava um bom gramado, então andava ao redor pisando firme a terra até ficar satisfeito de que fosse sólida o bastante.

Então ele enterrava as quatro estacas tão profundamente com um machado que nada menos do que um hipopótamo poderia deslocá-las dali, e era tudo o que ele podia fazer para manter os animais ali até o dia seguinte. Depois que comiam o jantar e lavavam a louça, as camas eram feitas no solo, sob a cabine, em caso de chuva. De tantos em tantos dias, quando havia água corrente por perto, Mary Bee punha roupas de baixo limpas nas mulheres, lavava as roupas sujas e as pendurava para secar. Se ainda não secassem enquanto havia sol, ela as estendia sobre a lona no topo da carruagem, prendendo com pedras. Desde o início Briggs insistia que cada mulher fosse amarrada a um raio da roda pelo pulso para passar a noite. Isso a deixava irada. Elas são pessoas, ela declarava, não animais, não precisa prendê-las. E o que fazer, ele inquiria, se uma ou mais delas saísse no escuro em busca de sua família e de sua casa? Que baboseira, elas não iriam. E como ela sabia que elas não iriam? Ela estava pronta a sair pela manhã cavalgando até o inferno para encontrá-las? Se é que iria encontrar. E se não encontrasse, e então? Então elas tinham que ficar amarradas. Mary Bee fazia sua cama perto delas. Briggs dormia perto do fogo, e dormia reclamando de frio. Ela tinha dado a ele dois malditos cobertores finos como papel. Às vezes durante a noite o relincho de uma mula ou de um cavalo a acordava, e quando ela olhava ao redor o via no canto dele, o rifle dela por perto, ele olhando para as brasas da fogueira, pensando. Pensando? Será que ele era capaz de atividade cerebral?

Cada hora das horas em que passavam na carruagem era longa o bastante para que se desse a volta ao mundo pelo equador.

Se ao menos ela tivesse uma flauta para tocar.

Se ao menos ela tivesse o Sr. Emerson para ler.

Se ao menos ela tivesse um alfinete de chapéu para espetar na criatura tapada que se sentava ao seu lado na boleia.

– Por que o senhor é um invasor de terra? – ela alfinetou em uma manhã.

– É um modo de ganhar a vida.

– Quanto se ganha assim? Quanto o senhor conseguiu invadindo a terra de Andy Giffen?

– Duzentos.

– Não é muito.

– Para só ficar ali durante três ou quatro meses, é.

– O que iria acontecer com Andy Giffen quando ele voltasse para casa?

– Ele não conseguiria me arrancar dali. Ele teria que ir até o advogado de Wamego, o homem para quem eu trabalho. Ele teria que comprar sua terra novamente, talvez por mil dólares, ou levar tanto tempo lutando nos tribunais que morreria de fome.

– Desprezível.

– Idiota.

– Idiota?

– Ele se esqueceu de regularizar a terra.

Em outra manhã ela tentou falar das mulas. – Essas mulas vão conseguir chegar até o Missouri?

– Eu não conto com isso.

– Por que não?

Ela acertou em cheio. – Elas vão perder muita gordura – ele disse. – Aqueles fazendeiros que juntaram essa parelha pra senhora deveriam ter dado uns sacos de milho também. Não tem muito nutriente nessa grama morta. Nesta região o gado precisa de, ao menos, meio quilo de grãos de milho todos os dias. Alguns dizem aveia, mas aveia fica úmida. Milho em grãos, não. O melhor alimento que existe, para homem ou animal.

Qualquer coisa para mantê-lo falando e ouvir outra voz. Qualquer coisa para ocupar a mente. – Esse aí revirando as orelhas, ele sabe que estamos falando dele. Ele é o Pensador, a outra é a Trabalhadora. Mas eles deveriam ter nomes. Que nomes vamos dar a eles?

– Eu não uso nomes.

– Ah, como o senhor chama seu cavalo?

– Cavalo – ele disse.

– Cavalo – ela disse.

– Cavalo – ele repetiu.

– Isso é tudo – ela disse.

– Isso é tudo – ela repetiu. – Eu não sou de ter muita preferência por coisa alguma.

– Percebo – ela considerou. – Bem, minha égua se chama "Dorothy", em homenagem à minha irmã.

Ela esperou. Isso lhe dava uma deixa, e se ele tivesse uma fagulha de instinto social, ele iria aproveitá-la, ele iria inquirir polidamente sobre sua irmã, ou sobre sua família, ou sobre suas origens. Ela esperou em vão. Ele era um completo tapado. Então, eventualmente, ela seguia a sua própria deixa, percorrendo penosamente seu passado como se seguisse com uma enxada pelo campo, enquanto as pálpebras dele desciam e sua cabeça tombava. Dorothy era a irmã mais velha dela, dois anos mais velha. Elas não tinham irmãos. Dorothy tinha um casamento feliz com um médico, tinha um filho de seis anos, e estava esperando outro bebê, ela tinha acabado de escrever a respeito. Ela vivia em Bath, no Lago Keuka, no norte do estado de Nova York, onde as duas tinham nascido e sido criadas. O pai delas era um curtidor de couro, e ela ainda podia se lembrar do cheiro de ácido quando ele chegava em casa do curtume. A mãe morreu quando ela tinha doze anos. Mary Bee estudou no colégio religioso de Troy, ensinou na escola primária em Massachussetts e em New Hampshire por oito anos, então se inscreveu no Conselho Nacional Popular de Educação de Catharine Beecher em Boston para ser testada e treinada até ser enviada para o oeste, com a viagem paga. Para servir a Deus e à igreja dela, para acender uma vela de aprendizado no escuro da fronteira distante, essas eram as intenções. Que ela também esperava encontrar aventuras e laçar um marido ideal, forte, bonito, bem-educado, diligente e viril, isso ela não contava para ninguém, muito menos para Briggs. Ela foi aceita no Conselho e logo, com sua amiga, a Srta. Clara Marsh, foi levada para o território de trem, barco a vapor e carruagem. No inverno daquele ano tenebroso na escola ao sul de Wamego, veio a notícia de que o pai dela falecera, e na primavera veio a herança. Em poucas semanas ela tinha comprado a terra de uma viúva e começado a investir na safra. O queixo do cocheiro atingiu o peito.

– Estou mantendo o senhor acordado, Sr. Briggs? – ela perguntou.

A cabeça dele se endireitou rapidamente.

– Como? Não, Cuddy – ele disse, tocando a aba de seu chapéu. – A senhora está me fazendo dormir.

Um dia ele virou a carruagem em direção a algumas árvores para dar água aos animais e encher o barril. Assim que eles pararam próximo do riacho, Mary Bee saltou, andou com as pernas rijas até a árvore mais próxima, uma castanheira escura, e envolveu seus braços nela, apertando-a em um abraço por vários minutos. Talvez do que ela mais sentisse falta, ela disse para Briggs em desafio, rosto colado ao tronco, fossem árvores, as árvores que ela tinha conhecido e amado no estado de Nova York, plátanos, faias, álamos e bétulas e pinheiros em abundância. Ela deixou as mulheres saírem e as levou de volta. Então, quando se afastaram das árvores, Briggs parou as mulas. À frente deles, sobre quatro hastes de madeira, havia uma estrutura com árvores jovens amarradas umas às outras e às hastes com tiras de couro cru. Havia três dessas plataformas. Em cada uma delas se pendurava uma forma do tamanho de um homem envolvida em couro de búfalo. Cadáveres, disse Briggs. Índios Winnebago. Era como faziam. Eles pararam por um momento em silêncio. Um corvo crocitou, ao longe. Briggs desceu da carruagem ao lado da estrutura mais próxima e subiu no topo, sobre o amontoado de mãos e joelhos. Ele se inclinou, agarrou um dos couros de búfalo que envolviam os corpos, então puxou até que se soltasse das tiras e largasse o cadáver para fora da plataforma. Antes que batesse no chão, Mary Bee exclamou de horror e desviou os olhos. Briggs sacudiu o couro, bateu-o na plataforma para tirar o pó, esticou-o no topo da carruagem para tomar ar e reassumiu seu assento e as rédeas. Naquele dia, em qualquer momento que Mary Bee tentasse olhar para o couro, ela sentia o estômago revirar. À noite, na hora de dormir, Briggs colocou seus dois cobertores sobre o couro e se enrolou nos três. Pela manhã ele anunciou que tinha dormido aquecido pela primeira vez.

Ela guardara com todos os itens valiosos na valise de veludo uma folha com o nome e endereço da irmã de Theoline Belknap em Kentucky; o pacote de cartas, o nome e o endereço de

Karl Koenig, o irmão de Hedda Petzke perto de Springfield, Illinois; o papel com os nomes dos numerosos parentes de Arabella Sours em Ohio, e o broche com camafeu rosa preso em um pedaço de cartolina; o envelope com os nomes e os endereços dos dois primos de Gro Svendsen em Minnesota; o pano imitando o teclado de harmônio; a última carta de Dorothy, e o envelope que o banqueiro tinha lhe dado contendo seis notas de cinquenta dólares do Banco de Loup endereçadas para o Sr. George Briggs a/c Sra. Altha Carter, da Sociedade de Amparo às Mulheres da Igreja Metodista, Hebron, Iowa; mais seus próprios dez dólares em notas. Durante o dia a valise ficava enrolada em seus cobertores. À noite ela dormia em cima dela. Pensando com seus botões, concluía que tinha feito certo ao trazer os trezentos dólares em vez de mandá-los pelo correio, mas os mesmos botões diziam a ela que sem sombra de dúvida, se o Briggs pusesse a mão no envelope, iria abandoná-la sem pestanejar. Se ele fosse o que ela acreditava que ele podia ser, certamente poderia ser um ladrão. Um homem de pouco caráter. Um ignorante. Um atrasado. Um tapado. Um bruto – e apenas um bruto poderia rachar o escalpo de Vester Belknap. Ela iria vasculhar todo seu vocabulário em busca da palavra que melhor o classificaria. A maioria dos homens que vinha para as planícies era de homens bons, trabalhadores e corajosos. Homens de família tementes a Deus e ambiciosos. Ah, havia as exceções, os mais baixos na escala, os fora da lei e os encrenqueiros. E entre um e outro havia o refugo, inferiores em todos os aspectos, pegando o que podiam, contribuindo para nada. Eureca. Ela tinha a palavra. O invasor de terra era o refugo.

Na manhã seguinte as mulas arreadas e atreladas não queriam andar. Mary Bee estava com as rédeas. Ela fez muxoxo até cansar a língua. Briggs estava impassível ao lado dela. Ela se levantou, agarrou as rédeas, e açoitou forte cada uma das bestas nas ancas. Nenhuma se mexeu. O Pensador revirou as orelhas. A Trabalhadora estava inerte. Ela açoitou uma segunda vez. Elas não queriam ir. Ela as mandou para o inferno. Açoitou de novo. Elas continuavam tão teimosas quanto... quanto mulas.

– Desgraçadas! – ela gritou, e se sentou.

Briggs desceu e as desatrelou, e puxando a parelha pelos freios, libertou-as do varal e conduziu-as para uma volta em círculo amplo em volta da carruagem, reposicionou-as no varal, atrelou-as novamente como se fosse pela primeira vez naquela manhã, passou as rédeas para Mary Bee e sentou-se em seu lugar.

Ela fez muxoxo.

Moveram-se afinal.

Ela se virou para Briggs, que estava olhando para ela e fez algo tão surpreendente que ela quase caiu do assento.

Ele lhe deu uma piscadela.

Enquanto as milhas sibilavam e gemiam sob as rodas da carroça, ela estudava suas quatro cargas com grande interesse, fazendo anotações diárias em uma espécie de caderno mental.

Não havia mudança na condição da Sra. Petzke, que tinha sido aterrorizada até a insanidade. A paralisia dela persistia. Ela só podia andar com um braço em volta de sua cintura, levando-a e escorando-a, e só podia se nutrir se a comida lhe fosse dada na boca. Ela parecia não dormir nunca. Mary Bee observava-a quando ela dormia sob a carruagem à noite, presa ao raio de uma roda, e os olhos estavam sempre abertos, as pupilas sempre dilatadas. Às vezes ela choramingava. Era como se a pobre mulher ainda estivesse sendo acossada pelos lobos, e isso fosse continuar enquanto ela vivesse.

A Sra. Sours parecia ter perdido permanentemente o uso das pernas. Briggs a carregava para as refeições e para se aliviar. Acordada ou dormindo, ela se agarrava à boneca de pano. Ela estava esquelética, suas bochechas pálidas, seu cabelo loiro não tinha brilho, e incrivelmente, para uma garota de dezenove anos, ela não mostrava qualquer animação. Ela também, Mary Bee tinha que alimentar dando-lhe pedaços com os dedos. Abria a boca para a comida como uma criança, mas sem apetite. A paralisia parecia ser tanto da vontade quanto do corpo, e para Mary Bee ela era a mais digna de pena delas.

A perigosa das quatro, Sra. Svendsen, revelava-se tudo menos homicida. Agora que ela tinha sido removida da presença do marido, o ódio que brilhava em seus olhos tinha sumido e ela parecia totalmente inofensiva. Quando Mary Bee falava com ela, ela não dava resposta alguma, a não ser, de quando em quando, de uma maneira plácida, "Deus vai acabar com você". Frequentemente ficava insone à noite, virando e remexendo sob a carruagem com suspiros e gemidos, talvez devido a uma agitação interior que não se manifestava durante o dia.

Entre as mulheres, a Sra. Belknap, a querida Theoline, era a mais obviamente demente. Seu repouso à noite era dado a espasmos, e quando acordada ela costumava balbuciar suavemente em uma língua inteligível, apenas para ela mesma. Ela lançava os olhos ao redor sem fixá-los em nada. Comia como um passarinho e não entendia nada do que se dizia a ela. Mary Bee desenvolveu gradualmente uma teoria: Theoline tinha que continuar demente, porque se a mente dela clareasse, e a culpa tomasse seu lugar, ela iria cometer suicídio. Deve ter havido ao menos um momento de lucidez antes, um momento em que o assassinato de seu bebê foi revelado para ela em todo seu horror, ou ela não teria mordido sua artéria radial no antebraço. Mary Bee tomava cuidado para trocar a bandagem naquele pulso de tempos em tempos, e manter o outro atado para o caso da mente de Theoline desanuviar novamente.

Essas eram as observações que podia fazer quando elas estavam fora da carruagem. Quando estavam dentro da cabine, depois que fechava e trancava as portas traseiras, ficavam fora de seu campo de visão, e ela não tinha ideia de como elas reagiam ao confinamento e umas com as outras. Havia uma coisa curiosa: quando ela abria as portas a cada parada, nenhuma das mulheres tinha saído do lugar. Cada uma se sentava exatamente no mesmo lugar do banco do mesmo lado em que haviam sido postas desde o início. Cada uma ficava separada da mulher ao seu lado ou à sua frente por muitos centímetros, de modo a não terem contato físico nem com os piores sacolejos. Era como se cada uma das quatro estivesse determinada a demarcar seu próprio espaço, seus próprios centímetros, para se isolar em seu próprio inferno particular.

Era final de março, mas ainda não se percebia a mudança de estação. O inverno não passava. A primavera não vinha. Em vez disso, dez dias semelhantes se arrastavam pelas planícies. Os dias eram separados apenas pela escuridão. Em cada um dos dez dias o céu estava cinzento, o ar estático e carregado. Todo dia uma carruagem cinza rastejava sob um céu cinzento de uma parte das planícies a outra. Todo dia a terra se estendia adiante.

Então no final de uma tarde houve uma brisa, vinda do norte, e bem-vinda. Mas logo se tornou um vento, e Briggs abriu as narinas. Eles teriam uma tempestade, ele disse, não sabia de que tipo, mas uma tempestade grande e infernal. Ele parou e olhou do assento, mas não conseguia encontrar leito de rio ou arvoredo onde se abrigar ou mesmo um vale profundo. Continuou até levar a carruagem a uma pequena depressão, o que lhes daria quase um metro de vantagem. Mandou Mary Bee se apressar, tirar as mulheres da carruagem para se abrigar ali, com os cobertores delas e os deles dois. Enquanto ela fazia isso, ele desamarrou a lona e liberou o topo da carruagem, e quando as mulheres saíram, ele tirou o armarinho de dentro e o enterrou debaixo da carruagem, e passou para a cabine tudo o que estava no topo, bloqueando uma janela com um saco de farinha de milho apoiado em uma sela, e a outra janela com um saco de feijões. A essa altura o dia estava anoitecendo rapidamente, e o vento estava aumentando e virando uma ventania. Ele pegou martelo e pregos e, com a ajuda de Mary Bee, pregou a lona no lado norte da carruagem para bloquear o que quer que viesse, fosse chuva ou granizo. Enfim, ele desarreou e desatrelou as mulas e o alazão e a égua, e em vez de amarrá-los com as estacas, prendeu os quatro animais aos raios das rodas no lado sul da carruagem. Ali eles estariam por perto, e ao abrigo do vento, e mesmo que sofressem não se assustariam e não sairiam correndo. Ele e Mary Bee foram para baixo da cabine então, e entraram sob os cobertores junto às mulheres bem quando a tempestade golpeou a carruagem com uma rajada que tirou completamente do chão as duas rodas do lado norte.

Era uma tempestade de gelo, um fenômeno das planícies. Nuvens de partículas de gelo quase tão finas quanto farinha cruzavam a região, bem perto do solo, em uma ventania feroz. Nem o homem nem os animais poderiam confrontá-las. Exposto, o rosto de uma pessoa ficaria coberto de gelo em um instante, os olhos se fechariam congelados, o fôlego se perderia, o gelo infiltraria tanto nas roupas que o corpo todo ficaria recoberto. Apenas a proteção proporcionada pela carruagem e pela lona salvava os viajantes. Ainda assim, a lona começou a dobrar e a chicoteá-los violentamente até que eles a agarraram, a puxaram para dentro e fizeram peso sobre ela com seus corpos. Mesmo no abrigo os animais sofreram terrivelmente. Em uma hora seus corpos estavam revestidos de gelo; em duas horas suas cabeças estavam do tamanho de bacias de colheita, transformadas em massas de gelo pelo ar congelado. Logo depois, nem as mulas nem os cavalos podiam suportar o fardo e abaixaram as cabeças para o chão. Durante horas a tempestade assolou a carruagem e os que estavam debaixo dela. Os seis humanos se juntavam em uma grande massa, cobertores e o couro de búfalo em volta, por cima deles. Mary Bee não podia nem adivinhar o que se passava nas cabeças das mulheres, nem mesmo se estavam assustadas. Ela estava. Havia momentos em que parecia que o vento ia levantar a carruagem toda para o ar, com os animais amarrados junto, e levar Deus sabe aonde. Ela tentou se livrar do medo ao imaginar a si mesma em outro lugar, não sob uma carruagem na pradaria com quatro mulheres loucas e um refugo de homem, mas com um capitão confiável em um barco portentoso em um mar romântico, resistindo à tempestade. Apenas uma vez ela se perguntou o que teria acontecido nessa hora se ela tivesse saído sozinha com as mulheres, se Briggs não estivesse ali – e ela não ousou responder à pergunta. Próximo da manhã o vento cessou de soprar tão abruptamente quanto começou, e o único som na terra era a respiração dos animais através dos buracos de seus focinhos. Ainda era noite escura, mas o preto ia mudando para um cinza e um grandioso sol dourado se erguia no horizonte, o primeiro sol que eles tinham visto em onze dias, e em poucos minutos seus raios transformaram o mundo de gelo em um mundo de diamantes. O sol refulgia com um brilho quase divino. O chão, naquele instante, era coberto de quase oito centímetros de fogo branco. Os seis piscavam. Um Briggs mal-humorado foi o primeiro a sair debaixo da carruagem, e depois de uma rodada de catarro, pigarreio e cuspe e xingamentos, e depois de virar as costas para molhar o chão à vista de todos, ele disse que queria seguir viagem, sem comida, nada, apenas ir. Usando a parte plana do machado com cuidado, ele limpou o gelo das mulas e dos cavalos, dos arreios e da lona. Mary Bee descarregou a carruagem e levou as mulheres para dentro. Ela subiu no topo, e ele entregou as selas e os suprimentos para ela, no alto. Ela amarrou a lona enquanto ele prendia a égua e o alazão e atrelava a parelha de mulas, e em bem pouco tempo eles estavam fora da depressão, e novamente avançando para o leste através de uma luz tão brilhante que machucava os olhos. Depois de cinco quilômetros eles deixaram o gelo para trás e o solo voltava mais uma vez ao velho padrão de neve com grama amarronzada, sem sinal da tempestade. O céu estava azul, e não cinzento. O ar recendia a dias mornos. Mary Bee pensou ter visto um tordo e um sabiá. Tinha sido o inverno mais mortífero que o território já conhecera, ceifando uma grande parte de seu povo, como testemunharam as mulheres que iam atrás dela, mas essa tempestade, a tempestade Dele, apesar de limitada àquele trecho, ao menos tinha esgotado de uma vez com o inverno e aberto caminho para a primavera, primavera de verdade. Ela era grata ao seu Deus.

Perto do meio-dia, Briggs parou, abriu o armarinho, e deu um bolinho de milho frio a cada uma. Mary Bee tinha acabado de voltar ao assento e mordido o dela, cheia de fome, quando uma gritaria dentro da carruagem a fez descer novamente. Ela correu até as portas, destravou e as abriu.

De início ela não podia ver claramente. A Sra. Sours e Line Belknap, mais próximas das portas, estavam curvadas de tanto medo, com os braços cobrindo as cabeças. Ela as puxou para fora, então percebeu que a Sra. Svendsen estava atacando a Sra. Petzke, que a derrubou no banco e estava batendo nela com os punhos.

– Ajude! – ela gritou para Briggs, e saltou para dentro para parar Gro Svendsen. Lutou com ela, mas Gro era uma mulher forte e selvagem, e antes que Briggs pudesse alcançá-las, Mary Bee foi arremessada para fora da carruagem e, levada ao chão, tomava uma surra violenta.

De repente a mulher foi levantada até ficar de pé. O chapéu de feltro de Gro Svendsen tinha caído, e Briggs a segurava pelos cabelos.

Ele a sacudiu com uma mão, e com a outra que estava livre lhe deu um tapa firme no rosto.

Ela perdeu o ânimo para brigar. O ódio em seus olhos azuis se apagou. Ela esmoreceu.

Briggs a prendeu com seus braços e a ergueu para o degrau e para dentro da cabine e a largou em um banco como um saco de feijões.

Voltou para a frente da carruagem, e debaixo do banco pegou um martelo e pregos e as quatro tiras de couro que tinha cortado das rédeas que estavam no estábulo de Mary Bee, antes de sair. Voltando para a cabine, ele pregou oito pregos na tábua de madeira espessa, quatro de cada lado, firmando uma tira que atravessava o corpo e os braços da Sra. Svendsen logo acima dos cotovelos, e encaixou o buraco de cada extremidade da tira na cabeça de um prego. Ela estava presa bem firme à parede. Ela não podia mover nenhum dos braços e tinha que se sentar bem reta.

– Não, não – disse Mary Bee, engasgada. Lágrimas rolavam pelas suas bochechas, que estavam feridas. As costelas doíam por causa das pancadas.

Briggs desceu e, levando a Sra. Sours para dentro, prendeu-a contra a parede oposta.

– Não pode fazer isso! – Mary Bee soluçava.

Ele procedeu da mesma maneira com a Sra. Petzke e com Line Belknap, então saiu da cabine, com o martelo em uma mão, um último prego projetando-se de sua boca, e trancou as portas.

– Eu não posso deixar! – gritou Mary Bee. – Elas não são prisioneiras, elas são seres humanos preciosos! São criaturas do Senhor! Deixe-as livres!

– Elas são loucas de pedra – disse Briggs, ainda com o prego na boca. – E eu pretendo levá-las para Iowa antes que elas se matem.

– Você nunca vai tocar nelas de novo!

– Vou fazer o que for necessário – ele replicou, e foi para a boleia da carruagem, guardou o martelo e o prego e assumiu o assento e as rédeas.

– Você vai fazer o que eu mandar! – Mary Bee gritou para ele. – Eu que estou no comando! Eu salvei a sua vida!

– Como quiser – disse o Briggs, fustigando as mulas e pondo a carruagem para rodar.

Ela continuava no chão. Ele não ousaria.

– Pare! – ela guinchou.

Era inconcebível que iria deixá-la ali sozinha, sem comida, água, montaria, ou amigo, mas os minutos se passaram e foi o que ele fez. Ela tinha que correr atrás da carruagem, não tinha escolha, mas o orgulho e a fúria a imobilizavam. Então o veículo desapareceu, descendo uma colina, evidentemente, e ela estava de fato abandonada.

Com tudo isso, a familiar escuridão profunda estava dentro dela. Ela estava ficando vazia. Mas quando ela tremeu, e sentiu o primeiro cristal de medo se formar no vazio, ela começou a correr, impetuosamente, em pânico. Suas botas e o casaco pesavam sobre ela, e ela não podia correr muito por muito tempo. Logo ela estaria exausta, então diminuiu para uma caminhada, e após caminhar um pouco, chegou ao topo da colina. Olhando para baixo podia ver a carruagem. Ele tinha parado fora do campo de visão para esperar por ela, arrogantemente certo de que ela iria, que teria de segui-lo. Desceu com passos longos, chegou ao final da colina e se sentou ao lado do cocheiro. Sem um olhar ou uma palavra, ele fez um muxoxo para as mulas.

Mary Bee estava totalmente sem fôlego. Ela se sentou bem ereta, como se estivesse amarrada ao assento, resfolegando. Ouviu, do alto, o canto melancólico de um maçarico.

À noite, acampados, as mulheres alimentadas, a louça lavada, os animais servidos de água e amarrados às estacas, Mary

Bee se sentou um tempo junto à fogueira, com um cobertor em volta dos ombros. Briggs também se sentou, acomodando-se. Imediatamente depois do jantar, pegou o whiskey que ele a forçara comprar em Loup, e agora se sentava de pernas cruzadas com cobertores e couro de búfalo, dando grandes goles na garrafa. Ele estava de bom humor. Tinha sido um dia excelente para ele. Salvou a todos da tempestade de gelo, submeteu a Sra. Svendsen com um tapa, impôs sua vontade quanto a prender as quatro na carruagem, e fez uma mulher adulta correr atrás dele como uma criança sendo punida. Ele até tinha sido prestativo no jantar, lavando os rostos e as mãos das mulheres e alimentando a Sra. Petzke e a Sra. Sours com a colher, depois cantarolou enquanto desamarrava a lona e pegava os cobertores.

– Eu era soldado da cavalaria – ele disse.

Ela não podia acreditar em seus ouvidos. Só podia ser o whiskey.

– Companhia C da primeira cavalaria dos Estados Unidos.

– É? – Ela estava cautelosa. Ela queria saber mais, mas não queria que ele se embriagasse.

– Forte Kearney.

– Certo. – Ela olhou de relance para as mulheres embaixo da carruagem. Elas estavam dormindo, cada uma amarrada a uma roda.

– Sim. Nós tivemos uma briga feia uma vez em Kansas com os índios kiowas.

Ela não tinha muita informação sobre a cavalaria dos Estados Unidos, apesar de saber que os dragoons, como eram chamados, eram treinados para combater tanto montados quanto no solo.

– Foi uma época dos diabos – ele disse.

– Me conte.

A noite um pouco mais quente permitiu que ele tirasse o casaco de couro e o chapéu. Ela se lembrou do terno preto desbotado com a manga rasgada. Ele retirou o revólver de seu cinto, colocou no chão, inclinou a garrafa mais uma vez e limpou a boca com as costas da mão.

– Nós saímos para o Forte Leavenworth, a Tropa C, de Kearney. Eles reuniram uma caravana de suprimentos em carruagens de seis mulas, cinquenta delas, e um bando de trezentos cavalos. Para levar para Fort Union, Novo México. A Tropa C escoltando. Sabe como alinham a caravana com uma tropa de cavalos?

– Não.

– Linhas de quarenta cavalos conduzidos por vaqueiros.

– Certo.

– Bem, havia kiowas como moscas. Estavam nos seguindo com pintura de guerra. Insolentes. Altivos e imponentes. Queriam nossos cavalos.

Ele esfregou o queixo. – Então, uma noite, acampados no Rio Arkansas, na travessia do Cimarron, os condutores das mulas prenderam os trezentos animais nas estacas, e os vaqueiros, os trezentos cavalos. Mas na areia. Na areia. Eles fizeram um trabalho malfeito do diabo. Eles enterravam as estacas pela metade, e amarravam dois ou três animais em cada estaca. Que inferno, não daria para segurar nem uma marmota! E com toda certeza, naquela noite os kiowas assustaram o bando todo. Todos se foram. Uuuooee! Pisotearam as carruagens e as deixaram em pedaços, os animais se enroscavam nas cordas e se aleijavam com as estacas que saíam voando e os kiowas caçando-os e gritando e fazendo algazarra. – Ele fez uma pausa, olhando para o fogo com um sorriso malicioso. – Ah, meu Deus, mas como aquilo nos enervou. Soaram os clarinetes e foi só pegar botas e selas e fomos atrás deles. O sol já estava chegando, já tinha luz. Nós pegamos uns kiowas aqui e ali, aos montes, eles tentando roubar nossos cavalos, e nós os matando. Eles tinham arcos e flechas, nós tínhamos fuzis e pistolas. Nós recuperamos nossos animais e fomos direto para o maldito acampamento kiowa. À noite, tínhamos a maior parte dos nossos cavalos e mulas de volta e matamos mais de trinta kiowas e ainda mandamos o acampamento deles pro inferno. – Ele sorriu para ela com triunfo. – Belo trabalho, não é? Companhia C da primeira cavalaria dos Estados Unidos!

Ele esperou, com um sorriso estampando seu rosto, como quem espera por aplauso, como um aluno depois de recitar um poema.

– Que interessante – disse Mary Bee, e foi para seus cobertores sob a carruagem. Ela preparou sua cama e dormiu, não sabia por quanto tempo, até que um grito a acordou.

– Uuoooeee!

Ela estava de costas para a fogueira, e virou-se para se deparar com uma visão estarrecedora. Bebida forte, ela supôs, afeta diferentes homens de diferentes maneiras. Briggs tinha alimentado o fogo e estava dançando descalço à luz da fogueira. Dançando. Não poderia imaginar que logo ele, George Briggs, estivesse dançando. E ao contrário do recital da história da cavalaria, essa parecia ser uma performance para si próprio, para seu próprio deleite. A dança era uma espécie de jiga ou quadrilha, e ele punha sua energia nisso sem se poupar. Briggs pisava com as botas, batia palmas, abria os braços como asas e girava, e enquanto ele dançava, começou a cantar algumas palavras da canção *Weevily Wheat* com uma voz alta e embriagada pela bebida:

I don't want none o' your weevily wheat,
An' I don't want none o' your barley,
Take some flour'n half an hour
An' bake a cake for Charley.

The higher up the cherry tree,
The riper grows the cherry,
The sooner that you court a gal
The sooner she will marry.

O Charley, he's a nice young man,
An' Charley he's a dandy,
Every time he goes to town
*He brings the girls some candy.**

Mary Bee virou-se e viu que as mulheres estavam acordadas. Elas se viravam de lado sob a carruagem, observando o dançarino. À luz da fogueira, os olhos delas brilhavam.

***

A primavera enviava ventos para soprar no rosto ou arrancar um chapéu desajeitado de uma cabeça.

---

* - *Eu não quero seu trigo cheio de caruncho / E também não quero sua cevada / Gaste um pouco de farinha e meia hora / E asse um bolo para o Charley; Quanto mais alta a cerejeira / Mais madura cresce a cereja / Quanto antes você corteja a menina / Mais cedo ela irá casar; Ah Charley, ele é um belo jovem / Esse Charley é um dândi / Toda vez que vai à cidade / Traz doces para as garotas*

A primavera fazia as nuvens vagarem ou pastarem como ovelhas no céu azul.

A primavera despejava chuva em véus escuros a distância ou fazia as orelhas das mulas curvarem para baixo com uma enxurrada.

A primavera amaldiçoava as planícies com trovões e raios e abençoava-as com horas ensolaradas tão doces que o coração agradecia.

A neve derretia. A carruagem cinzenta esguichava as poças em direção ao leste. Briggs pressionava o grupo ainda mais.

Ao fim de uma tarde eles viram, a uns dois ou três quilômetros ao sul, uma caravana de migrantes indo para oeste, uma caravana pequena de seis carruagens puxadas por bois e um pequeno rebanho de talvez cinquenta cabeças de gado. Enquanto eles olhavam, a caravana começava a fechar um círculo para a noite, e Mary Bee teve uma ideia. Ela iria selar sua égua, cavalgar até a caravana, e perguntar se eles poderiam acampar com os migrantes. Iria fazer bem às mulheres, ela pensou, passar algumas horas com mulheres normais, que as tratassem com compaixão, poderia ter um efeito benéfico, saudável. Briggs disse não. Em primeiro lugar, ele não fazia questão de esfregar os ombros com nenhum peregrino, e em segundo lugar, as quatro mulheres não seriam bem-vindas. Mary Bee queria saber por que ele dizia que não. Porque não, ele disse. Porque os maridos daquelas diriam um sólido não à ideia de deixar suas esposas verem o que podia acontecer com mulheres de fazendeiros nessa região, que elas podiam ficar loucas. Mary Bee disse que não se importava com o que os maridos pudessem dizer. Se eles vissem esses exemplos com os próprios olhos, eles poderiam cuidar melhor das esposas, em vez de usá-las como escravas e vacas parideiras. Tendo dito isso, selou Dorothy e cavalgou para a caravana. Ela olhou para trás uma vez, e Briggs havia posto a carruagem para rodar novamente. Ele não era um homem que esperasse de braços cruzados, menos ainda por mulheres que têm víbora na boca.

As carruagens puxadas por bois já estavam em círculo, com o gado arrebanhado no centro, e um homem cavalgou na direção dela. Eles se apresentaram, e segundo o costume do oeste, trocaram informações. O nome dele era Henry Trowbridge, e ele tinha sido eleito o líder da caravana por essa companhia de famílias congregacionistas de Massachussetts. Exceto por alguns utensílios domésticos, eles estavam bem equipados e cruzaram o Big Muddy e Kanesville. Eles somavam dezesseis adultos, doze crianças e dois bebês. Estavam há vinte e cinco dias rodando desde o rio. O clima tinha sido razoavelmente bom, e graças ao Senhor, não houve doença entre eles, nem encontraram índio algum. Henry Trowbridge tirou seu chapéu, e Mary Bee contou a ele que era um prazer conversar com um cavalheiro novamente. Havia apenas seis em seu grupo, disse, cinco mulheres incluindo ela mesma e um homem, e estavam há onze dias viajando desde os arredores de Loup, da ponta noroeste do território. Eles haviam sobrevivido a uma tempestade de gelo terrível, mas não tinham visto índios. Encontraram muitas caças pequenas. Disse que tinha cavalgado até eles por impulso, pensando que poderia ser muito agradável para todos se o grupo dela acampasse aquela noite com eles. Ele tinha alguma objeção?

Ele sorriu. – Nenhuma, madame. Seria um privilégio.

– Mas eu devo contar ao senhor uma coisa – ela disse. – As outras quatro mulheres perderam o juízo.

Ele olhou fixo para ela. – Perderam o juízo?

– Sinto muito, sim. Não existe asilo no território. O Sr. Briggs e eu estamos levando-as para uma sociedade metodista em Iowa. De lá, elas serão conduzidas para as casas de seus parentes. – Trowbridge colocou seu chapéu e abaixou tanto a aba que seu rosto ficou semioculto. – Eu pensei que poderia ser bom para elas se misturarem com as mulheres de seu grupo.

– Com as mulheres sãs – ele disse.

– Sim. – Ela se inclinou, espiando debaixo da aba de seu chapéu, tentando olhar para ele no olho. – Isso altera sua posição, Sr. Trowbridge?

O olhar dele encontrou com o dela, e o dele foi sincero. – Srta. Cuddy, eu receio que sim. Ao menos eu deveria falar com os homens da minha companhia, os maridos. A senhora me daria alguns minutos para isso?

– Certamente.

– Obrigado. – Ele torceu as rédeas do cavalo, depois torceu de volta. – Elas são inofensivas?

Ela ficou em silêncio. – Elas são esposas e mães.

O rosto dele enrubesceu. – Eu lamento ter feito essa pergunta. Eu peço desculpas. – Mais uma vez ele torceu as rédeas de seu cavalo e cavalgou em direção à caravana.

Mary Bee apeou e deixou sua égua pastar, e, neste momento, um menino e uma menina, pela aparência irmão e irmã, vagavam para fora do círculo para ver a estranha. Eles eram seguidos, a intervalos, por mais dois, depois cinco, e ao fundo três jovens.

Alguns saíram de lá com cuidado, outros se esgueiraram para fora, outros correram. Uma dama com um chapéu de coelho materializada no ar era um objeto de curiosidade considerável, e ela logo estava cercada por meninos e meninas grandes e pequenos, escuros e claros, impetuosos ou tímidos, uma dúzia deles, e todos eles, junto dela, começaram a tagarelar em grande velocidade e a alimentar boatos. Eles contaram a ela como atravessaram o rio e quase se "afugaram". Ela contou a eles sobre a tempestade de gelo. Eles contaram a ela como era cansativo tocar o gado atrás das carruagens o dia todo, que era a tarefa deles, e como era perigoso – eles tinham visto centenas de peles vermelha espreitando por toda parte. Ela contou como tinha atirado e matado uma cascavel na sala de aula. Os olhos deles saltaram. Na sala de aula? Sim, ela confessou, tinha sido professora. Ah, eles disseram, que pena, mas agora estavam fora da escola para sempre, nunca, jamais teriam que estudar de novo. Mary Bee pediu licença para discordar. O fato era que assim que os pais deles assentassem em algum lugar, uma das primeiras coisas que eles iriam fazer era construir uma escola e contratar um professor. E, falando nisso, provocou, eles já estavam gazeteando há um bom tempo, e essa era uma oportunidade perfeita. Por que ela não os testava agora mesmo, ali mesmo, com a tabuada? Eles rosnaram. Muito bem, que tal soletração? Eles fingiram estar com dor de barriga. Muito bem, então que tal o jogo do Passe-o-Sapato? Viva, eles vibraram.

O mais velho tinha nove ou dez, o mais novo quatro ou cinco. Mary Bee fez com que se sentassem em círculo sobre a grama, lado a lado, de pernas cruzadas e cada um tinha que tirar um sapato ou uma bota. Muitos não conheciam o jogo. Circulando em volta, a professora explicou a eles. Alguém deveria cantar uma cantiga de roda. A cada compasso, todo mundo tinha que bater o sapato ou a bota no chão à sua frente. No último compasso, o sapato ou a bota era passado para a pessoa à sua esquerda. E assim por diante, sapatos e botas iam se movendo pelo círculo. Mas assim que um sapato ou bota fosse passado para seu dono de direito, o jogo acabava, a pessoa era a vencedora e recebia uma prenda. Todo mundo tinha entendido? Muito bem, então todos prontos, nos seus lugares, quem vai cantar primeiro?

Era um garoto parrudo com a cara enlameada.

– Oneso, twoso, zickasi zam – ele declamava enquanto as botas e sapatos eram batidos no chão.

Poptail, vinegar, pickle in the pan
Ram, scam, birds anam
*Tee, taw, buck!**

E quando ele gritou a palavra "buck", botas e sapatos eram passados adiante e agarrados e outra pessoa começava a cantar.

A seguinte foi uma menina pequena com o nariz escorrendo.

Eerie, orie, ickery Ann
Phylisy, phalisy, Nicholas John
Queery, quary, English Navy
Stinkum, stankum, buck
*You're out!***

---

* Um-e-dois-e-jaca-jocão / Vinagrete, picles no pão / Gema esquema pomba não / Fan-far-rão

** Ana estranha, que fantasmão / Fisális fasális, Nico João / Estranho estronho, guarda inglesa / Fanfarrão fedento, sai!

Muitos passaram para a direita em vez de para a esquerda e enroscaram os braços, e o resto caía para trás, gargalhando. Todos tinham um repertório de cantigas de roda, então não faltavam voluntários. *Peter Mutrimity Tram*, foi a escolhida por uma menina com trancinhas.

He is a good water man
He catches hens
And puts them in pens
Some lay eggs and some lay none
Wire briar limber lock
Three geese in a flock
*O-U-T spells out!"**

Depois dois meninos cantaram juntos com toda a força dos pulmões.

Ibbity, bibbity, ibbity sob
Ibbity, bibbity, vanilla
Dictionary down the ferry
Tun, tun, American gun
*Eighteen hundred and fifty-one!***

– Srta. Cuddy!

Era Henry Trowbridge montado em seu cavalo. Ela encerrou o jogo ao bater palmas e dizer que precisava conversar com o Sr. Trowbridge, mas eles iriam terminar o jogo e definir um

---

* Que homem d'água bão / pega frangas na mão / põe na panela e no pão / umas chocam e outras não / sarça cerca tranca e trem / três gansos já vêm / s-a-i dá sai

** Táti bitati bateu / táti bitati baunilha / dicionário hidroviário / bangue bangue trabucão / vinte-e-dois e três-oitão

vencedor em outro dia, na próxima vez que eles cruzassem seus caminhos na pradaria.

– Porcaria – disse o menino da cara enlameada. – Nós nunca mais vai ver a senhora.

– "Vamos" – ela corrigiu. – E por que não, claro que vamos. É um mundo pequeno – ela garantiu a eles. – Mas, até lá, lembrem-se: sejam bons meninos e boas meninas, obedeçam seus pais, façam suas orações, façam as lições de casa, não tenham pesadelos, sejam gentis com seus professores, lavem atrás das orelhas e feliz Natal quando for o dia!

Duas meninas a abraçaram e todos eles calçaram botas e sapatos e debandaram para as carruagens. Mary Bee detestou ter que se afastar dessas crianças, deixá-las a sós com seu futuro. Como elas iriam passar? Que destino as aguardava no oeste? Desejou a elas uma boa viagem e o amor de Deus.

Ela foi até Trowbridge e só precisou olhar para seu rosto para saber sua mensagem. – É não, não é?

Ele tirou seu chapéu novamente e confirmou com a cabeça.

Ela lhe deu as costas, caminhou até Dorothy e montou. A tarde minguava e já era quase crepúsculo. Linhas de fumaça subiam das carruagens, enquanto as mulheres cozinhavam o jantar para as famílias. Ela cavalgou de volta para Trowbridge, com os olhos repletos de lágrimas.

– Eu não poderia estar mais constrangido – ele disse, simplesmente. – Estou envergonhado.

– Eu sou ingênua – ela disse. – Eu não tinha percebido o quanto podemos ser cruéis com nossa própria espécie.

– Um novo mandamento eu vos concedo – ele citou. – Amai-vos uns aos outros.

Ela acenou com a ironia e piscou retendo as lágrimas. Trowbridge a fazia se lembrar do reverendo Dowd. Um homem educado de meia-idade, cabelos brancos, e ele tinha uma barba pontuda bem cuidada, também branca.

– Eu defendi sua causa, acredite em mim – ele garantiu. – Mas, por favor, veja pelo ângulo deles, dos maridos. Eles não têm a intenção de ser cruéis. Eles apenas querem proteger suas mulheres. Como eu disse, saímos de Kanesville há mais de três semanas, e tudo correu de maneira excelente. Nossas mulheres cantam durante as tarefas. Colocá-las diante das pobres mulheres lunáticas, que por baixo da pele são suas irmãs, como uma evidência do que elas mesmas podem se tornar um dia, do que a vida rigorosa delas pode causar, isso seria de fato cruel. Isso seria debilitante. Não compreende isso, Srta. Cuddy?

– Creio que sim.

Trowbridge se reanimou. – Mas nem tudo está perdido. Eu estou autorizado a oferecer à senhora qualquer suprimento de que precisar. Nós temos de sobra.

Mary Bee não se alegrou. A oferta dele teve efeito contrário, e piscar não conteria suas lágrimas dessa vez. – Não! – ela gritou. – Diga a eles que não! Nós não queremos comida! O que queremos é apenas a mais simples gentileza humana! – E ela guiou sua égua para voltar, impôs um trote e deixou Trowbridge abandonado.

Ela levou meia hora para encontrar seu grupo. Briggs manteve a carruagem rodando até quase escurecer. Tudo o que ele tinha feito foi prender os animais nas estacas. Não acendeu fogueira, e as mulheres, pobrezinhas, estavam todas amarradas dentro da cabine. Ele se apoiava na carruagem e admirava o pôr do sol e cantarolava uma música. *Money Musk*, ela imaginava que fosse.

Se Mary Bee fosse homem, o teria mandado ao quinto dos infernos. Mas o pior era que ele estava certo a respeito da caravana de migrantes e ela estava errada. Parecia que ele estava começando a estar certo com mais frequência do que um homem tinha direito.

Constance, a bebê de grandes olhos azuis, de quatro meses de idade, a que ria muito e que eles amavam tanto, ficou doente pela manhã e não queria mamar, apática.

Os meninos pequenos, Clinton, três anos, e Denton, dois, estavam bem.

Ao longo do dia, Connie ficou mais doente. Ela chorava. Ela se revirava e se contorcia na cama grande ou nos braços da mãe enquanto ela tentava embalá-la. O pescoço dela estava inchado e ela começou a ter uma tosse seca. As pálpebras ficaram vermelhas. A respiração dela era ruidosa, e à tarde teve uma dificuldade terrível para simplesmente puxar o ar, e quando ela exalava, o hálito dela cheirava mal. Então ela começou a arder em febre. Eles não tinham nenhuma medicação patenteada. Arabella mantinha compressas frias na testa dela e cataplasmas de leite em seu pescoço inchado, mas nada disso surtiu qualquer efeito. Garn tentava embalá-la e trocava as fraldas de Clinton e de Denton enquanto Arabella fazia o jantar. Depois do jantar ele a fez ir para a casinha, e quando ela voltou, ele tinha decidido. Ele segurava a bebê deles.

– Belle – disse. – Eu vou até o Doutor Jessup.

Ela balançou a cabeça, opondo-se à ideia.

– Se eu num buscar ele, ela pode morrer. – Garn se exaltou. – Talvez já seja tarde demais.

Ela sacudiu a cabeça. Andava silenciosa ultimamente, e ele não sabia por quê, e se alvoroçava com as crianças mais que o natural, como uma galinha com uma ninhada muito grande. Garn olhou para ela e fez uma expressão como se ele próprio fosse chorar como um bebê. De repente ele foi na sua direção, pôs Connie na cama e envolveu seus braços ao redor da esposa e a abraçou apertado.

– Belle, eu preciso ir – ele disse. – Tô com medo, querida, tô com medo.

Ele a soltou e se vestiu e a abraçou mais uma vez e a beijou.

– Não se preocupe – ele disse. – Eu conheço o caminho e vou pela parte alta, que não tem muita neve. Eu volto em duas, três horas, se eu achar o doutor. Reze a Deus para ele estar lá.

Ele a beijou mais uma vez e se foi.

Garn tinha vinte e um anos.

Arabella tinha dezenove.

Ele tinha treze quilômetros para percorrer. Para sua sorte, não nevava há três dias, mas Garn teria arriscado a viagem de qualquer maneira. Cavalgaria até Timbuctoo pela Belle e pelas crianças. A noite estava escura e sem lua, e estava esfriando novamente, e o vento, ele podia dizer pelo zunido em seus ouvidos, estava soprando bem forte. Ele se manteve nas terras altas, evitando descidas, que estariam cobertas de montes de neve. Um desses montes podia desaparecer com todo um rebanho de gado sem deixar traço até a primavera, quanto mais um cavaleiro.

Então ele atravessou, sob a luz das estrelas, neve que às vezes chegava à altura da barriga, e depois de certa distância parou para o animal descansar, e esticar sua perna esquerda para a frente. Ele podia sentir o coração do animal bombeando. Era um cavalo velho, mas um cavalo de confiança, disposto à tarefa. Garn cavalgou até depois da meia-noite, pelo que avaliou, e logo viu, ao longe, ao sul, uma estrela brilhando embaixo, que devia ser um lampião. O doutor Jessup há muito tempo tinha instalado um poste alto com um cabo, e pendurava ali um lampião toda noite de inverno para guiá-lo para casa. O coração de Garn acelerou. Nos últimos quatrocentos metros ele deu com a espora em seu cavalo para galopar, e se sentiu como um soldado de cavalaria caçando índios.

Jessup tinha acabado de chegar em casa, depois de realizar um parto a dezesseis quilômetros a oeste, e estava indo deitar--se, disse, mas quando Garn contou o que havia de errado com Connie, ele calçou as botas novamente, e pôs um sobretudo e um chapéu de pele de texugo com protetores de orelhas. No estábulo ele selou um cavalo descansado e amarrou sua valise. Então deu um longo gole em sua garrafa de whiskey, colocou-a em um bolso do sobretudo, montou com um gemido, e partiram para norte. Depois de uma milha, ele passou as rédeas para Garn, pediu para que ele o levasse a reboque e adormeceu profundamente na sela.

O doutor Jessup era uma bênção. Ele atendia a todos os chamados. Não tinha nenhum treinamento médico formal, ele mesmo dizia, e podia estar um tanto desatualizado sobre doenças contagiosas, ele mesmo admitia quando estava bêbado, mas tinha um talento natural para fraturas, gangrenas infecciosas, feridas de balas ou flechas e partos. Ele tinha trazido Clinton para o mundo. Denton e Constance vieram rápidos demais para ele. E ele era um cirurgião excelente. Em uma noite escura, depois que o teto de uma casa de turfa desabou, ele teve sucesso ao remover um apêndice rompido, em uma cama improvisada do lado de fora diante da carruagem, apenas com a luz de fósforos riscados perto do abdômen. Enfim, o preço era razoável. Um dólar por visita mais dez centavos por milha, e quem não tivesse dinheiro vivo para pagar a conta podia saldar a dívida com um bezerro ou um par de leitões. Ele bebia durante o serviço, mas todos concordavam que era melhor um médico bêbado que um paciente morto.

Garn o sacudiu para acordá-lo quando chegaram, amarrou os dois animais no estábulo e foi encontrá-lo já dentro do abrigo. Jessup estava examinando Connie, que agora estava deitada na cama, de olhos fechados. Belle estava assustadora de tão pálida e desgastada.

– Ela está morta? – Garn tinha que perguntar.

– Em coma – Jessup disse.

Ele examinou Clinton e Denton, que estavam chorando e remexendo-se na caixa de madeira onde dormiam. Belle parecia incapaz de dizer qualquer coisa.

– O que há, doutor? – Garn perguntou, no lugar dela.

– Difteria – Jessup disse. Ele abriu sua valise, vasculhou ali, e entregou a Belle um pequeno envelope branco. – Pegue esse pó, Sra. Sours, dilua uma pitada em água e dê para os três, a cada duas horas. – Ele olhou diretamente para ela, como se ela fosse mais uma criança. – E tente dormir um pouco, também. – Ele fechou a valise e pôs o chapéu de texugo. – Garn, venha comigo.

Eles saíram da casa e foram para o estábulo, alguns metros ribanceira abaixo, passando o abrigo. O vento soprava mais forte agora, o frio cortava as bochechas. O degelo tinha acabado. O doutor Jessup amarrou sua valise, deu um bom gole em sua garrafa, e insistiu para que Garn também bebesse. Um novato no whiskey. Garn tossiu e gaguejou. O médico se recostou no cavalo, como se suas pernas estivessem exaustas.

– Cristo – ele disse. – Sete crianças morreram nas minhas mãos no último mês. Difteria. Se eu pudesse, beberia tanto que não chegaria até o verão.

Garn esperou.

– Não vou cobrar por essa consulta, filho. Esqueça. O pó que eu entreguei não custa nada. Nós vamos perder o bebê. E provavelmente os dois meninos. Em pouco tempo. Todos os três. Está ouvindo o que eu digo?

Garn ouvia, mas não podia compreender.

– Muito bem, agora escute. Não volte para dentro dessa casa ou provavelmente vai pegar, e é melhor não pegar porque sua mulher vai precisar de você.

Garn não reagia.

– A sua garota, é ela que me preocupa. Vocês podem ter mais filhos. Mas nos próximos dias sua esposa vai envelhecer. De repente. Então seja um bom marido e tome conta dela. Seja um homem.

Jessup esperou, e em um minuto ouviu Garn chorar. No escuro, ele se aproximou e pôs seus braços em volta dele como um pai e suspirou em seu pescoço.

– Filho, filho, você vai passar por um tempo ruim. Se eu pudesse suportar isso em seu lugar, eu faria, mas não posso.

Ele soltou o menino, sacudiu sua cabeça, e disse em alto e bom som, para si mesmo. – Deus, Deus, esse é um lugar infernal para uma garota crescer.

Então ele desamarrou seu cavalo, tirou o animal do estábulo, montou, e sem mais palavras cavalgou noite adentro.

Depois de se recompor, Garn foi para a casa e falou através da porta para Belle que ele não poderia entrar, que o doutor Jessup disse isso, e que ele precisava de alguns cobertores. Ela os trouxe, mas quando ele perguntou como estava a Connie, ela apenas fechou a porta. De volta ao estábulo, ele se envolveu nos cobertores, acomodou-se sobre a pilha de feno, e tentou dormir.

Apesar de ainda estar escuro como breu, devia ser manhã quando ele ouviu Belle chamando. Ele correu para a porta do abrigo, e quando ela lhe entregou Connie, embrulhada no melhor vestido de sua mãe, ele desabou em lágrimas. Belle não estava nem chorando. Ela apenas fechou a porta. Ele carregou o corpo minúsculo para o estábulo e o enterrou na pilha de feno perto dele. Quando viesse outro degelo ele talvez pudesse cavar uma cova, e eles teriam um funeral adequado.

Garn e Arabella Sours, recém-casados, ele com dezoito, ela com dezesseis anos, tinham vindo de carruagem desde Ohio, três primaveras atrás, com a família dele, o pai, a mãe, e dois irmãos mais novos. Todos disseram que eles eram jovens demais para se casar, mas o pai de Garn estava ansioso para iniciar vida nova, assim como os dois jovens, que estavam fortemente apaixonados e poderiam definhar em desconsolo se tivessem de se separar. Fizeram um casamento às pressas e passaram sua noite de núpcias na cama da carruagem, acampados. Arabella deixou uma família grande e calorosa, e sentiu saudade de casa durante um mês. Os pais de Garn providenciaram para os recém-casados carruagem, gado, suprimentos e alguns móveis em Glenwood, então cruzaram Big Muddy, seguiram o Platte com a maior parte da caravana, depois seguiram em direção norte para o território, em busca de terra. Bert de treze anos, irmão mais novo de Garn, se afogou no rio que eles tentaram atravessar, e nunca encontraram seu corpo. Garn e seu pai tampouco conseguiram encontrar terras adjacentes, como era o plano, então tiveram que demarcar e regularizar suas propriedades a quase cinquenta quilômetros de distância uma da outra. Garn e Belle construíram um abrigo escavado na terra e um estábulo porque era mais fácil assim. Escolhendo uma ribanceira que fosse voltada para leste, eles trabalharam com pás no banco oeste e em uma semana tinham escavado mais de quatro metros de comprimento e cerca de cinco metros de profundidade na colina. Garn instalou uma porta de madeira e uma pequena janela ao lado, e ajeitaram e cobriram por dentro e em volta com terra socada. Então fizeram um pequeno buraco que ia de baixo para cima, por onde passaria o cano da chaminé, acima do nível do solo. Era um lar aconchegante, quente no inverno e fresco no verão, e Belle dispôs ali cama, mesa e duas cadeiras novas como lhe agradou. Ela era jovem demais para ter uma arca, então escondia seus pequenos adornos e o camafeu rosa debaixo da cama. Depois eles cavaram um estábulo alguns metros abaixo na ribanceira, e Garn pôs vidro na janela e construiu uma casinha, contratou um homem com bois e um arado, comprou semente, e dentro de um mês o Sr. e a Sra. Sours eram proprietários de um lar e fazendeiros e felizes como ratos em um moinho de grãos. Depois de quatro meses, ela já mostrava o mesmo tempo de gravidez, e ele estava com os ombros mais largos devido à responsabilidade, e eles caíam na cama todos os dias esgotados.

Naquele dia, enquanto estava fazendo suas tarefas, Garn ficava intrigado, e andava para cima e para baixo em frente à sua casa, desamparado, ou punha o nariz no vidro da janela e espiava lá dentro. Ele não podia entender Belle. Ela havia colocado a caixa de madeira perto da cama e sentava-se ali olhando para seus meninos. Não os tomava nos braços nem tentava lhes dar o pó que o doutor aconselhou. Ela nem sequer chorava. Era como se tivesse desistido, como se soubesse que estavam morrendo e tivesse trancado todo seu pesar e sua maternidade, não podendo ou não querendo pô-los para fora. O coração de Garn doía por ela. E aquela visão o envergonhava. Ele a tinha desposado jovem demais, a trouxera para essa terra hostil e havia lhe dado um buraco no chão para viver. Que lugar infernal, Jessup tinha dito, para uma garota crescer. Ah, ele, Garn, era o culpado por isso tudo. Mas como poderia saber o quanto seria terrível o trabalho para ela? Como ele poderia saber que ela teria três bebês em três anos? Como ele poderia saber que Arabella Sours, a coisa mais linda que ele já tinha visto, às vezes iria parecer mais velha do que sua própria mãe?

Por volta de meio-dia ele bateu à porta e disse que estava com fome. Ela abriu a porta.

– Como eles estão, querida?

Ela olhava para ele como se nunca o tivesse visto antes.

– Belle, eu preciso saber! – ele gritava. – Eu sou o pai deles! Como eles estão?

Ela não reagia.

– Belle, o que aconteceu com você?

Quando ela fechava a porta, Garn se debulhava em lágrimas e dava voltas e voltas em círculo, chorando.

A noite caiu mais fria do que nunca, e começou a nevar. Ele estava no estábulo quando a ouviu chamá-lo. Ele correu para a casa e ela lhe entregou outro bebê, dessa vez enrolado em um saco de comida, e fechou a porta imediatamente. Ele levou seu filho para o estábulo, desenrolou o saco para ver quem era, e acendeu um fósforo. Era Denton, o filho do meio. Ele tinha cabelo naturalmente encaracolado, loiro, como o da mãe. Garn soluçava tanto que parecia ter um forcado arranhando seu peito. Ele enterrou o menino na pilha de feno ao lado da menina, Connie.

Naquela noite ele não conseguiu dormir, não deitado no feno ao lado do sangue de seu sangue, seu próprio filho e sua própria filha. Belle era bem religiosa, ao menos ela lia bastante a Bíblia, ou tinha lido nos últimos tempos, mas Garn não. Ele acreditava, ele tinha fé, mas não tinha muita religião em sua cabeça. No entanto, agora ele rezava. – Oh, Senhor – ele perguntava –, por que o Senhor matou essas crianças? Por que o Senhor cortou a língua da minha esposa? Nós somos boas pessoas. Nós fomos fiéis aos ensinamentos. Nós tivemos safras aqui, onde ninguém teve antes. Nós nos multiplicamos, eu e a Belle. Nós ajudamos a construir a igreja para o Senhor. Mas agora estamos sendo castigados e num sabemos por quê. Por favor poupe o Clinton. Ele é tudo o que nos restou. E por favor salve minha esposa. Eu a amo terrivelmente. Eu rogo ao Senhor para nos poupar uma criança e devolver minha esposa para mim. Obrigado. Amém.

Ele não conseguia dormir. Ficou deitado, encolhido com frio, até que, talvez por volta da meia-noite, algo o fez se levantar, jogar os cobertores para o lado, e atravessar a nevasca até sua casa. Havia pouca luz na janela e uma camada de gelo no vidro, mas ele pôs o nariz e as mãos nuas até derreter e poder enxergar. A luz vinha de uma vela sobre a mesa. Belle estava em uma cadeira. Algo pequeno estava na cama, e ele sabia no fundo de seu âmago que era Clinton. Garn não conseguia esperar mais. Ele abriu a porta e entrou, dane-se a difteria.

Clinton estava morto. Mas era sua esposa, Arabella Sours, que o estarrecia. Ela se sentava rígida na cadeira, como se não conseguisse mover os braços ou as pernas ou nenhum dos dois, como uma mulher idosa feita de madeira ou pedra. Na dobra de um braço, ela segurava uma boneca. Era a boneca que Arabella tinha trazido com ela de Ohio. Ela a deixava sob a cama, ele havia se esquecido da boneca. Isso o fez lembrar da manhã em que deixaram suas casas, três primaveras atrás, com a mãe e o pai dele na boleia da carruagem, ele e seus irmãos e Belle na cama atrás – e cada vez mais atrás na estrada, observando-os partirem para longe, os muitos parentes de Belle, acenando e dizendo adeus, e Belle, aos dezesseis anos, recém-casada, acenando e dizendo adeus para eles até que saíssem do campo de visão e de audição. A lembrança fez Garn chorar mais uma vez, chorar em voz alta. Ele se aproximou de sua esposa, ajoelhou-se diante dela, e pousou sua cabeça no colo dela, com a esperança de que ela pudesse reconfortá-lo. Mas ela não o fez, e de repente ele olhou para cima. Ela estava segurando sua boneca e acenando com um braço.

– Adeus! – ela dizia. – Adeus.

***

Certa manhã, a Trabalhadora recusou os arreios.

Eles tomaram o desjejum, o fogo estava apagado, os cobertores no topo, as mulheres na carruagem, estavam prontos para ir, mas o Pensador também não aceitava os arreios. Ele tampouco estava comendo, Briggs tinha notado, e não vinha cumprindo com sua cota de serviço, ultimamente. Agora ele caminhava rangendo os dentes, fios compridos de saliva escorriam de sua boca, e ele exibia todos os sinais de dor. Também costumava estender suas patas dianteiras e se esticar como um gato, sacudindo a cabeça.

A opinião do Briggs era que ele estava com larvas.

Mary Bee perguntou de que "larva" ele estava falando.

Ele respondeu que ela deveria saber. Ela não cuidava da saúde dos seus animais?

Não, ela disse. Um vizinho, o Charley Linens, é que fazia isso por ela. Mas que tipo de larvas?

Vermes do estômago.

Ah, ela disse. O que poderia ser feito?

Purgante, ele disse.

Ele pegou seu naco de tabaco Star, quebrou-o ao meio, deu metade a ela, disse a ela para acender novamente o fogo, pôr o tabaco em dois litros de água, mexer bem, ferver o purgante, então deixar esfriar até ficar morno.

Ela fez o que foi pedido, e trouxe a mistura, cujo fedor subia até o mais alto céu, e entregou-a para Briggs, que estava no processo de preparar o animal.

Ele amarrou suas patas traseiras, unindo-as, e levou a corda para a pata esquerda da frente, que ele amarrou e cingiu apertado junto com as patas traseiras. Ele pediu a Mary Bee para abaixar a panela e ficar a postos para, quando ele derrubasse o animal, colocar os joelhos no pescoço dele, rapidamente.

Postado à frente da mula, ele puxou a corda. As pernas traseiras foram puxadas para a frente, e o animal abaixou o quadril, e com um salto Briggs desceu uma mão pela pata dianteira direita e o empurrou, fazendo-o se deitar do lado esquerdo.

– Agora! – gritou Briggs.

Mary Bee tentou ajoelhar sobre o pescoço dela, um exercício complicado porque a mula estava virando a cabeça para trás e agitando as patas traseiras em vão, na tentativa de ficar em pé. Mas Briggs logo tinha as quatro patas amarradas, e ela pôde plantar seus joelhos no pescoço do animal.

– Vai logo! – gritou Briggs.

Ela saltou, e Briggs instantaneamente reposicionou-a, então ergueu a cabeça do animal e abriu sua boca, agarrando sua mandíbula.

– Pode derramar! – ele gritou.

Ela tentou derramar o líquido da panela. A besta enfurecida chicoteava com sua língua e expelia e soltava um rugido que lembrava o Rei da Selva.

– Derrame o líquido, maldição! – gritou Briggs.

Ela derramou o melhor que pôde. Ele estava encharcado com o purgante, ela também estava encharcada, e a mula talvez tenha recebido metade pela goela, quando Briggs saiu de perto do pescoço, quase derrubando Mary Bee, e desamarrou as patas e o libertou. O animal rapidamente se pôs de pé e começou a dar pinotes, tossindo e zurrando.

Eles observaram o Pensador.

– Agora ele vai deixar a gente arrear. – Briggs disse, enchendo suas bochechas com um chumaço de tabaco.

Mary Bee estava prestes a vomitar.

– Que horror – ela disse –, colocar essa coisa vil na sua barriga.

Briggs respondeu com uma primeira cuspidela, cheio de satisfação.

– Garanto uma coisa à senhora, Cuddy – ele disse. – Eu nunca vou ter vermes.

Então, naquela tarde, Briggs, que estava no comando das rédeas, parou a carruagem rapidamente e ficou olhando. Ela seguiu a direção de seu olhar e sentiu o corpo todo gelar. No cume de uma colina, quatrocentos metros ao norte, havia um estranho bando de cavaleiros. Ela ficou olhando até seus olhos se encherem de água. Ela contou oito homens. Índios. Alguns estavam montados em pôneis de pelo salpicado, alguns em selas, outros com cobertores no lombo.

– O que eles são? – ela perguntou, sussurrando, como se eles pudessem ouvir.

– Pawnees, provavelmente. Talvez alguns otoes.

Eles eram um bando de esfarrapados. Ela podia ver várias fardas azuis e chapéus e rifles.

– Em algum lugar, algum dia – Briggs disse –, eles mataram alguns soldados da Cavalaria Nacional.

Ele fez muxoxo para as mulas e a carruagem virou para o leste. Acima da serra, os cavaleiros viraram os cavalos deles para o leste. Homem e mulher atrás da parelha de mulas ouviram um som que parecia um balido.

– O que é isso? – ela perguntou.

– Clarinete.

Briggs parou as mulas mais uma vez. Os cavaleiros seguraram seus cavalos e aguardaram.

– O que eles querem? – sussurrou Mary Bee.

– Qualquer coisa que nós tivermos. O problema é que eles não sabem o que é. Eles nunca viram uma carroça como essa. Dentro pode ter suprimentos, soldados, qualquer coisa. – Ele estava pensando. – Levante-se.

Ela se levantou, e ele também. Do compartimento sob os assentos ele tirou o rifle dela e munição e deu para ela. Eles se sentaram novamente. Ele pôs a carruagem para andar. Os índios os seguiram ao longo da serra, mantendo distância, mas sem perder o ritmo. Briggs interrompeu a marcha. Os índios fizeram o mesmo.

– Eles não vão nos deixar – disse Briggs. – Eu contei quatro rifles. Se eles acharem que nós valemos o esforço, eles vão descer para cá, e estaremos mortos.

Mais uma vez o clarinete soou. Mary Bee ficou com a pele arrepiada. Índios eram o que ela mais temia.

Briggs decidiu.

– Muito bem. Eu vou tentar negociar com eles. – Ele saltou no chão, pegou seu casaco de couro e entregou a ela sua pesada pistola Colt. – Se eles vierem, não perca tempo com o rifle. Entre na carruagem o mais rápido que puder e atire nas mulheres. Na cabeça. Depois atire na sua.

E antes que ela pudesse protestar, ele já tinha deixado a carruagem para trás, e antes que ela pudesse impedi-lo, ele desamarrou a Dorothy, deixando-a voltada para os índios, tirou-a do cabresto e lhe deu uma palmada, e lá estava ela, égua boa e obediente, a caminho dos índios.

Com uma mão em sua boca para conter o grito, e a outra segurando a pistola, Mary Bee observava-a ir, e viu como um dos cavaleiros se aproximou, pegou a querida Dorothy pelo cabresto, e a fez galopar de volta para o topo da colina. Quando ela estava cercada pelos outros animais e cavaleiros, dois ou três rifles foram disparados para o alto em sinal de agradecimento e todo o bando saiu em trote pela serra e desapareceu.

Briggs subiu no assento, deixou rifle e revólver em um canto, pegou as rédeas, e pôs a carruagem para se mover. Levou mais de um quilômetro para Mary Bee se sentir em pleno direito de falar.

– Eu adorava aquela égua – disse.

Briggs manteve-se em silêncio.

Depois de mais um quilômetro e pouco, ela falou mais uma vez. – Ah, se eu tivesse feito aquilo com o seu cavalo. Quando o senhor estava sentado nele com a corda em volta do pescoço. – Passaram alguns minutos e ela se deu ao luxo de perguntar. – O que será que eles vão fazer com ela?

Ele encolheu os ombros.

– Uma égua boa e gorda como aquela? Meu palpite é que vão comer.

Mary Bee contava os dias em sua mente. Quando eles acordaram na manhã do décimo nono dia, estava chuviscando e Arabella Sours tinha desaparecido. De alguma maneira ela conseguiu, durante a noite, desamarrar seu punho da roda. A boneca de pano dela também tinha sumido.

Mary Bee disse que era impossível, já que a garota não tinha dado um único passo desde que foi carregada para a carruagem pela primeira vez.

Briggs disse que provavelmente seria uma maldita perda de tempo, mas ele iria procurá-la. Ele falou para a Mary Bee alimentar as mulheres, carregar a carruagem, e deixar as mulas soltas para elas pastarem. Ele selou seu cavalo de cabeça comprida e cavalgou em um círculo vasto até encontrar as pegadas das botas da garota. Então as seguiu para o sul.

O gramado estava úmido, as pegadas dela eram profundas. Em vez de andar em linha reta, ela tinha vagado a esmo pelo escuro como uma criança, tal como ela era, a pequena vadia, gastando seu tempo, atrasando a carruagem. Ela conseguira percorrer um bom terreno. Ele estava, de acordo com seus cálculos, a mais de três quilômetros de distância da carruagem quando as pegadas dela pararam, se embaralharam e foram substituídas por marcas de cascos, que partiram reto para o sul. Alguém ofereceu uma carona a ela. Ela estava em cima de um cavalo com alguém. Mais uma milha e ele os avistou adiante através da garoa. Ele continuou andando e os alcançou, eles pararam e se viraram para ele.

O cavalo era preto e branco, um castrado malhado que mostrava algumas costelas. O homem na sela tinha trinta e poucos anos e era baixo, tinha uma cabeleira comprida oleosa, e vestia uma camisa de camurça e botas mexicanas altas e apertadas. Atrás dele, envolvendo-o com um braço, segurando a boneca com o outro, estava Arabella Sours.

– Bom dia. – disse Briggs.

– Dia – disse o homem.

– De onde o senhor vem, amigo? – Briggs perguntou.

– De uma caravana de carga um pouco mais ao sul.

– Uma grande?

– Pode apostar. Trinta carroças de seis parelhas. Duas semanas desde Falls City, indo para Salt Lake.

– O senhor caça?

– Isso mesmo. Viu algum animal? Nós comemos um bocado de carne.

Briggs acenou. O carregador tinha um rifle no coldre. Enquanto falava, ele abria a frente de seu casaco de couro. – Bem – Briggs disse. – Eu estou procurando por essa jovem dama. Ela está perdida.

– Agora ela não tá – disse o carregador.

– Bem, deixe-me contar ao senhor – disse Briggs. – Eu tenho uma *frame wagon* ali atrás. Saímos de Loup há três semanas seguindo o rio. Eu estou carregando quatro mulheres loucas. Levando as quatro para Iowa para uma igreja para elas irem para casa, no leste. Essa jovem dama é uma delas. O nome dela é Sours. Ela é casada e teve três filhos pequenos. Todos eles ficaram doentes e morreram de difteria em pouco tempo, e ela perdeu o juízo. A jovem fugiu de nós na noite passada. Eu sou amigo dela.

– Eu também sou – disse o carregador. – E lhe digo que ela vai ter um monte de amigos quando eu voltar para a caravana.

Briggs franziu o cenho.

– O senhor não vai querê-la. Não no estado em que ela está.

O carregador deu um sorriso malicioso.

– Se ela pode abrir as pernas, para nós o resto é detalhe. – Ele a tocou com o dedão. – Por que não deixamos para ela decidir? – Ele virou um pouco a cabeça para se dirigir à sua passageira. – Escute aqui, queridinha, com quem prefere ir, com ele ou comigo?

Arabella Sours repousou o queixo no ombro dele e encarou Briggs.

– Está vendo só? – disse o carregador. – Ela já se apegou a mim.

Briggs olhou para ele com objetividade. Ele era vesgo, o que lhe dava um olhar perigoso, mas Briggs não tinha animosidade contra aquele homem. Ao contrário, ele admirava carregadores. Foram muitas as caravanas que ele e os soldados da cavalaria escoltaram pelo oeste, saindo do Forte Keaney, cavalgando com respeito pelo que os vaqueiros conseguiam realizar com uma carruagem Wilson e três toneladas de carga e seis parelhas de bois, um chicote de quinze metros e um casaco de camurça. Esse aí, agora que estava com a garota, seria osso duro de roer. Para convencê-lo a fazer o que era certo e apropriado, Briggs pensou, "talvez tenha que matar o filho de uma puta". Com um cotovelo ele abriu ainda mais a frente de seu casaco.

– Amigo – disse Briggs –, eu vou levá-la para casa.

– Acho que não. Agora ela é minha. Achado não é roubado.

– Sinto muito. Eu vou ter que levá-la.

Com um único movimento do braço, para baixo e para cima, o carregador estava com seu rifle fora do coldre e apontado para Briggs. Então seu olho bom se apertou quando Briggs materializou uma pistola Navy Colt do nada, puxou o cão e apontou para Briggs. Eles reconheceram um equilíbrio de forças.

– Deus todo-poderoso – disse o carregador.

Os dois homens pensaram por um instante.

– Vai ter que lutar por ela – ofereceu o carregador. – O melhor homem leva o prêmio. Que tal?

– É aceitável – disse Briggs.

– Muito bem. Eu digo para soltar e nós soltamos as armas, que tal?

– Quando quiser.

– Soltar.

Cada homem moveu seu braço, mas nenhum se desfez da arma, e o resultado foi que rifle e pistola terminaram em suas posições originais, apontados.

– Deus todo-poderoso – disse o carregador.

– Diga mais uma vez – disse Briggs.

– Soltar!

Os dois homens se livraram das armas dessa vez. Briggs apeou de seu alazão e estava começando a se despir do casaco de couro quando o carregador, não querendo esperar, projetou-se da sela e com um grito atirou-se contra Briggs como uma bala de canhão e o levou ao chão. Era uma briga boa. Eles rolaram pela grama molhada como dois cães selvagens. E se xingavam, cuspiam sangue e assobiavam. Eles tentavam morder orelhas, arrancar olhos, rachar crânio, quebrar ossos, arrancar dentes das mandíbulas, e dar joelhadas nas bolas. Em um momento Briggs enfiou dois de seus dedos tão fundo nas narinas do carregador que os olhos do homem saltaram. Mas ele era boiadeiro e tinha mais músculos que Briggs, especialmente no braço direito, o braço do chicote. Ele também era dez anos mais jovem que Briggs, que estava incomodado com seu casaco, e, na soma, isso contava. O coração de Briggs disparava como a bateria de uma banda de cavalaria. Montado nele, o carregador finalmente conseguiu apertar o pescoço de Briggs, sufocando cada vez mais, e Briggs não conseguia puxar ar e estava ficando mole e inconsciente. Foi quando, subitamente, houve uma detonação de fim de mundo, como a pólvora que explodiu o abrigo, e o pescoço dele foi solto, o que lhe permitiu recobrar o fôlego e alguma coisa quente e grudenta escorreu ao lado do seu rosto. Ele abriu um olho, apenas para olhar diretamente para o outro olho. Um olho que não enxergava nada. Briggs estava debaixo de um homem morto. Ele empurrou a camurça para longe e se ergueu sobre um cotovelo.

O que estava em seu rosto eram pedaços de cérebro. A cabeça do carregador tinha explodido.

Arabella Sours estava diante dele, com a Colt em uma mão, a boneca na outra. Ela tinha encostado o cano da arma na têmpora do carregador, puxado o gatilho, e explodido metade de sua cabeça para fora, uma boa parte da qual caiu em cima de Briggs.

Ele se sentou, afastou o corpo e tentou tirar a poça de sangue de seu rosto, limpando com uma manga do casaco. Lutou para ficar de pé, ainda tonto, deu uma ou duas respiradas fundas, aproximou-se da garota, estendeu-lhe a mão, e ela lhe deu a pistola. Ele a enfiou no cinto e se esforçou para sorrir para ela. Com sua juventude, cabelos loiros e rosto em forma de coração, ela não era nada feia.

– Sra. Sours – ele disse. – Eu estou em dívida com a senhora. Agradeço muito.

– Adeus – ela disse.

Ele vasculhou as roupas do carregador, e não encontrou nada de valor, exceto um facão com duas lâminas, uma delas como uma ponta de lança. Foi uma grande sorte que ele, Briggs, não tivesse terminado com isso nas vísceras. Ele pôs a faca na bainha de seu cinto. Então ele fez a garota montar no cavalo malhado, que lhe pareceu um animal razoável, pegou as rédeas e começou a levar cavalo e garota, mas parou ao lado do carregador.

– Seu estúpido filho de uma puta – disse para o cadáver. – Eu avisei que ela é maluca.

Na metade do caminho para a carruagem ele se deu conta. Ele tinha se esquecido do rifle do carregador, jogado na grama. Agora era tarde.

Para enxergar longe na pradaria o quanto possível, Cuddy ficou na boleia da carruagem, os olhos dela contra o sol da manhã. Até onde ele podia perceber, ela não tinha alimentado as mulheres nem carregado a carruagem. Quando eles chegaram, ela foi correndo até Arabella Sours, ajudou-a a apear, então envolveu seus braços na garota como se ela fosse sangue de seu sangue.

– Obrigada, Deus! Obrigada – ela disse, e então se virou para Briggs. – O senhor precisava levar uma eternidade?

Ele saltou do cavalo. – Cuddy – ele disse. – A senhora perdeu um cavalo. Aqui tem um outro.

Ela soltou a fugitiva e deu uma conferida rápida no cavalo malhado. Com uma expressão de curiosidade perguntou: – Onde o senhor arrumou este?

– Um homem deixou para nós.

– Eu não acredito no senhor. Por quê?

– Ele estava morto. A Sra. Sours atirou nele.

– Eu não acredito no senhor.

– O que eu posso fazer?

– Vamos colocar de novo.

Vários pregos estavam escapando da madeira da cabine. Com o martelo e os pregos que Briggs tinha trazido da fazenda dela, ele os colocou de volta ao lugar, um trabalho de alguns minutos.

– O que podemos fazer?

– Prender e torcer para dar certo.

Já era outro dia quando Briggs encontrou uma pequena rachadura em um varal da carruagem. Se o varal se quebrasse, eles não teriam como fazer outro. Com o facão novo que adquirira, ele cortou uma tira do couro de búfalo que pegara da plataforma fúnebre dos winnebago e amarrou o varal o mais forte que conseguiu. Ela deveria ter pensado nisso, mas não pensou. Aliás, ela nem teria pego o couro de búfalo.

– O que vai acontecer se isso sair?

– A roda vai quebrar.

– Misericórdia.

– Nós precisamos de um ferreiro.

– O senhor pode consertar.

Briggs olhou zangado para ela.

Dias depois, perceberam que o aro de ferro da roda traseira da esquerda estava frouxo. Se escapasse e a parte de madeira da roda se desintegrasse, eles estariam perdidos, sem esperança. Buster Shaver teria trabalhado o aro em uma forja ou aquecido-o bem e deixado esfriar em uma forma mais adequada. Mas Briggs não tinha forja ou ferramentas. Na hora seguinte ele dirigiu bem devagar, poupando a roda e ouvindo-a soar sobre pedras, desviando do caminho para aproveitar cada descida.

– O que estamos procurando?

– Água.

Ao longe ele localizou um curso de água corrente largo e profundo o suficiente. Quando a carruagem foi descarregada e as mulheres saíram, ele posicionou a carruagem com as mulas em um bom ponto, para que as rodas traseiras ficassem sob a água.

– Para que fazer isso?

– A madeira está seca e encolhida dentro do aro de ferro. Encharcar bem essas belezinhas vai deixá-las no ponto mais uma vez.

Durante a noite ele a acordou, e ela fez força com o ombro para empurrar a carruagem com ele, o suficiente para chegar à água e encharcar a outra parte da roda. Ela estava sonolenta e carrancuda.

– Isso é ridículo.

– É isso ou seguir a pé.

Pela manhã, quando a carruagem estava em terra seca e eles prontos para partir de novo, a roda estava perfeitamente ajustada ao aro de ferro, sem um calombo, e Briggs cantarolava *Money Musk* no assento ao lado, mas Mary Bee não estava convencida de que deveria lhe agradecer ou parabenizá-lo. Talvez se não fosse por ele, ela não levasse martelo e pregos, ela admitia isso, e provavelmente ela não teria reparado o varal rachado, mas a roda, enrijecida para se ajustar ao tamanho, não importando como, estava longe de ser uma das sete maravilhas do mundo.

Eles atingiam a metade leste do território. O solo da terra era o mesmo, chato como o tampo de uma mesa na maior parte, sem neve e mais uma vez sem serras ou colinas ou leito de rio arborizado. Casas de turfa eram mais frequentes, inclusive algumas cabanas de madeira e campos cultivados. Briggs reclamava mais do esforço requerido para evitar curiosos. A caça ficou mais difícil, já não se encontravam tantos animais, e tendo consumido o porco e as batatas, Mary Bee contava cada vez mais com as provisões dos sacos, a farinha de milho e os feijões, que faziam uma dieta bem monótona. Então, durante três dias seguidos, soprou um vento tão forte que fazia a carruagem oscilar, e Mary Bee acreditava que ela poderia ser atirada para fora da boleia. O vento esfolava sua pele. Ressecava seus olhos. Bloqueava as narinas com poeira. Fazia os ouvidos doerem. Uivava sob a carruagem à noite e roubava o repouso do sono. Depois de três dias o grupo todo estava exausto – exceto pelas mulas. Elas davam o exemplo. Briggs disse que elas estavam tirando entre vinte e cinco a trinta e dois quilômetros por dia, com vento ou sem. Elas eram bons soldados.

Também havia sinais das caravanas que cruzavam aquela região ao longo da rota deles agora: caixas e instrumentos agrícolas e estimadas peças de móveis deixadas para trás por migrantes para aliviar suas cargas, e havia também sinais de tragédia. Em um dia passaram por muitas sepulturas, montículos de terra afetados pelo clima, com cruzes e lápides feitas à mão. No final da tarde encontraram algumas que se enfileiravam com três metros de distância entre uma e outra, e uma das sepulturas havia sido aberta. Mary Bee, que estava com as rédeas, parou a carruagem e perguntou a Briggs o motivo.

– Índios. Eles pegam as roupas.

Ela passou as rédeas para ele, desceu e foi ver mais de perto. Os ossos estavam espalhados em volta da sepultura, ossos pequenos. Ela perguntou a Briggs por quê.

– Lobos.

Ela estremeceu, então espiou uma das lápides que estava virada para baixo. Ela a virou e leu a inscrição gravada:

CISSY HANH
11 ANOS 2 MESES 9 DIAS
DEUS A AMOU E A LEVOU PARA ELE

Mary Bee sentiu seus olhos marejarem. Onze anos de idade. Será que estava no quinto ano na escola? Ela pegou a lápide improvisada, levou-a para a carruagem, mostrou a inscrição para Briggs, e então, lembrando-se, leu em voz alta para ele.

– Passe a minha pá, por favor.

– Por quê?

– Eu quero arrumar esse túmulo.

Ele continuou sentado como se fincasse raízes.

– A pá, por favor.

– Está ficando tarde.

– Eu não me importo.

– Faça como quiser. Eu vou prosseguir. A senhora vai ter que ir com o cavalo malhado.

Ele não movia um dedo. Deixou-a tirar a sela do topo da carruagem, encilhar e amarrar o cavalo do carregador em um arbusto antes de se levantar e pegar a pá do compartimento no banco e entregar a ela. Assim que isso foi feito, ele deu sinal para as mulas e lá se foram, deixando-a, do mesmo modo como fizera na tarde em que ela visitara a caravana de migrantes.

Arrumar o túmulo revelou-se um trabalho bem mais árduo e demorado do que ela esperava. Ela labutava no crepúsculo, cavando, até que sua pá bateu em algo e um odor que parecia profano a deixou nauseada. Ela recolheu os ossos espalhados, os colocou na terra e cavou uma porção extra de terra ao lado da sepultura como que para refazer o monte, mais alto e mais largo, de modo a torná-lo invulnerável para animais. Depois de arredondar o monte, ela colocou a lápide e a golpeou para enterrá-la à cabeceira da cova, usando a parte chata da pá, então ficou um minuto em silêncio, suando e fazendo uma oração em nome da alma de Cissy Hahn. Quando ela abriu os olhos estava escuro.

O cavalo malhado estava impaciente. Quando o desamarrou, ele deu alguns passos para trás, fez uma pequena dança, descrevendo um círculo, sacudindo a cabeça e arrastando-a com ele pelas rédeas. Ela largou a pá e o segurou com as duas mãos. Finalmente, depois de uma bufada e um passo de quadrilha, ele parou olhando para ela com suspeita, então ela se aproximou e falou no ouvido dele, suavemente, que iria chamá-lo de "Shaver" e que eles seriam amigos porque os dois precisavam de um amigo. Ele cedeu, mas quando ela se acomodou à sela, ele disparou em um trote rápido para uma direção que ela tinha certeza que não era a certa, e só quando ela quase retorceu o freio em sua boca ele teve a cortesia de parar. Ela ficou parada, estribos nos pés. A luz do luar era tênue. Não conseguia avistar fogueira em lugar algum. Ele deveria ter acendido fogo para ela. Remoendo o quanto estava sozinha, até mesmo seu cavalo a estranhava, e o quanto estava perdida, realmente perdida, começou a sentir o vazio. A escuridão estava nela, uma escuridão mais profunda que a noite, e ela sentia o gelo se formando. Então sacudindo as rédeas ela fez o cavalo virar para a direção oposta e lhe impôs um trote. Ela o deixou correr uma milha para um lado, depois uma milha para outro, forçando os olhos cansados em busca de um pontinho de luz em algum lugar, em algum pedaço da pradaria. O âmago dela era medo bruto, que bloqueava sua respiração, a mente dela trotava para essa direção e para aquela em pânico, até finalmente soltar as rédeas e deixar o animal vagar livremente pelo mundo a oeste do Missouri. Não há como dizer se foi ela quem viu primeiro a estrela no solo ou se foi Shaver. De repente eles estavam correndo rumo à luz e para dentro da luz e ela estava caindo do cavalo e via apenas um homem com mulheres sentados à fogueira, enquanto ela tropeçava e soluçava sem fôlego e subia para dentro da cabine e fechava a porta atrás de si. Ali, isolada, segura, ela batalhava para respirar, com sons que pareciam gemidos. O gelo dentro dela derretia, derramando-se pelas bochechas na forma de lágrimas. Depois de ouvi-la chorar por tempo suficiente, Briggs levantou-se e se aproximou da janela da carruagem.

– Por que não vamos jantar?

– Por que o senhor não... acendeu fogo... para mim?

– Eu acendi.

Ele esperou até ela chorar mais um tanto. – Onde está a pá?

Isso mexeu com ela.

– Você está tentando... me enlouquecer... também!

Ela estava tendo um de seus acessos. Não havia nada que ele pudesse fazer, exceto não deixar que ela o irritasse. – Cuddy, com os diabos, não – ele disse. – Eu estou tentando rodar ao longo do rio o mais rápido que puder. E sacar aqueles trezentos. Isso é tudo, nada mais que isso.

Ele voltou para a fogueira, iria vasculhar a área pela manhã e recuperar a maldita pá. Nunca havia se deparado com uma mulher tão avoada quanto essa. É claro que ela era uma velha senhora, o que explicava a maioria das suas bobagens, e o que provavelmente precisava, para sossegar, era de um bom homem com uma boa cama que lhe desse alguns pirralhos. Ainda assim, ele não podia atinar porque ela tinha dito que ele estava tentando deixá-la louca também. Nada disso. Ele não precisava se esforçar. Ela já estava enlouquecendo sozinha e fazendo um trabalho de primeira nesse sentido. Punhos e lágrimas e falta de ar, tendo chiliques com ele uma vez, com as mulheres outra, até que ele tivesse vontade de bater nela com uma vara. Briggs estava com fome. O jantar iria demorar, se é que iria sair. Ele subiu na carruagem, abriu seu rolo de cobertores, tirou a garrafa de lá, e deu um trago. Ainda podia ouvir a choradeira dela na cabine. Se dependesse dele, ela podia chorar até as vacas tossirem.

Hedda Petzke ficou doente pouco antes de um nascer do sol, tremendo de frio e resmungando. Mary Bee a cobriu com suas próprias cobertas e se sentou com ela até o amanhecer e a hora de acender o fogo. Quando foi checá-la novamente, notou que a pobre mulher estava ardendo em febre. Mary Bee achava que poderia ser malária, porque eram esses os sintomas, calafrios e febre intermitentes, e ela não tinha trazido nenhum dos medicamentos específicos – nem o composto para febre do Dr. Easterly, nem o bálsamo do Dr. Christie, ambos vastamente adotados e apreciados. Ela também não tinha quinina ou mostarda para emplastros ou gengibre da Jamaica para chá, os remédios caseiros mais comuns. Perguntou para Briggs se podiam passar o dia ali, até que a Sra. Petzke ficasse melhor, mas ele disse que não iriam ficar vagabundeando parados por causa de alguém doente, ou ela melhorava, ou não. Portanto as camas foram desfeitas, a carruagem carregada, os cavalos atrelados, as mulas a postos, e estavam prontos para rodar, com a Hedda Petzke envolta em cobertores no chão da carruagem entre os bancos, Mary Bee com ela e as outras mulheres, usando um pano úmido em um balde para aplicar compressas frias na testa da paciente.

Mas ela estava enganada. Não era malária, porque Hedda Petzke ficou febril todo o tempo, durante todo o dia infeliz na carruagem, e também à noite depois do jantar. Depois que Briggs e as outras mulheres já estavam na cama, Mary Bee se sentou com ela à beira da fogueira e ficou umedecendo o pano, torcendo-o e colocando-o na testa da doente, que estava em estado tão deplorável quanto durante o dia. A noite foi bem estrelada e amena, exceto pelos gemidos da mulher doente, prostrada diante da fogueira sob cobertores, e as fungadas e estalos dos animais no escuro, pastando dentro do raio entre as estacas e suas cordas. De repente, Briggs levantou-se de sua cama ao lado da carruagem e se aproximou da fogueira.

– A senhora não pode fazê-la ficar quieta?

– Não, não consigo.

– O que há de errado com ela?

– Eu não sei. Não pode ser malária. Meu Deus, nunca vou me perdoar se eu perdê-la.

Briggs voltou para a cama, revirou-se e voltou para perto da fogueira com seu couro de búfalo, um cobertor e sua preciosa garrafa. Pousou o couro de búfalo sobre a Sra. Petzke, puxou o cobertor sobre o ombro, sentou-se e regalou-se com a bebida.

– Ela precisa suar – ele disse.

– Ela já está ardendo.

– Ainda assim.

Mary Bee tirou o chapéu de coelho. – Falta quanto até o rio?

– Duas semanas. Menos. Depende.

– Depende do quê?

– De quanto tempo a senhora vai desperdiçar.

Ele estava irritado. Estava perdendo horas de repouso.

– Eu não posso esperar – ela disse. – Eu quero ver uma cidade de verdade, com ruas e árvores.

– Um saloon de verdade – ele disse.

– E casas de madeira.

– Com lampiões.

– E pessoas.

– E um violinista.

– Um banho quente.

– Milho para as mulas.

– E uma banheira grande. – Ela suspirou. – Hebron, Hebron, Iowa. Eu sonho com isso.

O fogo estava baixo. Mary Bee se levantou, revirou os carvões, acrescentou lenha, sentou-se mais uma vez. – Onde o senhor pretende fazer a travessia?

– Talvez em Kanesville. Ainda não sei.

– Qual a distância de lá para Hebron?

– Uns dois quilômetros.

A mulher nos cobertores gemeu, uma série de gemidos que se propagava para longe do fogo. Mary Bee ficou de joelhos, umedeceu de novo o pano, e banhou o rosto dela, então abaixou as cobertas e banhou o pescoço e as mãos.

– Ah, eu me sinto tão desconsolada. Eu rogo a Deus por ela. Quando o marido chegou em casa com os meninos, eles encontraram quatro lobos mortos, eu contei ao senhor. Ela matou quatro lobos. Ela já passou por tanta coisa, e agora isso. Ir tão longe e perdê-la seria um pecado. Iria partir meu coração.

Briggs comentou, com a garrafa na mão: – A senhora enviou o dinheiro pelo correio?

– O senhor me viu, em Loup. Tenho certeza de que agora está nas mãos da Sra. Carter. Assim que a encontrarmos o senhor vai receber e ficar livre para ir. – Mary Bee cobriu sua paciente mais uma vez e se sentou por um tempo, olhando para a fogueira. Distante, ela disse: – Eu gostaria que o senhor me tratasse decentemente pelo resto da viagem.

Ele ficou em silêncio.

– Eu disse algumas coisas das quais eu me arrependo. Eu peço desculpas. Eu estava sob muita pressão.

A lenha nova flamejava, e ela olhou para o rosto dele e não via nada.

– Se isso tornar o senhor mais gentil comigo, Sr. Briggs, eu quero confessar uma coisa. Quero confessar que eu não teria conseguido sem o senhor.

– Ora, ora – ele disse.

– Eu salvei o senhor da forca, mas o senhor recompensou dez vezes mais. Eu não teria sobrevivido uma semana longe de Loup por conta própria. O senhor esteve certo com mais frequência do que esteve errado. Com a Sra. Svendsen, por exemplo. Eu não tinha ideia do quanto ela poderia ser perigosa. O senhor foi esperto ao amarrá-las. E depois os índios.

– Se eu não tivesse entregado seu cavalo, nós estaríamos mortos, todos nós.

– Eu sei. O senhor estava certo sobre a caravana também. Eu não podia imaginar que eles iriam recusar nossa presença.

– A carruagem – ele disse. Caso ela tivesse esquecido, ele ficaria feliz em relembrá-la.

– Eu nunca conseguiria consertá-la.

– As larvas.

– Eu simplesmente não sei como tratar um animal. Charley Linens sempre fez isso para mim. Eu também jamais teria rastreado Arabella Sours.

– Ela salvou a minha pele. O carregador estava com ela. Se ela não tivesse atirado nele, eu estaria morto.

– Misericórdia. E quando as mulas não andaram, e o senhor fez aquele truque com elas? Enfim, é uma lista bem longa, e eu estou mesmo agradecida.

Briggs pigarreou e cuspiu no fogo. O ar frio da noite afetou sua produção de catarro. Então ela disse algo que não deveria dizer, mas não pôde resistir.

– E o senhor dança muito bem.

Ele a olhou com estranhamento. Ela mordeu a língua. Mas foi poupada da reação dele, qualquer que fosse, porque Hedda Petzke se revirava de um lado para o outro e gemia de novo, bem alto.

– Inferno – disse Briggs. – Pegue uma caneca para mim.

Foi o que ela fez, depois de procurar no armarinho até encontrar uma. Ele colocou whiskey de sua garrafa na caneca, chacoalhou a garrafa, despejou um pouco mais, e pôs a caneca junto aos carvões da fogueira. O fogo mais alto e a ausência do chapéu permitiram a Mary Bee uma olhada mais minuciosa para ele. Suas bochechas e o queixo estavam mal barbeados. Ele se barbeava apenas de vez em quando. O cabelo era consideravelmente grisalho. Se os olhos fossem as janelas para a alma, ele carecia de uma alma, porque nos olhos não havia nada que ela pudesse discernir ou adivinhar, nada. O rosto dele era bem comum. Ele era um homem comum. Nem a manga rasgada de seu casaco nem o cachecol vermelho esfarrapado que ele sempre levava no pescoço o diferenciavam. Exceto pela empunhadura chamuscada do revólver em seu cinto e o facão especial de lâmina dupla, ele não tinha traços marcantes. Em uma multidão ele passaria despercebido e ninguém se importaria. Sendo assim, seu nome provavelmente não era "Briggs", mas qualquer nome já seria íntimo demais para ele. Em resumo, ele era uma cifra, e assim como não fazia sentido escavar em busca d'água onde ninguém jamais tivesse encontrado, seria absurdo buscar uma profundidade que era impossível existir nele. A idade dele deixava-a perplexa. Ele devia estar chegando perto dos cinquenta anos, tinha certeza, mas uma diferença de mais de dez anos entre eles não importava. O careca viúvo com quem Clara Marsh se casou tinha ao menos quinze anos a mais do que ela, mas até onde Mary Bee sabia, ela estava contente como uma vaca no pasto.

Briggs afastou a caneca dos carvões para deixar o álcool resfriar um pouco. Ele sacudiu sua garrafa mais uma vez e descobriu que estava vazia.

– Maldição – ele disse.

Levantou-se irritado, segurando a garrafa, e depois de andar dois passos, girou e arremessou-a para a escuridão. Em seguida ele pegou a caneca, ajoelhou-se ao lado da Sra. Petzke, pôs um braço sob os ombros dela, levantou-a, e forçando a abertura entre os lábios, derramou o whiskey morno com a mesma disposição que mostrou antes com a mula e o chá de tabaco goela abaixo. Ela fez sons parecidos com um gargarejo e engasgou. Quando finalmente ela, aos trancos, engoliu, ele a deitou novamente, largou a caneca, e se sentou com seu cobertor.

– Pronto – ele disse. – Isso vai resolver. Ela vai suar ou vai morrer.

Eles esperaram.

– O senhor não leva jeito com mulheres – afirmou Mary Bee depois de um tempo.

– É o que a senhora pensa? – disse Briggs.

– É, sim.

– Eu morei com uma por um tempo.

– É?

Ele não caiu na conversa, mas sequer poderia, porque Hedda Petzke gemeu de repente e se soergueu e Mary Bee engatinhou até ela e viu que ela estava transbordando de suor.

– A febre passou! – Descobriu a mulher mais uma vez e lavou o rosto e o pescoço e as mãos dela com o pano úmido. – Ela está banhada em suor, ah, que bom! – Quando terminou, deitou-a e a observou até que ela caísse exausta no sono.

Depois de alguns minutos, por sua própria iniciativa, Briggs pegou a Sra. Petzke em seus braços, com os cobertores e o couro, carregou-a para a carruagem, deitou-a debaixo da cabine, amarrou o pulso dela em uma roda, e voltou para sua cama, deixando Mary Bee sozinha com a fogueira. Logo depois ela o ouviu roncando.

Antes de se deitar, Mary Bee ajoelhou, juntou as mãos, e de olhos abertos para as estrelas, agradeceu a Deus pelo livramento e pediu a Ele para abençoar George Briggs, ladrão, refugo e dançarino, pelo sacrifício de seu whiskey.

Ela encontrou um segundo motivo, nos dias seguintes, para ser grata. Parecia a ela que a condição das quatro mulheres estava bem melhor, ao menos fisicamente. Os laços com suas vidas na fronteira, com seus maridos e crianças e o clima e a dor e a solidão agora estavam para trás. Agora outra pessoa as alimentava, lavava suas mãos e rostos, penteava e escovava seus cabelos, cuidava delas em tudo que era possível, com constância e afeição. Elas estavam coradas. Suas mãos inquietas já ficavam tranquilas. E elas estavam mais à vontade umas com as outras. No começo, cada uma demarcava seu espaço dentro da cabine, em isolamento. Agora elas impingiam ombros, cotovelos e quadris umas às outras, e não pareciam aflitas ou ressentidas por isso.

A Sra. Sours tinha voltado a andar – aliás, podia até fugir, se quisesse, como havia feito. Não havia nada de hostil nas maneiras e nos movimentos de Gro Svendsen. O tempo, a gentileza e a abstinência da cama conjugal lavaram seu ódio como se fosse uma simples mancha em sua roupa.

Hedda Petzke recuperou a mobilidade de seus braços e pernas. Ela não choramingava mais. Os lobos que ela tinha matado agora estavam mortos para sempre e esquecidos.

Theoline Belknap, que apenas algumas semanas atrás tinha mordido a artéria radial de seu pulso, era uma pessoa completamente diferente. O pulso dela estava curado e seu olhar não vagava mais perdido de um lado para o outro. Ela comia com vontade, dormia bem. Mas apesar de Mary Bee tentar com frequência falar com sua amiga, as resposta dela, como antes, continuavam apenas monossilábicas. – Querida Line – ela dizia –, como está a senhora hoje? – e a resposta era – Dá, dá – ou então – Nhi, nhi, nhi – ou outra coisa igualmente sem sentido.

A comunicação com as outras não era mais fluida. Ela podia se dirigir diretamente a elas, olhar em seus olhos vazios, sem sucesso. Aquelas mulheres simplesmente haviam perdido o poder da fala. Era esse infortúnio. Não havia qualquer sinal de melhora mental.

Mary Bee havia se envolvido com elas de uma maneira pessoal. Do mesmo modo que suas companheiras de travessia, ela também estava vazia por dentro, com a diferença de que o seu vazio às vezes era preenchido com o medo ou a fúria, e, no caso das outras, nem amor nem lembrança nem luz alguma jamais se infiltrava naquela escuridão total. Mary Bee tinha uma opinião dividida a respeito delas. Se foram derrotadas, na derrota eram também vitoriosas. Se estavam livres agora, aquela liberdade tinha sido conquistada a um custo tremendo. Ela se perguntava, às vezes, em que estado estariam melhor, se sãs ou insanas. Ela supunha, em devaneio, que por um milagre, em uma dessas manhãs, as quatro mulheres estivessem plenamente recuperadas de corpo e mente. Será que ela daria meia-volta com a carruagem e as devolveria ao trabalho pesado, à vida árdua com seus bebês e a solidão, com as doenças e as demandas de homens que cobravam delas mais do que elas conseguiam dar? Talvez não, talvez ela mantivesse a rota. Elas estavam voltando para casa, afinal, fantasmas do que tinham sido antes, sim, mas indo para suas casas, para suas raízes, libertas. Para os braços de pessoas amadas e para a bênção do Criador.

A recuperação de Arabella Sours foi a que mais agradou a Mary Bee. Dezenove anos! Casada aos dezesseis, levada pelo árduo caminho para o oeste desde Ohio, com uma boneca como filha e um menino como marido, para cuidar de uma casa escavada no chão, ser mãe de três bebês em três anos, e depois ter de olhar, desamparada, enquanto um a um eles pereciam em menos de três dias. Apenas alguém tão jovem e forte quanto Arabella teria sobrevivido a eventos tão drásticos e depois resplandecido como estava resplandecendo agora. Os passos dela eram suaves novamente, as bochechas voltaram a ser rosadas. Apesar de não falar, ela sorria às vezes, particularmente para Briggs. Isso estava envergonhando Mary Bee, até ela conseguir formular uma explicação lógica. A garota estava grata a ele. Ela tinha perdido seus filhos, e perdeu o juízo porque foi incapaz de salvá-los, chegando até a se culpar pelas mortes. Por outro lado, tinha realmente matado o carregador durante sua fuga, e, ao fazer isso, salvou a vida de Briggs. Na medida em que esse feito a redimiu, e reduziu o fardo de sua culpa, ela era grata a ele. Ela sorria para ele durante as refeições. Mary Bee ficou comovida. Arabella começou então a olhar demoradamente para Briggs nas noites junto à fogueira. Mary Bee ficou atenta. Na noite seguinte a jovem Sra. Sours ofereceu ao homem comida de seu prato. Mary Bee ficou alarmada.

A brincadeira ficou mais séria naquela mesma noite. Ela mal tinha pego no sono e acordou com uma voz, uma voz de homem, falando baixo. Ela se ergueu sobre os cotovelos, tinha se deitado como de costume, em um lado da carruagem, e Briggs no outro.

Ainda havia luz o suficiente da fogueira para ela conseguir ver. Ela podia enxergar apenas três formas dormindo sob os cobertores. Uma das mulheres tinha desamarrado o pulso da roda e tinha se levantado. Mary Bee se ergueu e foi descalça até a traseira da carruagem. O que ela viu a chocou tanto que a deixou incapaz de respirar.

Arabella Sours tinha se libertado da amarra e ido para a cama de Briggs. Ela estava ajoelhada, curvada sobre ele, com o rosto dele em suas mãos. Ela estava beijando-o apaixonadamente, suas bochechas, sua testa, seus lábios.

Mary Bee se sentiu vazia. Na escuridão dentro dela uma luz se acendeu, e em um instante ela estava tomada por chamas, que eram fúria.

Ela correu até eles.

– Em nome de Deus! – ela gritou.

Ela agarrou um dos braços da garota e a fez se levantar, então a levou de volta para a frente da carruagem, passando as varas, e a empurrou ferozmente para a cama dela, agachou-se ao lado dela, e amarrou seu pulso bem apertado a um raio da roda. Arabella Sours não resistiu. As outras mulheres agora estavam acordadas, e assistiam.

Mary Bee curvou-se e a encarou zangada.

– Que vergonha, Arabella Sours – ela disse. – Todas as senhoras deveriam se envergonhar. Eu vi como todas olharam para esse homem.

Ela sacudiu um dedo como se fosse uma vara.

– A senhora deveria ter pudor com ele. A senhora não sabe o que está fazendo. A senhora não sabe de nada.

Briggs não podia acreditar em seus ouvidos.

– Estou lhe avisando. É bom andar na linha ou a senhora vai se arrepender – ela ameaçou. – Eu vou deixar a senhora se arranjar sozinha! Está me ouvindo? Eu vou abandonar a senhora!

Ela estava fora de si. Ela foi até Briggs para ralhar com ele, ofegando para retomar o fôlego, os punhos cerrados.

– Seu animal! – ela gritou. – Como ousa?

Briggs se apoiou nos cotovelos, examinando-a.

– Aproveitar-se assim! De uma menina que perdeu o juízo! A coisa mais baixa que um homem pode fazer!

As palavras dela saíam em torrentes, com a força que seus pulmões permitiam.

– Mas eu não fiz nada – Briggs objetou, com expressão de jogador de pôquer. – Ela que veio até mim.

– E eu trouxe o senhor para cá? Como um garanhão? Para cruzar com todas nós?

– Merda – disse Briggs.

– Maldito seja! Nenhuma de nós está a salvo. Maldito, maldito, maldito, demônio!

A fúria desgastou tanto seu fôlego quanto sua força. Nesse momento, pela primeira vez na vida, ela estava completamente consumida pelas chamas de seu vazio interior. Mary Bee desmaiou como morta, caindo pesadamente sobre o homem no chão como uma árvore em chamas.

Ela entrou novamente em choque, minutos depois, ao ganhar a consciência. Ele a tinha carregado de volta à cama dela, cobriu-a para protegê-la da umidade, depois encontrou uma caneca no armarinho, encheu e atirou água fria no rosto dela. Depois disso, ele voltou para sua própria cama.

Mary Bee não pronunciou uma única palavra a Briggs no dia seguinte, de manhã até de noite, não lhe dirigiu nem mesmo um olhar. Briggs sabia que ela era mais nervosa que uma galinha molhada, mas aquilo não era apenas outro de seus chiliques. Ela já tinha endurecido com ele antes, mas dessa vez era diferente. Mary Bee parecia conduzir a carruagem, cozinhar e cuidar das outras mulheres como se estivesse sozinha, isolada e distante, como se ela tivesse abandonado o grupo e partido para outro lugar por conta própria. E foi exatamente isso o que fez naquele fim de tarde depois do jantar. Ela lavou a louça ao pôr do sol e saiu andando silenciosamente em direção ao horizonte avermelhado. Como demorou muito para voltar, Briggs saiu pela pradaria em busca dela. Ele já tinha percorrido talvez uns quinhentos metros quando ouviu uma mulher cantando. Ele se moveu discretamente na direção da canção até conseguir entender as palavras.

If thou should hasten
To lands wild and wide,
Take thee this token,
My heart from my side.
Take thee this token,
*My love with thee bide.**

Ele se aproximou. A lua crescente estava surgindo, e aquilo, com a réstia de luz solar, permitiu-lhe notar que ela estava sentada na grama, de costas para ele, e que aberto diante dela

**Se é preciso que te apresses / Rumo a terras vastas inexploradas / Leva contigo esta prenda / Que te confio de coração / Leva contigo esta prenda / Meu amor por ti aguarda.*

havia uma longa faixa de pano com marcas em preto e branco, que lhe pareceram – ele apertou os olhos para ver melhor – um teclado. As mãos dela se mexiam sobre o pano, e os dedos o tocavam. Se o diabo não o enganava, ela estava tocando um teclado de piano feito de pano, acompanhando a música com a voz. Isso era um fato. Uma espécie de música de faz de conta. Ele tinha ouvido de tudo nessa vida – lobos uivando e búfalos berrando e índios gritando e cornetas soprando e o rugido de um incêndio na pradaria – mas nunca nada como aquilo. Ele estremeceu. A canção daquela mulher assombrava as planícies escuras como um falcão.

If thou should prosper,
Hear my heart pray,
Send me a summons
To wed thee one day.

Take thee this token,
And love me alway.

But if I should perish,
Thy promises keep,

Take thee our two hearts
And bury them deep.
Take thee our tokens,
*In love let us sleep.**

** Se tu prosperares / Ouve a prece de meu coração / Manda-me um pedido / Para um dia me casar contigo / Leva contigo esta prenda / E ama-me sempre / Mas se hei de perecer / Mantém tuas promessas / Guarda nossos dois corações / Enterrados fundos na terra / Leva nossas prendas / Para no amor repousarmos.*

Briggs recuou, lentamente, virou-se e voltou para o acampamento. Inferno, ele pensou. Se agora é a vez dela, tem espaço para cinco dentro da carruagem.

E quando, durante a noite, alguém ou alguma coisa o tocou, ele acordou instantaneamente com uma mão em seu Colt, e quando ele a viu, sentada ao lado dele, estremeceu novamente. Aquilo, ela de pé bem ali, era sombrio também, tanto quanto cantar e tocar em um piano de tecido. Nem uma palavra o dia todo e de repente eis que lá estava ela. Tome cuidado, ele disse para si mesmo. Ela podia estar com uma faca. Ela pode machucar você ou, mais provável, machucar a si mesma.

– Eu não consegui dormir – ela disse.

– Eu, sim – ele disse.

Ela se sentou entre ele e as últimas brasas da fogueira, de modo a destacar sua silhueta, e ele notou a largura dos ombros dela. Cuddy era uma mulher grande. Em uma cama ela poderia quebrar as costas de um homem.

– Quando tempo falta agora? – ela perguntou.

– Uma semana. Mais ou menos.

– Nós não comemos carne há três dias. Eu vou usar o resto dos feijões hoje. Não podemos viver de milho. Se chegarmos perto de algum estabelecimento, por favor, pare para comprarmos alguma coisa. Eu tenho um pouco de dinheiro.

Quando uma mulher queria tagarelar, fosse dia ou noite, Briggs tinha aprendido que nada poderia impedi-la. Sem os pentes, o cabelo dela caía até a cintura. Com as mãos para trás ela tinha dividido os fios e os colocado sobre os ombros como um xale.

Ele bocejou, inutilmente.

– Eu gostaria que tivesse algum jeito de dar banho nelas. Eu vou ficar com vergonha quando chegarmos na casa do pastor.

– Nós vamos passar por um riacho.

– Frio como o gelo. Isso iria matá-las.

Ela elevou os joelhos e pousou seu queixo neles, meditativa.

– Estou com saudade de casa. Sinto falta da minha casa e de muitas pessoas. Alfred Dowd. Charley e Harriet Linens. Buster Shaver. Até mesmo o desgraçado do Vester Belknap. Aliás, eu estou me dando muitíssimo bem com o cavalo do carregador. Eu o chamo de "Shaver".

Briggs soltou sua arma sob o cobertor e começou a se perguntar aonde ela queria chegar com aquela conversa toda.

– Bem – ela disse –, estamos quase chegando. O que o senhor vai fazer depois?

– Num sei.

– Quero dizer, se vai ficar em Iowa ou se vai voltar para o território.

– Ainda num sei.

– O senhor não é de fazer muitos planos.

– Não muito.

Mary Bee gostaria de cutucá-lo com uma vara. E a hora era aquela. Agora ou nunca. – Sr. Briggs – ela disse. – Eu tenho uma proposta para fazer ao senhor. O senhor é um homem inteligente, e, se pensar no assunto, tenho certeza de que vai enxergar sabedoria nisso. – Ela respirou bem fundo. – Depois que as entregarmos para a Sra. Carter, por que não nos casamos e voltamos juntos?

Ele se sentou abruptamente e como se estivesse sobrecarregado de catarro, tossiu, pigarreou, e cuspiu tão longe que acertou a fogueira. Ela esperou. Ela supôs que ele estava surpreso. Deixe ele pensar. Ela lhe daria tempo, depois argumentos. As mentes dos homens são como eixos de carruagens. De quando em quando precisam de graxa.

Ela esperou em vão. Ele se sentou olhando para ela como se ela tivesse pedido para ele ir correndo à missa.

– Pense no assunto – ela disse. – Eu tenho trinta e um anos. Se algum dia eu me casar, é melhor que seja logo. E o senhor também não está ficando mais jovem. Pense no que o senhor estaria ganhando. O senhor viu minha casa e meus animais. Eu tenho duas ótimas propriedades e dinheiro no banco. Eu estou com boa saúde e posso ter filhos. Eu vou ter sessenta acres de trigo neste verão, e vou comprar leitões na primavera para engordá-los com milho. Planejo plantar abóboras também. Estou convencida de que formamos uma boa dupla, o senhor e eu, e se continuarmos juntos, vamos nos unir e prosperar. O senhor não concorda?

Briggs estava atônito. Ele tinha que dizer alguma coisa, mas não importava o que fosse, precisava garantir que ela não teria outro dos seus faniquitos. Ela já estava bem próxima de estourar.

– Eu não sou fazendeiro – ele disse.

– O senhor pode vir a ser.

– Não, eu tentei uma vez.

– Quando?

– Eu contei à senhora, eu vivi com uma mulher uma vez. Ao norte de Wamego. Ela era uma viúva, com dois filhos. Casou-se com um homem da cidade e eles vieram para o oeste, mas não tiveram sucesso. Um dia ele pôs uma espingarda na boca e explodiu a cabeça.

– Não!

– Bem, foi o que ele fez. No estábulo, e ela o encontrou. Então, um ano depois, eu me mudei para lá com ela e tentei tocar a fazenda. Para cima e para baixo naqueles campos malditos de manhã à noite. Existem visões mais bonitas nesse mundo do que o traseiro de um boi.

– O que aconteceu?

– Em um belo dia eu simplesmente fui embora.

– Oh – Mary Bee juntou as mãos em seu colo, bem apertadas. – Por quê?

Briggs fez uma careta.

– Porque eu não sou fazendeiro. Eu pensei que daria certo. Trabalhamos juntos por dois anos, pude me sustentar. Ela era uma boa cozinheira e mantinha a casa limpa.

– O senhor a abandonou.

– Tire as conclusões que quiser.

– Ela provavelmente queria um marido.

– Sim, ela queria. Quando fui embora me senti mal, mas nunca olhei para trás.

– Entendi. Então o senhor não vai se casar comigo.

– Não.

– O senhor não pode pensar no assunto? Até chegarmos em Hebron? E depois falar comigo mais uma vez?

– Claro. Falar não custa nada.

Houve um longo silêncio entre eles. Um pouco afastado da carruagem, no vasto escuro, os animais se moviam e bufavam, pastando. Sob a carruagem, uma das mulheres se mexia durante o sono e murmurava uma ou duas palavras ininteligíveis. Era quase impossível para Mary Bee compreender que ele tinha recusado sua proposta. Pedi-lo em casamento não tinha sido planejado. Ela agiu por impulso, do mesmo jeito que ela tinha escapado sozinha para cantar e tocar durante o crepúsculo. Ela não sabia que outro rumo iria tomar, mas não pretendia desistir dele, ainda não. Ela ouvia um zumbido nos ouvidos.

– Eu quero dizer mais uma coisa – ela disse.

Ele bocejou.

– Talvez o senhor não perceba que coisa grandiosa está realizando, Sr. Briggs, levando essas pobres mulheres desconsoladas de volta a suas famílias. Se o senhor não percebe, eu asseguro que o bom Deus percebe. E eu também. Este pode ser o maior e mais generoso ato de toda sua vida.

– Que vale trezentos dólares.

– Não, é mais do que isso. O senhor não reconhece seu próprio valor. O senhor cometeu erros, não há como negar, mas no fundo o senhor é decente, honesto...

– Espere, Cuddy – ele interrompeu. – A senhora não tem dúvida de que me regenerou? Algumas semanas atrás eu era um homem de pouco caráter. Agora sou decente e honesto...

– Eu estava errada.

– A verdade é que a senhora não me conhece desde que nasci.

– Não. Mas conheço agora.

– Eu desertei da cavalaria.

Uma vez, na primavera em que trabalhou na escola, ela caminhou depois da aula no meio de um bosque e foi atacada por um enxame de abelhas. Ela correu. As abelhas a seguiram e a picaram muitas vezes no rosto e no pescoço, antes que ela pensasse em erguer a saia para proteger sua cabeça. Agora, nesse instante, ouvindo um zumbido, ela era picada de novo, com uma dor bem aguda, mas na parte de dentro de sua cabeça. Era como se o seu cérebro estivesse sendo picado.

– Desertou! – ela exclamou.

– Isso mesmo – disse Briggs. – Companhia C, primeira cavalaria dos Estados Unidos, Forte Kearney. Eu servi por dois anos, me alistei para mais uma temporada, servi apenas a metade, roubei um cavalo e parti para longe dali. Eu já estava cansado. E vim escondido para o território.

– Desertou – ela repetiu, pensativa. – É por isso que o senhor não me conta seu nome.

– Tão certo quanto a morte.

– E por isso tomamos essa rota. Porque o senhor evita as pessoas.

– O exército tem um braço comprido. Eles vão procurar por mim enquanto eu viver. Se eles me pegam é prisão militar, trabalho forçado. – Ele estava sentado. Ele ajustou seu casaco de couro malhado, que estava enrolado como travesseiro para a noite, recostou-se e uniu as mãos atrás de sua cabeça. – Então eu não posso parar em lugar algum. De qualquer modo, ficar parado não é do meu feitio.

Ela foi picada mais uma vez.

– E o senhor não vai se casar comigo.

Ele fechou os olhos como se fosse dormir. – Não. Eu estou casado comigo mesmo.

– Eu sou insossa como um balde velho de lata.

Ele não respondeu.

– Eu tenho uma víbora em minha boca.

Ele bocejou.

Ela se sentiu picada mais uma vez pela abelha. A dor se espalhou de um lado a outro de seu crânio, e o zumbido selvagem em seus ouvidos era tão barulhento que ela não conseguia ouvir seus próprios pensamentos.

– O senhor é o segundo homem que eu peço em casamento, e que também recusa se casar comigo.

Briggs abriu seus olhos, e depois os arregalou. As mãos grandes dela estavam apertando firme os lados de sua cabeça como se ela estivesse com dor.

– Então se eu fosse a senhora – ele disse –, tenho certeza que iria parar com esse inferno de continuar pedindo.

Com isso começaram as lágrimas, que escorreram por suas bochechas. As lágrimas eram as armas de uma mulher, para serem derramadas quando nenhuma outra arma funcionava. Ele não conseguia avaliar o que ela pretendia, a não ser deixá-lo envergonhado, o que ela não tinha motivo para fazer.

– Ah, ah – ela choramingou. – Como eu queria que o senhor dissesse uma palavra gentil para mim.

– Como o quê?

– Que eu sou uma mulher boa. Que eu ajudei o senhor.

– Isso é justo – ele disse. – Cuddy, a senhora é uma mulher boa pra diabo e me ajudou um bocado.

Com isso ela soltou um gemido que soava como o da mulher que estava ardendo em febre, e levantou-se, deixando-o. Briggs ficou extremamente aliviado. Ele se enterrou em seus cobertores. A qualquer dia chegariam ao rio, ele pensou, a qualquer dia. Ela poderia conseguir, ou talvez não. Tem a cabeça oca, isso é certo. Não há como dizer o que ela vai fazer. A cada minuto é uma surpresa. É melhor tomar cuidado e prestar atenção aos passos dessa dança. Preciso lidar com ela como se fosse um ovo rachado, porque está prestes a estourar. Ou já estourou. E é melhor eu tocar aquelas mulas.

Ele acordou e ficou tenso.

Uma garoa estava caindo, havia quase uma névoa.

Ela estava ao lado dele, completamente nua.

– Não – ele disse.

– Sim – ela disse.

– Não – ele disse.

Ela podia ter um rosto sem graça, mas o corpo era bem formado. A pele era bem branca, os seios eram grandes e empinados, os bicos pontudos como pontas de flechas. Ela tinha uma barriga lisa e um umbigo fundo e escuro. As pernas eram compridas e as coxas fortes, e o V negro de cabelo acima delas parecia tão firme quanto uma alfineteira. A contragosto, ele sentiu desejo.

– Eu quero me deitar com você – ela disse.

– Não – ele disse.

– Você precisa – ela disse. – Eu salvei a sua vida.

– Não – ele disse.

Ela ajoelhou ao seu lado e pôs o rosto ao lado do dele para que as bochechas se tocassem. O cabelo comprido dela envolvia a cabeça dele. Ele não se moveu. Ela não fez nenhuma tentativa de beijá-lo. Ela não sabia como excitar um homem, assim como ele não sabia, do fundo de seu âmago, o que fazer com ela.

– Não me faça implorar – ela murmurou.

Estava difícil para ele se manter naquela posição. Dormir com uma mulher sem juízo ou quase era o mais baixo que se poderia fazer. Poderia causar ainda mais estragos a ela. Ou, por outro lado, colocá-la na horizontal poderia ajudar aquela fêmea. Talvez, talvez. Desgraçado estava se fizesse, e desgraçado se não fizesse.

Depois de um tempo ele a empurrou, voltou a seus cobertores, ficou parado um tempo e, então, se despiu. Ela se deitou na cama olhando fixo para ele, olhando para o que ela nunca tinha visto. O pelo a surpreendeu, a quantidade, entrelaçados, úmidos como a névoa, no peito, nas pernas, nos ombros. Ela olhou fixo para o membro do homem. Dilatado, esticado como se apontasse, aquilo olhava para ela como o cano de sua pistola de repetição, e o cabelo na base parecia a empunhadura chamuscada. Então ele se virou para cima dela, sobre as mãos e os joelhos.

– Levante os joelhos – ele ordenou.

Ela os levantou.

– Pegue com sua mão.

– Ela pegou.

– Apenas se lembre, Cuddy – ele disse com voz áspera –, que eu não forcei você a fazer.

– Vou lembrar.

– Se machucar, não posso evitar.

– Eu sei.

– Eu não pedi, você que pediu.

– Eu sei.

– Agora me coloque dentro de você.

– Sim – ela disse, e começou a estremecer de corpo inteiro, como se fosse por causa de frio e de medo e da garoa que caía.

Quando, mais tarde, tinham acabado, e ela estava de volta à cama dela do lado da carruagem, Mary Bee Cuddy soube no fundo da alma que as mulheres estavam acordadas, e tinham visto, assim como Ele.

Briggs despertou. Eram as mulas. A cada manhã elas zurravam o toque de alvorada. Nessa manhã, não.

Ele removeu os cobertores, sonolento, e sob o céu cinzento pôde contar duas mulas pelas orelhas, e um cavalo pelo rabo, mas não conseguiu localizar o cavalo malhado do carregador, de quem ela tinha começado a gostar.

Sem se demorar em bocejos, espreguiçadas, tossidas, cuspidas e coçadas, ele pôs logo as botas e deu a volta na carruagem. As mulheres dormiam. Os cobertores dela estavam onde deveriam estar. Mas ela não.

Ele subiu para a boleia. Uma sela tinha sumido. Ela tinha selado o cavalo malhado e cavalgado para algum lugar por algum motivo feminino estúpido.

Ele subiu de pé no assento para ver melhor. As planícies agora estavam rosadas, e ele girou lentamente tentando avistá-la, mas não havia nada além da planície vazia rosada e uma árvore, uma mancha a uma milha de distância a nordeste. Ele se lembrou de como ela abraçou uma castanheira escura e encheu os ouvidos dele sobre as árvores que ela tanto amava na terra dela, no estado de Nova York. De pé em plena solidão, aquela ali parecia ser uma velha figueira.

E enquanto ele estudava a árvore, o significado dela atingiu Briggs no fundo de seu estômago. Anos antes ele teve uma briga com um irlandês no leste, no acampamento da companhia C, um recruta grande, idiota e bêbado que o chutou na barriga, chamou-o para a briga e o derrubou desacordado. Dias depois a bile ainda subia por dentro dele e às vezes o deixava prestes a vomitar, e mesmo na convalescência deixava algo esverdeado e com gosto de larvas em sua boca. Agora o significado da árvore fez a bile voltar e lhe deu vontade de vomitar ao lado da carruagem.

Em vez disso, ele pegou sua própria sela, soltou seu cavalo da estaca, pôs a sela, montou e partiu em direção à figueira em passo lento. Mas na metade do caminho até a árvore ele não pôde mais esperar, ele precisava resolver logo, então deu com as esporas no alazão e o fez galopar.

Ali estava o cavalo dela, Shaver.

Briggs apeou, deixou o animal e caminhou ao lado da árvore.

Com certeza.

Ela tinha feito a si mesma do mesmo jeito que ela tinha visto fazerem com ele.

Ela tinha cavalgado até debaixo do galho comprido, pendurado a corda sobre o galho, puxado até uma forquilha. Então passado uma ponta pelo tronco e dado um laço em volta e amarrado. Voltando ao cavalo, ela tinha removido seu casaco de lã e o chapéu de coelho, pegado a ponta solta da corda, montado, puxado o máximo que conseguia, amarrado um laço, posto sobre sua cabeça apoiando sob o queixo, largado a corda, e chutado o cavalo debaixo dela. Como não teve nenhuma ajuda, não tinha sido um trabalho perfeito. Ela tinha dado tanta extensão para a corda que ela se pendurou com as botas a pouco mais que trinta centímetros do chão, e a ponta solta da corda ficou arrastada. A queda foi curta demais para quebrar seu pescoço, e ela se estrangulou. Com seus chiliques, ele se lembrava, ela sempre foi uma cabeça de vento, e agora era assim que ela morria, por falta de vento.

Ela amava árvores.

O instinto de Briggs foi cortar a corda. Ele pegou o facão, aproximou-se e olhou para o rosto dela. Seu rosto penetrou o dele.

A corda tinha deixado marcas vermelhas em seu pescoço. As bochechas estavam azuladas, quase roxas. Os olhos dela estavam fechados. A língua de víbora dela espetava para fora de sua boca por uma polegada ou mais.

Briggs se afastou daquela visão e caiu de joelhos com as mãos no chão, tentando vomitar sem conseguir. Não havia nada em seu estômago. Ele regurgitava, mas estava seco. Mesmo assim regurgitou até sentir que as vísceras estavam rasgadas. Então ele se sentou, o suor transbordando do corpo e a boca cheia de vermes.

O que o colocou de volta aos seus pés foi raiva. Ele a encarou e gritou.

– Que maldição, Cuddy!

Ele embainhou a faca e esperou como se esperasse que ela respondesse.

– Deus não se importou com o que nós fizemos! Deus não deu a menor importância!

Mas ela se pendurava sem vida e com rosto azul e a língua para fora apontando para ele.

– Por que, maldição? – Ele gritou. – Por quê?

Quando viu que não teria uma única palavra dela, Briggs a deixou pendurada e se virou, marchando em volta da figueira e do seu cavalo, montou, pegou o dela, e puxando duas rédeas, voltou para a carruagem. Ali, levantou acampamento. Ele entrou em ação de maneira deliberada. Sentia-se como um gatilho sendo apertado. Ele amarrou os cavalos à carruagem. As mulheres agora estavam acordadas. Calçou suas botas uma por uma e as levou à pradaria para se aliviarem, então as fez embarcar e as amarrou na carruagem. Não iria lavar ou pentear cabelos ou servir desjejum. Ele enrolou as camas, amarrou as bagagens no topo da carruagem, arreou e atrelou as mulas, subiu na boleia, e pôs a carruagem para rodar, conduzindo-a até a figueira. Parou junto à árvore e as reuniu fora da carruagem, como um professor diante das pupilas.

– Muito bem – Briggs disse para elas. – Vejam isso. Vejam o que as senhoras fizeram.

Elas olharam para ele, e para a árvore, e para os cavalos atrelados, e para o chão.

– Maldição de Deus! – ele gritou. – Olhem para ela! É melhor olharem para ela!

Ele as pegou com força pelos pulsos e virou os rostos delas para o cadáver. Elas olharam para a mulher enforcada nem com mais nem com menos interesse do que olhariam para um varal cheio de roupas. A raiva dele recrudesceu e o deixou em êxtase.

– Vejam o que fizeram! – ele apontou. – Mataram ela, foi o que fizeram! As senhoras a mataram!

Elas olharam para ele.

– Se não fosse por vocês – ele vociferava –, Cuddy não estaria morta. Ela nem estaria aqui, Deus sabe onde. Se vocês não tivessem endoidado, ela não estaria nessa viagem. Era pesado demais para ela. Longe demais, muitas tarefas, tomar conta de vocês dia e noite – ele apontava o indicador para elas. – Se vocês fossem como uma esposa deve ser, fortes e estáveis, ela estaria viva e em paz na casa dela e vocês também. Mas não, vocês ficaram loucas, deixaram ela louca e a mataram. Mataram! Então, o que as senhoras têm a dizer?

Ele não esperava que elas se desfizessem em lágrimas, mas elas deveriam ao menos ter demonstrado alguma vergonha ou empatia em vez de ficarem paradas como uma fileira de estacas de uma cerca.

– Para o inferno vocês todas! – ele rugiu. – Não valem nem um pedaço de merda seca de coruja! Não são mais nem seres humanos!

Ele cuspiu com todo seu desprezo.

– Que belo bando! – ele disse, prostrado. – Vocês deveriam ser trancafiadas. Se tivesse um hospício aqui, é onde vocês deveriam estar. E ficar lá para sempre.

Briggs deu as costas para elas, aproximou-se do cadáver de Mary Bee, e, envolvendo-a com um braço, a retirou da corda usando a faca. Ele pousou o corpo no chão, foi até o tronco da árvore, desamarrou a corda, recolheu-a do galho, enrolou-a, pendurou-a no topo da carruagem, então pegou a pá do compartimento sob o banco e escolheu um lugar um pouco mais afastado, mas ainda sob a árvore, para abrigar melhor e começou a cavar a sepultura. Relembrando do quanto ela tinha se comovido com a cova da pequena migrante alguns dias antes, a ponto de ficar para trás para enterrar de novo os ossos e frustrar os lobos, ele cavou quase um metro de profundidade; mas, então, quando ele a enrolou em seu couro de búfalo, do qual ele não iria mais precisar no clima mais ameno, notou que o buraco era profundo o bastante, mas faltavam alguns centímetros de comprimento. Ela era uma mulher comprida. Então ele escavou mais alguns centímetros e descobriu, ao descê-la novamente, que cabia perfeitamente.

Ele ficou parado com as costas arqueadas, suando. Ela pesava uma tonelada. E agora ele tinha que pensar no que deveria enterrar com ela. Do topo da carruagem ele pegou seus cobertores enrolados, desamarrou-os, e encontrou uma valise de veludo verde na qual ele ainda não tinha prestado atenção. Ele se sentou na grama para abri-la, e, assim que o fez, as quatro mulheres o imitaram. Ele olhou feio para elas. Tudo o que elas tinham entre as orelhas era ar. Ele abriu a bolsa.

A primeira coisa, enrolada, era a faixa comprida de pano branco que ela pintara de modo a parecer um teclado de piano. Em seguida surgiram um pente e uma escova e um pedaço de sabão e duas toalhas de mão enroladas no que ele supôs fossem roupas de baixo. Também enrolado, havia dez dólares em cédulas. Ela devia ter trazido para comprar algo para si em Hebron. Ele guardou o dinheiro bem fundo no bolso do interior de sua jaqueta.

Então, havia uma pilha de papéis, consistindo de uma folha dobrada com nomes e endereços, um pacote de cartas e outra folha dobrada e, escapando dessa folha, a ponta de notas verdes. Ele desdobrou e encontrou oito dólares em dinheiro. Esses ele acrescentou aos dez dólares na jaqueta.

Ele encontrou um pequeno quadrado de cartolina, no qual estava espetado um camafeu rosa gravado com o rosto de uma jovem dama com uma coroa na cabeça. Briggs calculou que o camafeu iria render vários dólares em qualquer parte, então pôs em um bolso lateral com a lata de sardinhas que ele surrupiara do abrigo de Giffen. Depois encontrou outra folha com nomes e endereços. E, finalmente, três envelopes, um selado e dois não, e esses ele abriu. O primeiro continha apenas uma folha com nomes e endereços. Ele recolocou no lugar. O segundo era uma carta para Cuddy assinada "Dorothy", ele adivinhou, sua irmã, que ele não conseguiria ler e não o interessava. Ele pôs de volta no envelope e deixou de lado. Ele tinha visto antes as letras no último envelope, e se lembrou: "Sr. George Briggs, a/c Sra. Altha Carter, Sociedade e Amparo às Mulheres, Igreja Metodista, Hebron, Iowa". Esse estava selado. Com um dedo ele abriu. Ali havia seis notas de cinquenta dólares do Banco de Loup.

Briggs ficou pasmo. Ele olhava para as notas de banco de cenho franzido, até que compreendeu – ela não tinha enviado pelo correio, naquele dia em Loup. Ela não confiava nele. Ele era um homem de pouco caráter. Podia abandonar o grupo a qualquer momento, deixá-la para trás, com as mulheres, no meio do deserto e cavalgar sozinho, para Hebron, pegar o envelope, que estava endereçado a ele, e seguir seu próprio caminho com os bolsos recheados. Então ela contou uma pequena mentira a ele, que ela tinha enviado o dinheiro pelo correio na mercearia, quando na verdade tinha escondido na valise durante todos esses quilômetros e dias. Talvez, também, ela quisesse ter a satisfação de pagá-lo pessoalmente, quando ele tivesse terminado seu trabalho.

Ele olhou de relance para a sepultura. Alguma satisfação. E ele tinha dezoito dólares em cédulas verdes para aproveitar. Brigss contou as notas mais uma vez. Ele nunca tinha deitado olhos em trezentos dólares em um único pagamento. Ele se permitiu antecipar algumas das coisas que poderia comprar para si: um banho, uma cama macia, provisões cozidas em fogão, um rio de whiskey, uma mulher, uma jogatina etc.

Briggs dobrou as notas de banco no envelope e o acomodou no fundo do bolso da jaqueta, junto com as cédulas. As cartas, exceto a da irmã dela, e as folhas de papel, ele colocou de volta na valise, então se pôs de pé. Ato contínuo, as mulheres também. Imitavam-no como simples macacas. Ele recolheu o casaco, o chapéu e os itens pessoais dela, enrolou-os no meio das cobertas, amarrou-os, e, apoiando-se sobre uma das rodas, empurrou para baixo da lona no topo da carruagem. Então ele voltou para a sepultura e, ajoelhado, colocou a carta da irmã dentro de uma dobra do couro de búfalo e estendeu o teclado de pano, de uma extremidade a outra do corpo dela. Ele se acocorou.

– Cuddy – ele disse, baixando a voz para que as outras mulheres não pudessem ouvi-lo –, escute. Não me assombre. Não vai funcionar. Eu não tenho culpa. A senhora já era um caso perdido. Já estava sem juízo, quero dizer. Eu sei bem disso, porque na noite passada eu senti sua falta e fui buscar a senhora e a encontrei lá, tocando e cantando sozinha. Tocando em um piano de mentira. – Ele fez uma pausa. – De qualquer jeito, adeus e obrigado pelo dinheiro. A senhora foi uma mulher danada de boa e me ajudou um bocado. – Ele estava se constrangendo a si mesmo. – Adeus.

Dito isso, se ergueu, pegou a pá e começou a encher o buraco de terra. Quando a sepultura estava pela metade, ele pisou e calcou a terra para deixá-la bem socada. Então completou até o fim e calcou de novo. Quando terminou, alisou o excesso de terra para deixar um monte bem feito e deu um passo atrás, satisfeito. Alguma satisfação.

Era hora de se preparar para ir. Briggs trouxe o cavalo e o amarrou à carruagem. Do armarinho ele tirou uma caneca e uma colher e pegou um pouco de farinha de milho do saco e separou em um saco menor. Do compartimento sob o banco na boleia ele pegou o rifle dela e munição abundante. O rifle ele deixou no coldre de sua sela, e as miudezas ele guardou no alforje. Amarrou sua roupa de cama e o casaco de couro atrás. E se moveu de uma maneira decidida, com as mulheres observando.

A última coisa era resolver o que fazer com a valise e as cartas e os nomes dos parentes. Onde deixar de uma maneira que alguém pudesse encontrar. Ele se decidiu pela caixa sob o assento. Deixou ali e baixou a tampa.

Ele conduziu seu cavalo na frente das quatro mulheres e montou e deu a elas uma mirada longa, cheia de desprezo. Por Deus, ele estava mais do que farto das bocas amarradas, dos rostos murados e dos olhos de janelas quebradas. – Muito bem – ele disse. – Nós vamos desmembrar o grupo. Eu vou seguir sozinho. Eu ralei meu traseiro até os ossos pelas senhoras naquela carruagem, e uma boa mulher morreu pelas senhoras, e isso é o bastante. Por mim, podem ir para Iowa por conta própria. A mulher que as senhoras precisam encontrar ali é a Sra. Altha Carter. Altha Carter. É só irem direto daqui para o leste até chegarem ao rio, então virarem para o sul até a balsa em Kanesville, atravessarem, e seguirem ao sul até Hebron. – Ele ergueu um dedo. – Agora qual é o nome da mulher?

Ele esperou. Elas olharam para ele como se ele estivesse recitando a Bíblia, *E Ner gerou Quis, que gerou Saul*, e assim por diante.

– Qual o nome da cidade?

Elas pareciam espantalhos. Falar com elas não resultava em nada. Do que elas precisavam era de algumas pancadas no traseiro.

– Merda – ele disse. – Muito bem, as senhoras estão por conta própria. As senhoras têm farinha de milho e quatro rodas e um cavalo e uma parelha excelente de mulas e têm que sair fora daqui. Se não saírem, não vai ser perda alguma para os Estados Unidos da América. – Com sua mão livre ele tocou a aba do chapéu desleixado. – Então isso é um adeus, damas. Adeus e boa sorte.

Torceu as rédeas do alazão e se afastou para sempre da árvore e da cova fresca e da carruagem e das garotas desnorteadas. A manhã toda ele se sentira como um gatilho sendo apertado, e agora tudo estava esclarecido. Ele não tinha percorrido nem cinquenta metros quando ouviu alguém dizendo para ele – Adeus! Adeus! – Acenando com um braço, ele supôs, e com o outro segurando a boneca. Ao inferno com ela. Ao inferno com todo o bando de loucas varridas e todo esse fardo. Ele estava em um país livre. Deus finalmente fizera de George Briggs um homem livre.

A primeira coisa que ele fez foi conferir os objetos.

Ele acomodou a bainha de sua faca e o cano de sua pistola sob o cinto.

Então pôs uma mão no alforje e no coldre do rifle e nos seus cobertores enrolados e no casaco de couro atrás da sela.

Ele se certificou de que o broche de camafeu estava em um bolso lateral e que as cédulas e notas de banco estavam no fundo do bolso interno da jaqueta.

Tranquilizado com isso, cavalgou. Sentia vontade de olhar para trás, virando o ombro para ver se havia sinal de vida em volta da carruagem, mas isso lhe traria problemas.

Abril.

O sol brilhava com fulgor. O céu estava azul como um lago, as nuvens parecendo folhas e as canções dos pássaros no alto espetavam o azul como broches.

A pradaria o fazia pensar em uma grande mesa de uma hospedaria. Sobre a planície, um banquete de primavera era servido, verde e marrom, com grama nova suplantando a antiga. E a qualquer dia apareceriam mais flores silvestres, azuis e amarelas e brancas, mais do que o olho poderia comer.

Ele quase olhou para trás, mas se conteve a tempo. Era um homem que nunca olhava para trás. Foi isso o que ele disse a Cuddy depois que contou sobre a mulher com quem vivera. "Eu fui embora e nunca olhei para trás."

Se elas tivessem algum cérebro e presença de espírito, se dariam muito bem. Elas eram mulheres de fazendeiros. Sabiam lidar com um cavalo, mulas e uma carruagem, e cozinhar e cuidar de si mesmas, e, com a sorte estúpida delas, iriam se deparar com alguém que sentiria pena, espiaria debaixo do assento e veria para onde elas deveriam ir.

A necessidade de olhar para trás era forte.

Ele esperava que Hebron fosse mais do que uma dessas cidades pequenas onde as pessoas se encontravam aos domingos. De qualquer modo, com a travessia de Kanesville por perto, deveria haver alguns lugares onde um homem poderia criar algazarra.

Ele fingia ser um cavaleiro em dia de parada: aprumou os ombros e enrijeceu o pescoço.

Mesmo que elas não conseguissem, mesmo que elas vagassem a esmo e passassem fome e matassem umas às outras, seria uma bênção. Elas não dariam alegrias nesta vida para ninguém. Seriam apenas um fardo para seus parentes.

Briggs olhou para trás.

– Deus todo-poderoso! – ele gemeu.

Lá vinham elas, seguindo-o. Elas se deslocavam em uma fila indiana como ovelhas de rebanho. Primeiro Sours, depois Petzke, então Svendsen e Belknap. Elas peregrinavam no caminho como se, tomando-o como líder, estivessem dispostas a segui-lo através de incêndios e enchentes, montanhas acima e abaixo, para o túmulo e na vida após a morte, como se, tomando-o como guia, elas fossem dar a volta ao redor de todo o mundo monstruoso.

Ele parou. Ficou montado no cavalo, esperando. Ele era incapaz de olhar para trás novamente.

A garota o alcançou primeiro, pôs um braço em volta de sua perna, e o segurou firme, como se ele fosse uma criança moribunda. A mulher dos lobos esticou os braços para suas duas pernas, apertando-o contra a sela. A mulher infértil e a mulher que tinha matado o bebê vieram do outro lado e pousaram as mãos nele, uma em sua coxa, a outra em seu quadril. E ali na pradaria, debaixo do céu lacustre, os cinco se reuniram em uma estranha comunhão. O cavalo não se moveu, assim como não se movera sob a corda tesa na longa noite entre a vida e a morte às margens do rio. Não havia sons, a não ser as canções dos pássaros no alto. O homem olhou para baixo para as mulheres, para os cabelos embaraçados e rostos sujos, para seus olhos vazios. Ele não estava livre como pensou. Ele havia substituído Cuddy. Provavelmente as mulheres não entenderam o final dela, mas qualquer significado que tenha tido para elas, agora era o que ele significava no lugar de Cuddy. Briggs vinha sendo um homem solitário, mantendo-se distante dos outros, cavalgando para longe de amores ou amigos ou qualquer tipo de laço, jamais encontrando o que permanecia incompleto por dentro. Agora parecia a ele que, enquanto o sangue inchava silenciosamente suas veias, alguma coisa como uma oração comum se transmitia dos corpos delas para o dele, um apelo para o qual seu âmago encoberto dizia sim.

Ele conduziu seu animal para longe das mulheres, deu meia-volta e se dirigiu lentamente para a carruagem. Depois de alguns metros ele olhou para trás.

As quatro o estavam seguindo.

***

Meia hora depois tudo estava em seu lugar. As mulheres de volta à cabine e a carruagem rodando, mais uma vez os cavalos atrelados e George Briggs na boleia, guiando e amaldiçoando George Briggs. Se ele fosse outra pessoa, teria prazer em dar uma surra em George Briggs. Apenas porque alguém que o tinha chamado de "homem de pouco caráter" havia se enforcado em uma árvore. Apenas porque quatro loucas varridas se apegaram a ele como um marido ou irmão ou salvador ocasional. O homem que nunca olhava para trás agora o tinha feito, apenas uma vez, e talvez com isso tenha cometido o maior erro de sua vida. Se ele tivesse tabaco, poderia mascar. Se ele tivesse whiskey, poderia se embebedar. Mas tudo o que ele tinha era um estômago vazio, uma sensação desoladora e rédeas em suas mãos. Então propôs uma barganha consigo mesmo: mais três dias, contando a partir daquele. Ele iria transportar aquelas galinhas depenadas por mais três dias, e se ele não chegasse com elas até a balsa, adeus, irmãs. Começando agora, iria seguir para sudeste, e depois de três dias, poderia deixá-las de consciência tranquila. Quanto mais ao sul, descendo pelo Platte, mais viajantes. Certamente alguém se dirigindo para o oeste iria se deparar com elas e encontrar os papéis e o nome da Sra. Carter na valise e iria juntar todas as peças.

Naquela tarde ele avistou duas caravanas à distância, e notou que as casas de turfa estavam dando lugar a cabanas de madeira. A caça definitivamente tinha desaparecido. Ele conferiu os animais. As mulas estavam pele e ossos. Elas puxavam a carruagem de cabeça baixa. Precisavam de um pouco de milho e alguns dias de descanso para se recuperar e engordar, mas ele não podia dar a elas nem grãos nem tempo. Elas tinham de seguir em frente por tempo o bastante para levar a carruagem até o rio, então poderiam cair mortas que ele não se importaria. O cavalo dele estava em bom estado, assim como o dela, Shaver. A carroça estava debilitada e o aro de ferro da roda traseira esquerda estava frouxo mais uma vez e rangia quando girava. Ele procurou um riacho, mas não encontrava nenhum, então montou um acampamento simples naquela noite. Cortou lenha e ajustou a roda, esperando que durasse ao menos mais dois dias. Talvez durasse, mas a farinha de milho, não.

Agora ele tinha que fazer tudo, e fritava o resto da farinha de milho para fazer bolinhos que racionava com cuidado. Depois do jantar, o resto daria mais duas refeições frias no dia seguinte, nem uma migalha a mais. Cedo ou tarde eles chegariam a uma fazenda na beira de uma estrada ou a uma venda e ele poderia comprar comida. Ele tinha dinheiro. Pode apostar que ele tinha dinheiro.

Ele fez uma descoberta pela manhã: podia levar as mulheres para os arbustos de duas em duas em vez de uma por vez, e elas não resistiriam ou brigariam. Não apenas isso, como também caminhariam em linha reta direto para a carruagem por conta própria. Aonde quer que ele fosse, elas iriam, seguindo-o como filhotes, mesmo quando ele ia soltar água em uma árvore, a menos que ele as trancasse na cabine antes.

Naquele dia, o segundo, o clima não se estabilizou. Choveu canivete, depois parou, então garoou um pouco, então parou quando ele tentava se decidir o que fazer. Briggs mantinha o olhar atento através da escuridão. Ele preferia uma venda ao invés de uma fazenda de beira de estrada. Poderia ter uma multidão em uma fazenda, com várias caravanas paradas de uma só vez, um ferreiro reparando carruagens e trocando animais com patas feridas por novos, e bebendo whiskey, enquanto as mulheres compravam pão e queijo e melado e angu e maçãs secas para tortas e outros produtos. Poderia haver vaqueiros também, ou pior, alguém do Exército. Fazia cinco anos que ele tinha dado o fora do Forte Kearney. Recrutas não o assustavam, eram homens simples que iam e vinham; mas onde estava o Exército podia haver oficiais, homens de carreira, alguns dos quais terrivelmente espertos e cujas memórias pareciam armadilhas de aço. Não. Ele queria uma venda.

Briggs quase passou por uma no meio de uma manhã. Estava na beira de um pequeno bosque de chorões, e era uma visão deplorável. Duas estacas em uma forquilha davam suporte para um mastro, sobre o qual se estendia um grande quadrado de lona para vela um tanto caído, amarrado em quatro lados para formar uma barraca precária, com uma porta flexível. Era pouco provável que alguém do Exército parasse ali, ou mesmo um cliente casual.

Briggs desceu e se alongou para mitigar uma câimbra na perna, abriu o casaco de couro para ter acesso fácil ao cinto e andou até a porta. A barraca estava tão nebulosa por dentro quanto o céu lá fora. Dois homens estropiados, um alto como uma escada, outro atarracado como um banquinho, ambos magros, ambos orelhudos, talvez irmãos, ou primos, sentavam-se em uma tábua sobre cavaletes. Eles tinham um ar de proprietários.

– Como vai? – disseram.

Briggs acenou com a cabeça, e enquanto eles faziam o inventário dele, ele fazia o do estabelecimento deles. Eles não tinham investido muito capital. Ele observou dois barris de whiskey em cima de toras de madeira, uma mesa com alguns alimentos enlatados, um pote de vidro com picles que deixou sua boca cheia d'água, e um barril que, aparentemente, continha porco salgado.

– De onde vem? – perguntou o Escada.

– Noroeste.

– Onde vai? – perguntou Banquinho.

– Kanesville.

– Pra quê?

– Pra atravessar. Onde é Hebron?

– Ioway?

– Sim.

– É lá depois da margem.

– Eu sei disso.

– Uma milha rio abaixo depois da travessia em Bellevue.

– O que você tá transportando? – perguntou Escada.

– Mercadoria.

Banquinho levantou-se e foi até a porta.

– Kanesville, você diz. – Escada disse, coçando uma orelha. – Bem, segure os cavalos.

– Mulas. Por quê?

– O rio tá alto aqui, num dá pra atravessar.

– Sim, eu posso.

– O Riacho do Queijo? Não nessa altura, num dá.

– Mas é o quê? – Briggs perguntou. – Um riacho ou um rio?

– Seco é riacho. Quando chove é rio.

Banquinho ficou olhando pela porta. – Eu nunca vi uma carroça como aquela. O que é isso?

– Uma *frame wagon*.

– *Frame wagon*? Se importa se eu olhar?

– Me importo.

Escada se alongou, erguendo-se da tábua. – O que podemos fazer pelo senhor?

– O porco salgado – Briggs indicou. – Quanto vale?

– Um dólar, meio quilo.

– Um dólar.

– Tem mais barato lá no Tolliver.

– Onde é?

– Do outro lado do riacho.

Briggs fez uma careta.

– Eu vou levar um quilo e meio.

Escada pegou uma pequena saca para comida e começou a enfiar a carne do barril, direto com as mãos. Briggs perdeu Banquinho de vista, foi até a porta e viu aquele indivíduo na ponta dos pés se levantando para xeretar uma janela da carruagem. Ele se virou para Escada.

– Eu falei para ele ficar longe daquela carruagem. Traga ele para cá.

Escada terminou de enfiar a carne e amarrou a saca. – Ele é meu primo. E é bem teimoso.

Briggs se aproximou de um dos barris de whiskey e sacou seu facão da bainha. Sacudindo o braço, ele esfaqueou o barril como uma barriga, então deu a volta e colocou a lâmina do outro lado, e a retirou. O whiskey escorreu dos dois buracos. Escada olhou como se ele próprio tivesse sido esfaqueado em vez do barril.

– Por que o senhor fez isso? – ele gritou em angústia. Pegou apressado alguns trapos e foi em direção ao barril.

– Uma coisa de cada vez. – Briggs disse, calmamente, sacudindo a faca para ele. – O senhor pode tampar o barril quando ele voltar para cá.

Escada foi até a porta em dois passos. – Jesus Cristo, primo, volte pra cá – ele gritou. – Ele tá com uma faca!

Banquinho saltou com um pé no ar e arrancou-se correndo para a barraca como se tivesse três pernas.

– Caralho, meu Deus! – ele gritou para Escada, que estava de joelhos tampando o vazamento mais perto. – Ele tá com quatro mulheres ali!

Briggs se virou de lado para que nenhum dos primos pudesse vê-lo, pescou de dentro do bolso algumas cédulas, separou três, guardou o resto do maço, e deixou em cima da mesa.

– Mulé! – gritou Banquinho.

– Cale a boca seu idiota "fiadaputa" e tampe o outro buraco – Escada gritou.

Banquinho saltou até o barril. Briggs tirou a tampa do pote de vidro, pegou sem cerimônia um pepino grande com a faca, deu uma mordida, gostou, embainhou a faca, pegou a carne e saiu pela porta flexível com o pepino entre os dentes como se fosse um charuto. Os primos negociantes gritaram atrás dele.

– Tem que pagar! Dez centavos o pepino!

Briggs arrotou. O pepino tinha lhe provocado gases. Aqueles avarentos desgraçados estavam certos, completamente certos. O Riacho do Queijo agora era um rio, turvo e cheio devido às chuvas. Pelos seus cálculos deveria ter uns cinquenta metros. Naquela tarde, ele conduziu a carruagem até a margem, onde abundavam ulmeiros e freixos, e estudou o rio, avaliando se iria tentar atravessar ali ou procurar outro trecho. Só havia uma maneira de ter certeza. Ele saltou, tirou toda sua roupa, esvaziou o barril de água que estava amarrado no degrau traseiro, tampou, e avançou para a água. Nu, com cuidado, caminhou lentamente pelo rio, em direção à outra margem, enquanto ia investigando com os pés a cada passo os arbustos, galhos de árvore e seixos. A água estava gelada para diabo. Briggs nunca aprendera a nadar. Mesmo na cavalaria, sempre que havia água ele ficava sobre sua montaria, e desde então vinha usando trens. Segurava firme o barril, e isso foi bom até metade da travessia, com a água na altura dos sovacos, ele já não podia sentir o fundo, não tinha nada sob seus pés. Ele devia estar sobre um buraco profundo. Com seu braço esquerdo ele se abraçou ao barril como à própria vida e com o direito se agitou na correnteza, e dessa maneira improvisada conseguiu tocar o fundo e caminhou até a outra margem. Sentou-se à beira do rio, tremendo e bufando como um pobre coitado.

No meio daquele arvoredo, o dia estava mais sombrio do que nunca. As árvores gotejavam. Um tanto distante, ao norte, um trovão chacoalhava o céu.

Briggs cogitava. Se ele descarregasse, sem mulheres e todo o peso, poderia pôr a carroça para flutuar sobre o buraco? Como as mulas iriam se comportar? Se ele conseguisse pôr a carroça para flutuar, e fizesse as mulas nadarem de volta, poderia fazer as mulheres confiarem para atravessar com ele? Ou elas teriam pânico e cairiam? E mesmo supondo que ele conseguisse colocá-las sobre os animais, o que faria com o resto da carga? O armarinho e as cobertas e tudo o mais? Ele tinha que fazer alguma coisa. Estaria condenado se apenas ficasse ali negociando com os roceiros e esperando o rio baixar. O dia seguinte já seria o último estabelecido pelo acordo. É claro que se a carruagem afundasse e elas se afogassem como um bando de gatos, o trato estava desfeito.

Com a ajuda do barril ele atravessou de volta um tanto desajeitado, secou-se com um cobertor, vestiu-se, selou seu azalão, e olhou para uma janela da carruagem. Ali estavam todas sentadas, com a bênção em seus corações.

Ele cavalgou para a margem leste, zunindo entre as árvores em busca de um vau melhor. Não havia passado nem cem metros quando chegou a uma clareira onde todas as árvores sem exceção tinham sido cortadas, e, no meio, uma choupana feita de troncos o deixou perplexo e o fez chegar perto o bastante para ver os cilindros de madeira e um evaporador sob o teto. Identificou do que se tratava aquilo em um relance: um moinho de melado, abandonado. Alguém o tinha abandonado, apesar da quantidade de lenha para combustível e da água corrente para manter os utensílios limpos. O açúcar vinha sendo apreciado ultimamente, e a manufatura de melado para fazer sorgo se tornava um negócio robusto no território. Os moinhos eram aparelhos simples. Um homem colocava o sorgo entre dois cilindros que rodavam movidos por tração de cavalo ou mula; os cilindros extraíam a polpa, que escorria em inclinação por dentro do evaporador. Esse último era um caldeirão com laterais altas de madeira e ferro embaixo, no qual a polpa era fervida para virar xarope. Um moinho movido por um cavalo, Briggs sabia, poderia extrair cerca de cem litros de melado por hora.

Ele olhou fixo para o caldeirão. Tinha cerca de um metro e meio. Ele estalou os dedos. Desceu da sela, e em menos de três minutos estava novamente montado, rebocando o caldeirão de melado com uma corda para fora da cabana, através das árvores, até voltar à carruagem à margem do Rio do Queijo.

Ele tirou as mulheres e as fez se sentarem em uma fileira na margem. Descarregou toda a carruagem, desde o topo até a cabine e o compartimento da boleia. Para que boiasse melhor, ele amarrou o barril de água vazio na traseira. Então se despiu novamente. As mulheres não deram mais atenção à sua anatomia do que teriam dado a um sapo em um poço. Montado em seu alazão e com o cavalo malhado amarrado à carruagem, ele conduziu as mulas pelo rio. Quando não tinham mais apoio no leito, elas nadaram, enquanto Briggs falava com elas e as encorajava e a carroça flutuava. As mulas marinheiras passaram o buraco e chegaram novamente ao leito. Saíram da água com a carga delas como se atravessassem rios todos os domingos. Briggs olhou para a outra margem.

– Não! – Ele gritou.

Do outro lado, viu os quatro casos perdidos andando na água, seguindo-o como boas menininhas.

– Ah, meu Deus, não! – Ele gritou.

Elas iriam se afogar. Elas eram loucas. Elas nunca se afastavam dele. Ele nunca podia sossegar com elas.

– Voltem!

Ele tinha apeado e se lançou em direção ao buraco e cruzou o rio sem mesmo se lembrar de que não sabia nadar.

Abrindo os braços ele as recolheu para a margem e as sentou e ofegou por um tempo como um peixe fora d'água. Ocorreu a ele que estava mais uma vez pelado como um frango, mas isso não importava.

Após algum tempo ele posicionou as mulheres em volta do tronco de um grande freixo e as amarrou com a corda, com a qual ele deu voltas e voltas. Ele cortou outro freixo, desbastou os galhos, e fabricou uma vara de três metros. Então ele fez duas viagens para a outra margem do Rio do Queijo no caldeirão de melado, propelindo-o e navegando com a ajuda da vara. Na primeira ele carregou o armarinho, cobertas e ferramentas; na segunda, a sela de Shaver, o equipamento que estava na boleia e a valise verde. Agora ele estava com tudo do outro lado do rio, com exceção das mulheres.

Briggs descansou. Ele estava esgotado. O dia escureceu. O trovão cessou, mas uma brisa soprava descendo o rio, derrubando galhos de árvore e transportando uma garoa.

Ele começou com Sours, por achar que ela daria menos trabalho, acomodando-a na frente dele, no caldeirão, e a fez atravessar facilmente. Mas ao voltar, ele olhou sobre o ombro.

– Não! – Ele gritou. – Maldição, volte para lá!

Era culpa dele, que tinha se esquecido. Elas ficariam tão perto dele quanto uma pulga em um cão. Sours estava na água até a altura da cintura, seguindo-o, aproximando-se do buraco. Ele largou a vara, saiu de dentro do caldeirão, debateu-se na água até se aproximar dela, e com os braços em sua cintura, guiou-a para a margem da qual ela tinha vindo. Ele abriu a porta traseira da carruagem – o que ele gostaria de fazer era lhe dar tamanho tapa nas ancas, que ela praticamente iria voar para dentro. Em vez disso, ele a ajudou a subir o degrau como um cavalheiro, depois bateu a porta, trancou e voltou para a corrente. A vara estava perdida. Depois de gingar de um lado a outro na corrente, o caldeirão de melado tinha descido até alguma curva. Ele saiu correndo, entrou na água, enfiou uma perna em um arbusto submerso, desprendeu o caldeirão, puxou-o para perto da margem e voltou novamente para perto da carruagem. Ali, usando o machado, ele construiu outra vara e se preparou para cruzar de novo.

Ele desamarrou a senhora Petzke da árvore e a transportou para a outra margem sem qualquer empecilho, e a prendeu na cabine com a Sours, então fez o mesmo com Svendsen. Ele observou Svendsen de perto, com cuidado, até tê-la na cabine. Com isso restava apenas Belknap, a última.

Mas ele estava cansado demais e com frio. Ele estava ficando roxo, e estremecia com arrepios. Ele se envolveu em um cobertor e imediatamente se dobrou com tosse, pigarro e cuspe – o catarro. Aquela façanha, ele decidiu, assoando o nariz com um dedo, era demais para um único homem. Se ela estivesse ali, Cuddy, poderia ter cuidado de um lado do rio, ele do outro, juntos poderiam até dar nó em pau seco. E como, afinal, ela própria teria cruzado o Rio do Queijo? Simples. Ela teria andado sobre a água.

Ele largou o cobertor e navegou no caldeirão para a outra margem. Chegando lá, soltou a Belknap da árvore, acomodou-a, recolheu a corda, e navegou mais uma vez. De repente, sobre o buraco, tão de repente que não pode impedi-la, a mulher saltou para fora com tamanha força e obstinação que adernou o caldeirão e derrubou Briggs com ele.

Ele engoliu água e se debateu com braços e pernas e a agarrou, ato contínuo ela lançou os braços ao redor dele e juntos eles afundaram como uma pedra. Mergulhando na escuridão ele se lembrou do que Cuddy dissera uma vez sobre a Belknap: que ela tinha que se manter insana, porque se ficasse sã, mesmo que por um minuto, ela iria perceber que tinha matado seu bebê e tentaria se suicidar. Ela estava tentando matar ambos, não havia dúvida, o que enfureceu Briggs. Podia matar a si mesma se quisesse, mas que o deixasse ir. Ele tocou o fundo com seus pés e agachou e usou suas pernas para tomar impulso e subir até a superfície, carregando-a com ele, mas ele não pôde ser livrar do braço dela e foram abaixo uma segunda vez, ela com todo seu peso morto, os pulmões como bexigas cheias. Mais uma vez, ao chegar ao fundo ele tomou impulso, prendendo-a junto dele, e ao tragar o doce ar se livrou dela o bastante para disparar seu braço direito contra sua mandíbula. Ele a pôs inconsciente. Theoline Belknap amoleceu, e Briggs a pegou pelo cabelo e com o que lhe sobrou de energia debateu-se até tirar ambos do buraco, tocou o leito, a arrastou para a margem ao lado da carruagem e caiu de cara na lama ao lado dela tentando respirar e, assustado porque esteve perto demais da morte, chorou como um menino.

Naquela noite ele alimentou as passageiras com metade do porco salgado e metade da farinha em bolinhos, e pela manhã a outra metade. Isso os deixou completamente sem comida, o que estava bom para Briggs porque era seu terceiro e último dia como ama de leite delas. Eles deviam estar perto do Missouri naquele momento.

Caravanas rumando para o oeste apareciam como moscas, amontoando-se para atravessar em Kanesville, se espalhavam no lado em que estavam, na entrada do território. Ele as evitava como à praga. Uma delas era uma longa linha de carroças de seis mulas transportando mercadorias, tão perto que ele podia quase ouvir o estalo dos chicotes e as orações dos condutores. Outra consistia de apenas quatro carroças cobertas, tinha um rebanho grande de gado para dificultar, e crianças, marchando com varas, como boiadeiros. Índios, ele supôs, iriam levar metade daquele rebanho em uma semana. Ele viu homens a pé puxando carroças, um verdadeiro enxame, provavelmente mórmons, em caminho penoso para Salt Lake. Parecia-lhe que todos nos Estados Unidos estavam se tornando peregrinos. Bem, quando ele deixasse as mulheres à noite elas não iriam morrer de fome. Ele iria colocá-las para dormir perto da estação de trem central e seguiria seu rumo, chegando em Kanesville pela manhã.

As tempestades tinham passado e havia sol naquele dia, e mais tarde Briggs se deparou com uma visão tão surpreendente que o fez parar a carruagem. Um trecho extenso e aberto se estendia na paisagem à frente, e bem ao longe, no meio da planície, erguia-se uma estrutura de dois andares com grandes proporções. O sol do oeste reluzia em duas séries de janelas de bom vidro, em cima e embaixo, e realçava a cor da estrutura: um azul vibrante, pomposo. Uma construção como aquela parecia deslocada ali. Igualmente inacreditável eram as centenas, não, as milhares de estacas brancas no chão em fileira cercando por todos os lados. Ele guiou as mulas para lá e descobriu que as estacas, pintadas recentemente de branco, tinham sido colocadas de maneira harmoniosa e regular, com uma parte da cerca separada o suficiente para que se pudesse entrar de carruagem, que era o que ele estava fazendo. Foi então que ele atinou. Aquilo era uma rua. Aquilo era uma cidade planejada. E sem hesitar, ele se aproximou da placa, parou, e forçou sua mente ao máximo até que as palavras fizessem sentido: BEM-VINDO À CIDADE DE FAIRFIELD.

Se existia uma cidade planejada no território, existiam, ou tinham existido, ou iriam existir, uma centena. Briggs admirou a placa de bronze e a perspicácia dos investidores. Um grupo deles se reuniu, juntou algum dinheiro, subornou os legisladores para aprovarem um Ato de Incorporação, contratou alguns malandros para cometerem perjúrio e adquiriram mil acres de terra, demarcando o terreno com ruas e lotes para construção de trinta e cinco metros por sete. Em seguida eles montaram um hotel para acomodar a si mesmos e qualquer aventureiro pretensioso que conseguissem seduzir para a empreitada. Então eles arrumavam um destaque no jornal mais próximo ou rodavam, em qualquer gráfica, anúncios celebrando a nova cidade. Comprar "cotas" agora, eles afirmavam, dez lotes de uma vez, era uma garantia de riqueza no futuro, pois essa era uma cidade particularmente abençoada pela localização e pelo Ser Supremo. Ela estava baseada em uma agricultura próspera; era bem irrigada e cheia de madeira nas cercanias; possuía ótimos índices de chumbo, ferro, carvão e sal. Uma ferrovia seria construída até lá. Litografias retratavam largas avenidas, residências elegantes, uma casa de ópera, igrejas, uma faculdade, e um rio com cais onde um enxame de barcos a vapor se atracava. Anúncios e litografias eram enviados para o leste aos milhares, e vendedores eram empregados por um dólar por dia e comissionados para trabalhar nos estados adjacentes, Iowa e Missouri. Feito o estardalhaço e mordida a isca, os investidores se recostavam, esfregavam as mãos e esperavam pela bonança. Quando chegava, após lucrarem milhares de dólares inocentes, eles desmontavam acampamento e procuravam oportunidade em outra área, não se perturbando nem em desmontar o hotel ou arrancar as estacas.

Sem a menor dúvida, a pintura azul do hotel era nova e o letreiro na frente dizia HOTEL FAIRFIELD. E assim que Briggs desceu da carruagem, pôde ter uma ideia. Era essa a noite para abandoná-las e esse era o local mais do que perfeito. Ele iria pegar dois quartos, um para elas e outro para si. Elas podiam dormir as quatro em uma cama. Ele pediria jantar para todos e veria se podiam tomar um banho quente. Então, durante a noite ele partiria, deixando a valise e os papeis no balcão do hotel. Para bênção delas, ele as deixaria limpas e bem dormidas em uma cama de verdade e com o estômago cheio – o que mais poderiam pedir? Que os proprietários tomassem conta delas onde ele as deixasse. Pelo transtorno, poderiam ficar com a carruagem, as mulas e o cavalo malhado. Uma troca justa.

Ele subiu os degraus até a porta do hotel e entrou. O interior, graças às janelas e ao sol poente, estava tão iluminado quanto o lado de fora. Seu primeiro sentimento foi o de provisoriedade. Era um hotel planejado para uma cidade planejada, montado às pressas, mobiliado de modo a ser habitável e respeitável por um curto período, depois despido do vidro e do whiskey e abandonado para convidados fantasmas ou até que caísse ou apodrecesse ou fosse derrubado pelo vento. À sua frente, pouco adiante, uma larga escada se erguia para o segundo andar. À sua direita, logo antes da série de janelas sem cortinas, havia um conjunto de velhos sofás e cadeiras. À esquerda estendia-se um bar comprido na frente de prateleiras repletas de garrafas, e entre as garrafas e o bar, recostada ali, olhando para ele, estava a barriga grande de um homem, provavelmente o barman. Ele não era nenhuma beleza. Tinha a cabeça calva, suíças aparadas e olhos de coruja com olheiras gordas. Briggs moveu-se lentamente até ele.

– Como vai? – ele disse.

O barman acenou com a cabeça.

– Belo lugar o senhor tem aqui.

Esse não era um barman tagarela.

– O bar está aberto?

Olhos de Coruja fez que sim.

– Bem – Briggs disse – o senhor tem clientes. Estou com quatro mulheres do lado de fora. Esta noite eu preciso de um quarto para elas e um para mim. Nós podemos tomar banho agora e jantar mais tarde.

– Estamos lotados.

Briggs empertigou-se. – Com quem?

– Eu lhe dou minha palavra.

Briggs foi até o bar e pousou as mãos ali. – Ali na frente diz hotel. E nós atravessamos um caminho longo do inferno. Nós precisamos de dois quartos e assim vai ser.

– Sinto muito.

Briggs o encarou. Afastando-se um passo do bar, ele abriu a jaqueta para mostrar sua arma. Ele tinha um palpite de que a visão daquela empunhadura preta chamuscada poderia fazer uma coruja piscar. – Senhor – ele disse – eu não vim aqui para causar confusão. Mas eu estou cansado para diabo, e quando estou cansado fico temperamental. Isso é um hotel. Eu tenho dinheiro. Eu quero dois quartos e o resto que pedi ou o motivo para a recusa. Agora mesmo.

O barman piscou. – Só um minuto. – Ele saiu detrás do bar e seguiu sua própria barriga para a escada. Os passos eram leves como uma pena. – Sr. Duffy! – Ele chamou no alto da escada. – Tem alguém aqui! O Senhor pode descer? – Ele olhou para Briggs e levitou de volta para o bar.

Um homem tropeçou ao descer a escada com uma cartola e se aproximou rapidamente de Briggs.

– Meu nome é Aloysius Duffy – ele disse, oferecendo uma mão. – E o seu, senhor?

– Briggs.

– O que posso fazer pelo senhor?

Briggs arrolou suas demandas: dois quartos, cinco banhos quentes, cinco jantares. Duffy escutou educamente. Um cavalheiro na faixa dos quarenta anos, de altura mediana, Duffy era um camarada de rosto avermelhado, e vestia, além da cartola, uma camisa engomada, um lenço vermelho no pescoço, calça preta, sapatos Oxford de amarelo vibrante e algo que se passava por um prendedor de gravata de diamante. A mão que ele tinha oferecido era macia e certamente assinava certificados sem valor com mais frequência do que usavam uma foice. Seus movimentos e maneiras significavam negócios antes dos prazeres.

– Entendo. – Mas Duffy não entendia. – Por que dois quartos?

– Bem, eu não estou sozinho. Estou guiando uma carroça com quatro passageiros. Mulheres.

– Mulheres? – Os olhos de Duffy ficaram mais brilhantes que o prendedor no pescoço. – Ah, uma carga incomum, devo dizer. – Ele ficou sério. – Em todo caso, Sr. Briggs, eu receio não poder atendê-lo.

– Eu gostaria de saber por que não. Isso é um hotel ou não é? Aberto para negócios?

– Deixe-me explicar. – Duffy ergueu dois dedos para o barman. – Venha comigo – ele convidou. – Prazeres antes dos negócios. Tome um drinque por conta da casa.

Eles foram até o bar e observaram enquanto duas doses eram servidas. O investidor fez um gesto com seus óculos. – À sua saúde, senhor. – Ele entornou a sua e esperou por Briggs. – Agora, vejamos. Meus parceiros estão no andar de cima. Nós quatro estamos investindo maciçamente em Fairfield, que um dia, não tenho a menor dúvida, será uma cidade invejada por toda parte devido aos negócios e comércio bem-sucedidos e pela beleza natural de sua localização. Enquanto isso, senhor, para recuperar nossos investimentos, estamos vendendo cotas. – Ele lambeu os lábios, ergueu dois dedos, e o barman serviu novamente. Duffy ergueu e desceu o copo e Briggs fez o mesmo. – Sr. Briggs, o senhor não poderia ter aparecido aqui em um momento mais inadequado. Ocorre que estamos trazendo de St. Louis um grupo de potenciais compradores, dezesseis deles, por barco a vapor. Alguns deles podem vir acompanhados de suas esposas. Eles devem desembarcar em Upper Mormon, e nós temos carros de mola esperando por eles para trazê-los por terra. Nós os esperávamos para a noite passada, mas eles não chegaram a tempo. Contudo, eles certamente chegarão esta noite, e o número deles exigirá todas as acomodações deste hotel. – Duffy pôs uma mão sobre o braço de Briggs, em consolo. – Em suma é isso, com todas as letras. Eu acredito que o senhor compreenda que não podemos acomodar mais ninguém. Trata-se de cavaleiros de recursos e nós acreditamos e esperamos persuadi-los a adquirir uma boa quantidade de cotas em Fairfield. De fato, o destino de toda nossa empreitada pode muito bem depender...

– Elas perderam o juízo.

– Quem?

– As mulheres.

Briggs ouviu as palavras. Não fosse pelo whiskey, ele não as teria proferido. Ele devia estar esgotado até os ossos. Dois drinques jamais tiveram esse efeito súbito sobre ele. Foi como sentir pólvora descendo pelas vísceras.

A boca de Duffy se abriu. – O senhor está, o senhor está dizendo que elas são insanas?

– Elas estão loucas.

O investidor olhou fixo para ele. – O senhor espera que eu acredite...

– Nesse inverno. Uma assassinou o bebê. Lobos assustaram tanto outra que ela endoidou. Uma tentou matar o velho marido. A mais jovem perdeu três filhos em dois dias. Difteria.

Duffy continuava olhando fixo. Mesmo os olhos do barman pareciam arregalados.

Briggs prosseguiu. – Nós partimos da região de Wamego umas quatro, cinco semanas atrás. Eu estou levando as mulheres para casa. Levando para Hebron, para umas mulheres da igreja que vão levar as malucas para os parentes ao leste, uma por uma. Elas estão em péssimas condições. Sujas, cansadas e famintas. É por isso que eu preciso...

– Não diga mais nada! – Duffy interrompeu. – É o suficiente. Deixe-me vê-las.

Briggs foi em direção à porta. Duffy se voltou para trás e disse alguma coisa em voz baixa para o barman, então se juntou a Briggs, que tomou a dianteira porta afora e degraus abaixo. Duffy parou.

– Eu nunca tinha visto uma carruagem como essa.

– Nem o que ela tem dentro.

O investidor deu uma olhada rápida para ele e, aproximando-se do veículo, escolheu uma das janelas. Tentou espiar dentro e deu o chapéu para o Brigss segurar. Então ele enganchou os dedos na beira da janela e enfiou a cabeça dentro. Deve ter se passado um minuto. Ele retirou a cabeça.

– Por Deus – disse Aloysius Duffy.

Briggs lhe devolveu a cartola. Duffy ficou com ela nas mãos, e uma expressão no rosto que ele usaria apenas em funerais ou no caso de uma falência.

– Uma tragédia – ele disse.

– Eu contei ao senhor – Briggs disse.

– Eu sinto muito.

– Elas eram boas mulheres.

– De coração.

– Como o senhor pode recusar a hospedagem delas?

– Eu não posso.

Duffy sacudiu sua cabeça e, carregando a cartola, foi até a porta do hotel. Briggs o seguiu, pensando que ele daria um jeito, que a visão das mulheres havia sido o melhor argumento, e que ele iria até pagar alguns drinques para o Duffy depois que as novas hóspedes estivessem banhadas e alimentadas e postas para dormir em uma cama grande.

Mas no instante em que entraram no hotel, o investidor saltou para o lado e três homens encararam Briggs, dois deles com rifles, um com uma pistola, obviamente os parceiros de Duffy que estavam no andar de cima. Ninguém apontou nada para ele, os rifles estavam carregados, a pistola à mão, mas assim ficaram eles, dois homens barbudos, um de rosto escanhoado, todos com camisas engomadas, e os três olhando fixamente para Briggs, e lá estavam as armas, carregadas e prontas.

E quando Duffy entrou e se juntou a eles, somaram-se quatro, apesar de Duffy estar desarmado.

– Sr. Briggs, eu peço perdão ao senhor, mas cheguei ao máximo do que estou preparado a fazer pelo senhor. – Ele disse, sem constrição. – Este é o meu limite. Aquelas mulheres me causam pena, eu admito, mas nós não podemos recebê-las aqui esta noite. Aos diabos com a hospitalidade humana. Meus parceiros e eu pusemos nossas almas e nossos esforços neste projeto, e não podemos perdê-lo sob nenhuma circunstância. – Ele vestiu a cartola e lhe deu um tapa no topo. – Agora o senhor pode dar a volta e sair pela porta e tirar a carruagem daqui. Vão com Deus.

Briggs agiu sem pensar. Ele deu o bote com a mão direita na pistola e a tirou do cinto e a apontou tão rápido que nenhum deles teve tempo sequer de respirar.

– Vamos ver quem dá as cartas – ele disse. – Os senhores larguem essas armas no chão, com muito cuidado, e abram aqueles quartos e aqueçam água. – Com o dedão ele engatilhou a Colt. – Façam isso, malditos. Façam isso agora mesmo.

Então alguma coisa foi apertada na parte de baixo das suas costas, com força e em cheio. Ele sabia o que era. O barman realmente sabia andar macio como um gato.

– Agora está claro quem dá as cartas, Sr. Briggs – disse Aloysius Duffy. – Atrás do senhor está o Sr. Jacobus, nosso hóspede e barman, com sua fiel espingarda. Ou o senhor larga a sua arma ou ele vai explodir sua cabeça até o paraíso. Obedeça. Agora mesmo.

Briggs pôs a arma no cinto.

– Muito bem – disse Duffy. – Siga seu caminho, meu amigo, e seja grato pelo whiskey.

Briggs continuou onde estava. – Muito bem. Mas eu vou dizer ao senhor o que eu penso. Vocês são o pior bando de imbecis depravados que eu já vi na vida.

A espingarda o comprimia. Ele se virou e começou a se mover lentamente em direção à porta, com as mãos nos lados, pisando com força com suas botas no chão de madeira.

– Vocês fecharam a porta para essas pobres mulheres – ele disse para que pudessem ouvi-lo – e vão responder por isso pelo resto de suas vidas. Vocês não vão dormir. Vão engasgar com suas bebidas. A comida que comerem vai bloquear suas entranhas e vocês vão morrer entalados em sua própria merda.

Dessa vez a espingarda o machucou.

Nem por isso ele parou. – Eu vou voltar um dia – ele disse, e procurou por uma palavra que ele jamais teria usado antes, até encontrá-la. – Vocês me insultaram – ele disse –, e eu voltarei. Aguardem.

O barman maldito o empurrou com a espingarda porta afora e degraus abaixo e manteve a arma apontada enquanto ele subia na boleia, tomava as rédeas e punha as mulas para se moverem em trote.

Briggs estava doente. Briggs estava furioso. Ele fez questão de fazer a parelha de mula derrubar quantas estacas brancas ele visse pela frente, pisoteando-as com os cascos, esmagando-as com as rodas. Ao acabar com a última delas, tendo deixado para trás a cidade planejada, ele dirigiu em linha reta para a pradaria na escuridão iminente. Ele estava doente porque uma parte essencial do plano havia falhado. Como e onde ele iria se livrar delas agora? Ele estava furioso consigo mesmo porque deixou quatro engomadinhos que mal sabiam diferenciar uma extremidade da outra de uma espingarda levarem a melhor sobre ele. Como, ao voltar para o hotel com o Duffy, ele não tinha percebido a ausência do barman? Como, em nome de Cristo, ele iria dar o troco? Mais cedo ou mais tarde, ele teria que fazê-lo.

Viu um pequeno amontoado de árvores e parou para tentar esfriar a cabeça, até que uma lua redonda e consoladora surgiu e ele concebeu um esquema tão bom quanto o primeiro e um bocado mais gratificante. Lamentando não ter um pouco de milho para elas, amarrou as mulas a uma árvore e foi à traseira da carruagem. Destrancou e abriu as portas.

– Olá, senhoras – disse.

O luar lhe permitiu ver, e o que ele viu é que elas estavam soltas, ele havia se esquecido de amarrá-las naquela manhã. Bem, elas não tinham machucado umas às outras, então dali em diante que se danassem aquelas tiras de couro. Ele abriu o armarinho, encontrou uma caneca de metal, e deu um pouco de água do barril a cada uma.

– Agora eu vou sair por um tempo – ele contou a elas. – Sejam boas meninas e durmam, depois eu vou voltar, está bem? Esperem por mim.

Após trancar as portas, ele deu um tapa na anca do Shaver e desamarrou e selou seu alazão. Então, após conferir a arma da Cuddy no coldre, reuniu várias caixas de munição para o rifle e para sua Colt e pôs tudo em um bolso da jaqueta. Montou, inclinou-se para frente, soprou na orelha de seu animal, e se dirigiu para Fairfield.

Não era mais do que uma milha de distância. Ele seguiu por uma das ruas da cidade até que o hotel surgiu, com suas janelas, oito em cima e oito embaixo, como espelhos ao luar. Um lampião luzia no segundo andar e dois no primeiro, um no bar e um no fundo. Quando se aproximou do imóvel, deu a volta e apeou nos fundos, onde, como ele esperava, havia um estábulo coberto. Ele contou cinco cavalos. Um por um ele os soltou e bateu em suas ancas para se perderem pela noite. Montado novamente, sacou o rifle do coldre e disse a si mesmo: seja terrivelmente rápido. Faça mais rápido do que jamais fez em toda sua vida ou vai acabar morto.

Briggs esporou o alazão até um trote largo e circundou o hotel em um círculo amplo, com as rédeas na mão esquerda, o rifle na direita. Ele atirou deliberadamente, uma bala após a outra, recarregou, cavalgou, e atirou. Ele estourou todas as janelas do primeiro andar.

Na segunda volta, estourou as janelas do segundo andar. A luz acesa se apagou e atiraram em sua direção. Viu os canos disparando e ouviu o lamento do chumbo. Ele fez com que fossem todos para o andar de cima, os quatro parceiros e o barman, bem onde os queria. Tinha quebrado trinta e oito janelas, todas que existiam no hotel.

Briggs correu para a porta dos fundos, com o rifle enterrado no coldre, balançando. Sacou a pistola, e escancarando a porta, entrou sem pedir licença.

Era a cozinha.

Deparou com um fogão e um candeeiro a óleo de carvão e uma mesa comprida, debaixo da qual uma mulher com as mãos nos joelhos gemia como um gato assustado, e em cima havia uma pilha de toalhas e dois pães brancos.

– Saia daqui!

Gritando com a mulher, ele atravessou uma porta e se confrontou com a escada dos fundos, disparou apontando para o andar de cima.

Passou por um lampião aceso no bar e correu para a escada da frente e para dar o recado disparou duas vezes para cima.

Depois de guardar a Colt, ele voltou para a cozinha. A mulher tinha desaparecido. Ele pegou o lampião e com o outro braço surrupiou as toalhas e se lançou de volta para a área do bar para deixar metade das toalhas nos degraus de baixo, correu para a escadaria da frente e deixou ali a outra metade. Tirou o pavio do lampião, derramou o óleo nas toalhas, derrubou o lampião, acendeu um fósforo e o jogou nas toalhas úmidas, iniciando o incêndio.

Abriu a porta para a passagem do ar e se arremeteu para os fundos, parando apenas para pegar o lampião no bar, e usar o óleo e um fósforo da mesma maneira que antes para obter mais um ótimo fogo naquele lado.

Ele os ouviu gritando acima da sua cabeça.

– Nós vamos matar você, Briggs!

– Assim não, por Cristo!

– Seu assassino filho de uma puta!

Sacou a arma e esvaziou-a na escadaria, três balas, para mantê-los encurralados, então os ouviu correndo para outra direção, descendo por um hall. Ele também correu, recarregando, cápsulas e cartuchos, para a escada da frente, e assim que eles chegaram à balaustrada, soltou três tiros para cima. Dessa vez eles responderam, rifles e uma pistola de cima para baixo, mas Briggs estava abrigado atrás do bar.

Ele juntou garrafas na dobra de um braço, correu para a escada da frente e começou a atirá-las uma por uma para o andar de cima. Quando atingiam os degraus do alto, elas quebravam, o whiskey se derramava e fazia alastrar ainda mais as chamas que cresciam.

Ele pegou mais garrafas, levou-as para a escadaria de trás, e da mesma maneira intensificou o fogo no segundo andar.

Briggs não podia mais. Ele estava cheio de fumaça e suas pernas estavam trêmulas, então ele recuou e parou na porta da cozinha para avaliar seu trabalho. Os dois incêndios, na parte da frente e atrás, comiam as escadas com tanto ruído que ele não conseguia ouvir mais nada vindo de cima. E até onde ele podia ver, com os olhos lacrimejantes, as chamas lambiam até o teto. Era melhor ele ir enquanto podia.

Atravessou a cozinha, parando para pegar os dois pães brancos. Do lado de fora, seu alazão estava exatamente onde ele o tinha deixado. Aquele animal cabeçudo ficaria impassível até o Dia do Juízo Final, se necessário, com incêndio ou enchente ou um homem em seu dorso preso por uma corda no pescoço. Briggs montou nele e os tirou dali, passando pelas estacas brancas, até que, a uma distância segura, eles viraram cavalo e homem, e tiveram o prazer de uma contemplação prolongada.

Era um hotel no inferno. Era um hotel planejado em uma cidade planejada e ardia de acordo com os planos de Briggs, do chão ao teto, e o fogo rugia como uma criatura viva. Cada osso daquilo se avermelhava, e a fumaça se erguia em uma coluna rosada direto para as estrelas. No meio de quilômetros e quilômetros de planície aberta, parecia um fogo capaz de ser visto do Atlântico ao Pacífico. Briggs estava orgulhoso do trabalho noturno. Afinal ele não era um cristão? Um homem contra cinco e ele não atirou em uma única alma! O incêndio estava tão brilhante agora que ele podia distinguir silhuetas escuras pulando das janelas do segundo andar, e se ele tivesse interesse nisso, poderia acertá-los com o rifle como pássaros grandes, um por um. Eles correram para os fundos, provavelmente para selar os cavalos que não estavam lá e sair em sua caça, e isso lhe deu muita satisfação. Vocês me insultaram, seus desgraçados, ele disse a eles. Vocês insultaram as mulheres, que estão sob minha proteção. Que isso seja uma lição para os senhores. Estendam a mão. Aqui nesse país é isso que fazemos uns pelos outros. Estendemos a mão.

Bem nesse momento o Hotel Fairfield começou a ruir. As paredes desmoronaram e o teto caiu sobre as paredes, lançando uma profusão de faíscas e um enorme suspiro moribundo para o céu junto à fumaça do que sobrou de madeira. O espetáculo estava encerrado. Briggs guiou seu cavalo de volta para a carruagem. Sob o cinto, contra sua barriga, o aço de sua Navy Colt ainda estava quente.

Assim que chegou às árvores, ele deixou as damas saírem da cabine, levou-as para um canto para se aliviarem, e aproveitou a oportunidade. – Senhoras, escutem – ele disse a elas. – Hoje eu dei uma grande festa. A notícia vai correr mundo. E da próxima vez que quiserem se hospedar em um hotel, eu aposto que serão muito bem tratadas.

Então elas o observaram amarrar os animais e acender uma pequena fogueira, retirar o armarinho e colocá-lo perto do fogo. Enfim ele voltou para dentro da carruagem e trouxe algo em suas costas. Ele se sentou ao lado do armarinho, e elas se sentaram ao lado dele.

Ele mostrou que trazia nas costas um bom pão branco, que ele colocou cheio de cerimônia sobre o armarinho, sacou sua faca e fatiou o pão em cinco partes. Então, de dentro do bolso da jaqueta, ele materializou a lata de sardinhas que vinha carregando desde o dia em que a Cuddy o poupou da forca. Abriu a lata e retirou as sardinhas pelos rabos e as pôs no pão, dividindo igualmente. Atirou a lata sobre o ombro, pegou o pedaço à sua frente e começou a comer. Assim fizeram as mulheres, imediatamente.

Briggs jamais havia experimentado nada tão delicioso. Ele parou um momento e deu uma olhada para aquelas garotas malucas em volta do armarinho. Ali ao luar, madames Petzke, Belknap, Sours e Svendsen estavam se deliciando, mastigando e lambendo os beiços e deixando óleo de sardinha escorrer pelo queixo. Feliz, ele se abasteceu novamente.

– Isso não é bom, garotas? – ele se entusiasmava, de boca cheia. – Ah, isso não é maravilhoso?

Mas ele não conseguia dormir. Ele se sentia estufado de pão e de rugido de chamas, de homens gritando, paredes caindo, o estrondo de armas trabalhando e sardinhas suculentas. Briggs mostrou a eles uma coisa ou duas, aqueles cagões desgraçados. Ele deixou o cobertor, levantou-se, e olhou para as mulheres roncando sob a carruagem. Ele tinha se esquecido de amarrar os pulsos delas nas rodas, assim como se esquecera de amarrá-las na cabine mais cedo. Não havia problema. Ele as levaria para o outro lado do rio no dia seguinte ou no outro. Ele alimentou um pouco o fogo, trouxe a valise verde de sob o assento da boleia, e sentado à fogueira conferiu mais uma vez o conteúdo. A primeira coisa que ele percebeu, no entanto, foi sua mão direita. Ele tinha apertado o cabo da pistola com tanto afinco, ao atirar, que a palma da mão estava preta como um ás de espadas. Ele viu os papéis das mulheres: o nome da irmã de Belknap com o endereço em uma folha; o nome e o endereço do irmão da Petzke, mais um maço de cartas; os vários nomes e endereços dos parentes de Sours; o envelope com o nome e o endereço dos primos da Svendsen. Tudo isso era importante, e os papéis certos tinham que chegar às mulheres certas – em Hebron ele seria o único que saberia quem era quem. Ele contou as cédulas que estavam em seu bolso. Depois de pagar três dólares pelo porco salgado, ele tinha quinze dólares sobrando – não muito, mas melhor do que nada. Então ele apreciou mais uma vez o camafeu rosa com a face da garota coroada e avaliou de novo que deveria valer até uns três dólares. Por fim, contou mais uma vez, duas vezes, as seis notas de cinquentas dólares do Banco de Loup antes de rechear o bolso com elas, as cédulas e o camafeu. Os cantos de sua boca se alargaram em um amplo sorriso. Trezentos dólares. Ele estava rico. Depois de guardar os papéis na valise, subir na boleia e colocá-la de volta no compartimento, ele se afastou alguns passos, desabotoou as calças, urinou, e voltou a se aconchegar entre os cobertores. Ele se deitou de costas, dobrando os braços sob a cabeça em um travesseiro feito com cobertas, e olhou para cima, para as estrelas, através de uma fresta entre os galhos de árvore.

Cuddy.

Ele vinha se recusando a pensar nela, mas agora, usando as cobertas dela como travesseiro, e tão perto de terminar tudo, ele se permitiu.

– Eu espero que esteja satisfeita, ele disse. Eu dei minha palavra que eu iria até o fim com esse trabalho e vou cumprir. Nós vamos chegar à balsa amanhã ou depois. Elas têm causado aborrecimentos. Elas correm atrás de mim como pintos atrás da galinha. Eu mal posso dar uma mijada com privacidade. Eu tive que gastar um pouco do dinheiro para comprar carne. Se eu não a tivesse nocauteado, nossa querida amiga Belknap teria me afogado. E quando elas foram rejeitadas e insultadas por uma gangue de pilantras arrogantes, eu tive que atirar e queimar o maldito hotel até arruiná-los como vingança. Se a senhora não sabe dessas coisas, deveria saber. Alías, eu retiro o que eu disse antes. Que a senhora é insossa como um balde velho de lata e que tem uma víbora na boca. Cuddy, eu peço perdão. Mas suas mulheres estão tão bem quanto em casa. Eu mereci seus trezentos dólares. Então eu espero que a senhora esteja satisfeita e pense em mim com carinho daqui em diante.

Ele deixou seus pensamentos percorrerem toda a jornada, desde o dia que ela o encontrou com uma corda em volta do pescoço até a manhã em que ela amarrou uma no dela. Parecia que agora podia enxergar a totalidade do que acontecera, e a razão, clara como cristal. Quando eles partiram de Loup, ela era um homem tanto quanto era uma mulher. Ela podia cavalgar e atirar e manejar uma parelha de mulas e dar ordens. O dia a dia na trilha, no entanto, trazia mais e mais coisas que ela não era capaz de fazer, que apenas ele conseguiria, e fez, e isso a deixava furiosa. Gradualmente, tudo o que foi restando a ela era cozinhar e tomar conta das passageiras e seguir as ordens dele e ser uma mulher. Isso quebrou seu espírito e sua mente. Então ela pediu a ele para que se casasse com ela e ele disse que não, por um bom motivo, o casamento não iria bastar a ela. Ela iria esperar que ele a amasse também, e ele não sabia o que era o amor. Ele nunca sentira isso. Para sorte dela, ele disse não. Ela merecia algo melhor. Mas implorar para se deitar com ela – aquilo ele não conseguia entender, a não ser que ela simplesmente não quisesse morrer virgem. E é claro que aquilo ia contra o fervor de sua religião. Quando pensou bem no assunto, a morte dela não era culpa sua. Tinha que acontecer. Ele tinha que ser um homem, e ela tinha que ser uma mulher, feita de sua costela. Ele podia ficar em paz. Afinal ela não foi forçada, ela que o procurou. Foi como os investidores da cidade planejada. Quando eles estavam encurralados pelo incêndio no andar de cima, sem maneira de descer, eles saltaram das janelas. A diferença era que eles sobreviveram e ela não. Ela tinha saltado de alto demais.

Ele ainda não conseguia dormir. Uma pequena brisa suspirou pelas árvores, balançando os galhos, e ele podia jurar que junto ao vento ouviu a canção dela.

But if I should perish,
Thy promises keep,
Take thee out two hearts
And bury then deep.

Briggs tampou os ouvidos com seus dedos. Não seria uma boa precaução para o caso de ele também estar ficando louco? Poderiam estar todos. Ele não podia impedir o som de chegar aos ouvidos.

Take thee our tokens,
In Love let us sleep.

Tampouco podia fechar os olhos. Ele havia pedido a ela para que não o assombrasse, mas tanto na morte quanto na vida ela fazia como lhe aprazia. Ele escutou a canção e olhou para as estrelas.

Eles comeram o outro pedaço de pão e Briggs se barbeou, por via das dúvidas. Cortou o pescoço em dois lugares e estancou o sangue com cuspe e xingamentos. Então ele arreou e atrelou os animais, amarrou as damas em seus assentos, e colocou aquela carruagem cada vez mais capenga para rodar. Havia cerca de doze cruzamentos para o Rio Missouri na região, mas o Briggs só conhecia um, em Saint Joe, de quando era recruta e foi para o oeste como soldado da cavalaria. Já tinha ouvido falar de Kanesville, que as pessoas começavam a chamar de Council Bluffs. Sabia que não tinha apenas uma, mas duas balsas distantes uma da outra, Upper Mormon ao norte e a Bellevue ao sul. Ele pretendia, se possível, chegar à de baixo, a Bellevue, e assim teria que percorrer apenas uns dois ou três quilômetros até Hebron.

Aconteceu tão inesperadamente, ao final daquela tarde, que ele pensou que seus olhos o enganavam, e teve que parar a carruagem. Ele estava no cume de uma colina, e lá estava, diante dele, abaixo, depois de muito, muito tempo, o Big Muddy. Tinha que ser o Missouri, um dos rios mais sinuosos e adversos dos Estados Unidos. Cintilando sob o sol na terra baixa de lado a lado, ele se retorcia e se revirava todo, correndo para norte, sul, leste e oeste, dependendo do trecho em que se encontrava. Ali estava ele, caudaloso e profundo, depois estreito e raso; ali seu leito era firme sob os pés, acolá a areia movediça iria engolir uma carruagem ou uma parelha de bois em menos tempo do que se gastaria para contar a história; ali corria livre, acolá era interrompido por bancos de areia. Era de se impressionar que um barco a vapor, não importando o quanto fosse esguio, pudesse navegar por essas águas. Briggs imaginou que ele devesse se erguer na boleia e acenar com seu chapéu e gritar: "hip hip hurra", mas ele não estava com essa inclinação. O percurso tinha sido muito longo, e difícil e triste, e ele sentia cansaço em cada poro. O que a Cuddy faria se estivesse aqui agora? Gostaria de saber. Ele desceu e foi até a janela da carruagem e colou o rosto ali. – Garotas, nós chegamos. O rio. Nós conseguimos. Tudo vai acabar logo e as senhoras estarão em melhores mãos. Então animem-se e fiquem aliviadas. As senhoras entenderam? – Ele não esperava resposta e não teve nenhuma, então voltou ao seu assento e fez muxoxo para as mulas.

Na ladeira que levava ao rio, ele observou muitas coisas. No lado de cá de Bellevue, não havia nada à vista além de uma caravana migrando para o oeste, com carruagens cobertas tão carregadas com utensílios domésticos que metade da carga teria que ser abandonada no meio do caminho. Em viagens como essa, cada caravana levava entre uma ou duas semanas para aprender a se desapegar dos objetos. Viu uma pequena cabana na margem oeste que poderia abrigar o balseiro e seus ajudantes, ou talvez não. Na margem leste havia algumas árvores altas, e em volta delas tinha um acampamento em alvoroço, barracas e carruagens e animais e pessoas, as caravanas amontoadas esperando sua vez para atravessar. A balsa em si nada mais era que uma barcaça com cerca nas laterais, chata no fundo e coberta, que usava a poderosa correnteza do rio como força motora. Essa força era aproveitada através de um cabo grosso atado a uma árvore contra a corrente na margem, com uma roldana e um moitão correndo livremente pela corda atada às duas extremidades da barca. Naquele momento a balsa estava em trânsito de leste para oeste, e Briggs percebeu que poderia chegar ao embarcadouro pelo lado oeste assim que a balsa descarregasse as duas carruagens com seus respectivos cavalos e algumas vacas leiteiras, e com isso poderia atravessar sem maiores atrasos. A parelha saiu rapidamente. Até mesmo a mula da direita, que ela chamava de Pensador, adiantou-se no varal e dividiu os esforços com a da esquerda, a Trabalhadora. Mas então, subitamente, elas devem ter sentido o cheiro do Big Muddy como se estivesse em um bornal – e lá se foram. Juntas elas se lançaram em um trote tão rápido que a carruagem pulava e sacudia como uma sege. Briggs segurava as rédeas e gritava, mas ele se via tão incapaz de conter a dupla de mulas doidas quanto seria com uma manada de búfalos fustigados. As orelhas delas estavam para baixo e as caudas para cima. – Ôa, caralho! – Ele gritou. – Ôa!

Elas sabiam melhor do que ele. Estava cronometrado como um relógio. Elas cobriram a distância da planície como gatos assustados, e chegando ao embarcadouro, diminuíram a marcha assim que a última das vacas leiteiras tinha saído da barca e ele pôde guiar a carruagem e os cavalos atrelados de modo a embarcar imediatamente. Chegando ali, ele foi abordado pelo balseiro, um índio kaw. Por algum motivo, ninguém sabia porque a maioria dos proprietários de balsa e condutores ao longo daquele pedaço do rio era de kaws. Este, que usava algumas peças de roupas ocidentais, incluindo uma camisa outrora branca e um chapéu coco com uma pena de águia, comunicava-se com grunhidos, indicando que o preço da passagem seria um dólar pela carruagem e cinquenta centavos por cada animal. Briggs disse que não tinha dinheiro. Sem dinheiro, não vai, o índio respondeu. Briggs levou-o para a traseira da carruagem, destravou e abriu as portas. O índio espiou dentro, então olhou impassível para Brigss, que, arriscando-se na mímica, deu tapinhas com o dedo em sua têmpora, depois rolou os olhos. O homem olhou para as quatro mulheres, curioso, então disse algo ininteligível em algum idioma e, dando as costas, acenou para seus ajudantes. Eles manejaram a corda, e a balsa deslizou lentamente pela margem. Briggs trancou a porta e aproveitou a viagem grátis, que só duraria alguns minutos. Ele adorava arrancar o couro de qualquer índio a qualquer momento em qualquer lugar, mesmo um kaw. Ele se lembrava de ocasiões em que os índios teriam arrancado o couro dele em vida, se pudessem. No momento em que a balsa atracou no embarcadouro leste, ele estava em pé na boleia, e em um instante sacudiu as rédeas e a carruagem se apressou da balsa para a terra firme, para o solo civilizado do estado de Iowa.

Briggs estava desnorteado. Tudo o que havia para ver e ouvir e a algazarra o sobrecarregavam. Durante dias seu lugar tinha sido a pradaria, e sua companhia apenas membros do sexo oposto que não podiam nem falar nem responder quando chamadas. Ele estivera no comando. Mas então ele tinha deparado com o Missouri, tinha corrido para o rio e o atravessado, e agora estava cercado pela humanidade – uma corrente de eventos que se apresentavam a ele muito rapidamente para resistir ou assimilar. Ele era como o cego levado de repente para um elefante e não conseguia atribuir sentido ao que tateava.

Apesar da comoção, ele conseguiu fazer a carruagem avançar e perguntou a um homem o caminho para Hebron. Era seguir a margem por oitocentos metros ao sul, apenas seguir pela estrada.

Ele impôs um ritmo vívido às mulas, o rio à sua direita. À sua esquerda se alinhavam estabelecimentos que surgiam para servir aos migrantes que iam para o oeste com pouco dinheiro e as roupas do corpo. Havia galpões e ferrarias para as carruagens e currais para o gado e estábulos para cavalos e mulas, todos eles prestando serviços rápidos e caros.

Então, tão abruptamente quanto tudo o mais naquele dia, ele chegou a Hebron. Briggs logo a reconheceu como a pequena cidade que Cuddy tinha imaginado uma noite à fogueira. Suas ruas principais estavam alinhadas junto a árvores frondosas em que já estavam vicejando as folhas verdes de abril. As casas eram modestas, de madeira, com jardins na frente de gramados bem cuidados, cobertos de flores. A maioria era pintada, até mesmo a casinha privada dos fundos. Briggs sentia-se de volta à sua infância no leste. Chegou ao centro comercial e notou duas mercearias, um hotel chamado Pousada Hutchinson, um ferreiro, um banco, uma barbearia, um consultório médico e um escritório de advogado, e um estábulo com serviços, mas nem um único saloon solitário. Hebron estava seca como uma pedra.

Ele parou e, tirando o chapéu para uma matrona que saía de uma mercearia, perguntou a ela como chegar à casa de uma dama chamada Altha Carter. Ela é a esposa do pastor, foi a resposta. Siga até a igreja metodista branca e verá a casa branca ao lado dela, a residência paroquial.

Era uma pequena igreja com pórtico e um campanário. A residência paroquial ficava ao lado, também branca, atrás de uma fileira de arbustos floridos. Havia uma passagem com duas pistas passando a inclinação para a igreja ao lado da casa, que levava ao celeiro, de madeira não pintada, onde o pároco provavelmente alojava seu cavalo e sua sege.

Briggs virou para a passagem e estacionou a carruagem ao lado da porta lateral. Após erguer as rédeas, ele desceu, pegou a valise verde e se moveu lentamente pela ladeira, passando pelos degraus. Abotoou o colarinho de sua camisa e bateu à porta. O sol perdurava na alta tarde. O ar estava ameno, com odores de lama e primavera e rio. Suas pernas fraquejaram. Ele tinha que se conter. Para isso, cuspiu ladeira abaixo, em alguns lírios do jardim.

– Senhor?

– Boa tarde, madame. – Ele retirou o chapéu. – A senhora é a Sra. Altha Carter, esposa do pastor?

– Sou eu.

– Bem, madame, meu nome é Briggs – ele disse. – Eu vim do território, de Loup, e trouxe à senhora aquelas quatro mulheres.

– As mulheres? Oh! Graças a Deus, sim!

Ela atravessou a porta com tanto alvoroço que Briggs teve que dar um salto para sair do caminho da armação da saia. Se ele esperava uma Altha Carter alada, angelical, podia ter certeza de que não era. Ela era baixa e robusta como um toco de árvore e estava envelhecida, provavelmente com cinquenta e tantos anos. O cabelo dela era grisalho e havia marcas de idade nas bochechas e rugas nos olhos. Um monóculo encimava o alto do seu nariz, com o qual ela o olhou de cima a baixo, através da lente.

Ela tinha calor, e uma vitalidade de ferro. Ela o fazia pensar em uma pequena máquina a vapor. Tudo o que lhe faltava era um apito e um sino.

Altha sorriu com a primeira impressão dele. – O senhor é esperado há um bom tempo, Sr. Briggs. Eu estou aliviada em vê-lo aqui. Sinto muito por o Reverendo Carter não estar. Ele está em outra parte, enterrando alguém.

Ela passou agitada por ele para chegar à carruagem. O vestido dela e o colarinho branco engomado eram satisfatórios, mas a armação ele desaprovava, especialmente para a esposa de um pároco. Ele só havia visto uma vez ou outra, em uma rapariga em Wamego um ano antes, e se perguntou na ocasião, como novamente agora, que intenções diabólicas uma mulher teria para vestir aquilo. É claro, uma Altha Carter podia usar o que lhe aprouvesse, e o demônio que risse por último.

Ela se virou para ele.

– Só um minuto. Eu pensei que uma mulher chamada Cuddy iria trazê-las. Foi isso o que o Reverendo Dowd me escreveu.

Ele franziu o cenho.

– Madame, eu lamento ter que lhe contar. O nome dela era Mary Bee Cuddy, sim. Ela esteve conosco até uma semana atrás, trabalhando como um soldado. Então a febre a levou. – O queixo dela caiu. – Madame eu me sinto mal a respeito, mas eu fiz tudo o que pude, e foi inútil. Eu a enterrei e nós seguimos viagem.

A Sra. Carter balançou a cabeça.

– Ah, que perda. Eu sinto muito por ela e pelo senhor. Ela deve ter sido um ser humano excelente e intrépido.

Briggs concordou.

– Certamente.

– Que crueldade, vir de tão longe para uma missão, e então falhar. Eu estou certa de que o Senhor a levou para Seu regaço. – Ela se virou novamente. – O que é isso? Eu nunca deitei olhos em uma carruagem como essa.

– É chamada de *frame wagon*.

– Exatamente como um caixote grande, com janelas. E elas estão... estão aí dentro? Elas viajaram em um caixote todo esse tempo? Misericórdia!

– Sim, madame.

– É hora de conhecê-las. – Ela desceu a ladeira e se aproximou da traseira da carruagem. – Não sei bem se estou pronta – ela murmurou, quase para si mesma.

Briggs colocou o chapéu e passou por ela. – Pronta, madame?

– Sim, por favor.

Ele destrancou e abriu bem as portas. A Sra. Carter se aproximou e olhou para dentro, para cada uma das quatro faces. Então se voltou para Briggs, pôs uma mão no braço dele como que para se manter em pé e baixou a cabeça. Ele havia se confundido a respeito dela. Por trás de todo o assanhamento e a energia, havia um lado dócil. Ela tomava conta de qualquer criatura perdida, de gatos a pessoas, e encontrava lares para eles. Ele aguardou. Em uma árvore próxima, um sabiá cantava sobre amor e insetos e cavalheirismo. A Sra. Carter ergueu o pescoço, com os olhos aguados.

– Os senhores devem ter passado por um inverno terrível – ela disse.

– Sim, madame, passamos.

– Vamos fazer com que elas cheguem em casa.

– Muito bem. A senhora poderia por favor pegar essa valise?

Ela pegou a valise da mão dele, afastou-se alguns passos, e observou-o enquanto ele ajudava cada mulher a descer os degraus. Então, quando elas estavam todas em pé, ela hesitou. – Como devemos fazer isso?

– Eu vou na frente e elas vão me seguir – Briggs garantiu a ela.

– Elas vão? Então passe pela porta de onde eu vim, e vire à direita para a sala de visitas.

Ele acenou com a cabeça. – Vamos, garotas – ele disse para o grupo. – Venham todas agora.

Ele lhes mostrou o caminho, e elas o seguiram em fila ladeira acima e para dentro da casa, virando à direita na sala de visitas. Ali elas se amontoaram atrás dele quando ele hesitou.

– Coloque-as no sofá, Sr. Briggs – disse a Sra. Carter, chegando logo em seguida. – Tenho certeza de que tem espaço para todas.

Ele não tinha certeza de como fazê-lo, mas pegou o braço da primeira mulher e a guiou até um sofá comprido de pelo de cavalo, fez com que ela se sentasse confortavelmente, então voltou para a segunda, e assim por diante, até que as quatro estivessem sentadas uma ao lado da outra.

– Assim – disse Altha Carter. Ela lhe entregou a valise. – Dê-me apenas um minuto.

Ela voltou para a porta e ele a escutou erguendo a voz, talvez para uma criada na cozinha. – Hallie, a senhora pode entregar uma mensagem? Por favor vá até as casas da Sra. Conner, da Sra. Offutt, da Sra. Vaughn e da Sra. Campbell. Diga a elas que as mulheres chegaram aqui do território, e que por favor venham assim que for conveniente.

Briggs ficou à vontade na sala de visitas. Podia estar meio abarrotada, mas ele não se lembrava de ter estado em uma sala mais elegante. As paredes e o teto eram de gesso branco. Cortinas vermelhas emolduravam duas janelas de vidro. O piso era de tábuas bem acabadas, a maior parte coberto com tapeçaria manufaturada com padrões de rosas em todo seu resplendor. Além do sofá havia muitas mesinhas, uma delas com tampo de mármore, em cima da qual tinha um abajur com refletor de bronze, e uma outra parecia uma prima distante de uma mesa. As pernas eram de ferro, atrás das quais havia uma espécie de pedal de metal, e em cima algo com forma de gorro feito de metal, com uma manivela no centro, e diante dela estava uma cadeira com o encosto reto. Em outro canto havia um harmônio, com seus botões e teclas descobertos, o que sugeria que era tocado com frequência. Porém o mais interessante para ele era a grande bandeira emoldurada e pendurada na parede sobre o sofá. Era uma bandeira fantástica. O fundo era de lã branca, rodeado nas bordas por uma faixa larga de fio de ouro. O centro, incrivelmente, era um grande jacaré verde de seda. A cauda avançava, a cabeça em posição de bote, os olhos vermelhos cheios de fúria, e em volta das mandíbulas abertas se enfileiravam dentes selvagens, como se marchassem. A bandeira era manchada de cinza por fumaça de pólvora, virada em um canto, e perfurada por pequenos buracos, provavelmente pequenas balas de canhão.

Altha Carter olhou para Briggs, que estava fascinado com o jacaré.

– Não é colorido? – ela perguntou. – Ele cativa todo mundo. Era uma bandeira de regimento. O senhor já serviu ao país, Sr. Briggs?

– Não, madame.

– Bem, essa era a bandeira dos Rifles da Cidade de Beale. Em 1815, depois de Nova Orleans, foi presenteada pelo velho

Hickory em pessoa ao pai do meu marido, Gershom, que lutou em Beale, em reconhecimento à sua bravura. Nós temos muito orgulho dela. – Ela deu atenção às quatro mulheres, perguntando suavemente para Briggs: – Elas falam?

– Não.

– Elas... entendem o que falamos?

– Madame, eu não sei.

– Eu notei os olhos delas se movendo pela sala. O que isso significa?

– É difícil dizer.

– Talvez cada uma se lembre de uma sala de visitas – era o palpite dela. – Do passado delas, quero dizer. Ah, pobrezinhas, pobrezinhas. O senhor observou algum... alguma melhora na condição delas?

– Não muita, madame. Bem, elas não se arranham umas às outras como antes, nem tentam fugir.

– Entendo. É um bom sinal. – A esposa do pastor soltou um longo suspiro. – É melhor cuidarmos logo das questões práticas. Diga-me os nomes delas, do contrário eu não saberei distinguir uma da outra. E o senhor não tem alguns papeis para elas?

– Sim, madame. Aqui. – Briggs abriu a valise, removeu as folhas e deixou a valise sobre a mesa. – O que eu vou fazer é colocar o papel certo no colo de cada uma. – Ele começou com a da esquerda. – Então, essa aqui é a Belknap. – Ele podia ler o nome o endereço na folha porque agora ele estava familiarizado com eles. – Theoline Belknap. Ela é de Kentucky, e aqui está o nome e o endereço da irmã.

– Theoline Belknap – repetiu a Sra. Carter.

– Ela matou o bebê dela.

– Ah, não, não, não me diga isso. – Ela apertou o braço dele. – Por favor, eu não quero saber, não é importante.

– Está bem. – Briggs deixou a folha no colo da Belknap e leu na carta de cima de um maço. – Essa é a Petzke. Hedda Petzke. O irmão dela mora em Illinois.

– Hedda Petzke.

Ele depositou as cartas. – Essa é a Svendsen. – Ele leu em um envelope. – Gro Svendsen. Norueguesa, eu acho. Ela tem dois primos em Minnesota.

– Gro Svendsen, muito bem.

Ele pôs o envelope nas mãos da Svendsen. – E a última é a Sours.

– Mas ela é apenas uma menina. Ela até mesmo está com uma boneca!

– Sim, madame. E nunca a solta. Ela tinha três filhos. Perdeu todos para a difteria.

Altha Carter fechou os olhos. – Deus amado. Não diga mais nada. Qual é o nome completo dela?

– Arabella Sours.

– Arabella Sours.

Ele deixou a folha no colo da garota. – Ela tem um monte de parentes em Ohio. Aqui estão os nomes e onde encontrá-los.

Briggs ficou de mãos vazias e sensações estranhas, ambíguas. Assim que as folhas e envelopes foram passados para ela, os nomes e endereços no papel, alguma coisa parecia danificada. Seu cuidado, a proteção para as pessoas representadas pelos nomes, estava no final. Ele fora iluminado por aquele fardo, mas com o alívio lhe veio um sentido de perda que era quase físico. Ele ficou olhando para a mesa com as pernas e aquele capuz de metal, mas ainda não conseguia ver. Parecia estar escutando a Sra. Carter, que queria contar a ele o que iria acontecer em seguida. Depois de tudo pelo que passou, ela disse, ele tinha todo o direito de saber. Ela iria proceder como fizera um ano antes, quando um bom homem chamado McAllister lhe trouxe três mulheres. Cada uma das quatro de Briggs teria uma pessoa responsável. Ela tinha acabado de chamá-las, eram membros da Sociedade de Amparo às Mulheres. Cada uma daquelas quatro seria levada para a casa de sua responsável, para tomar um banho, repousar, e receber roupas adequadas. Em poucos dias, elas seriam transportadas para Saint Joe, para sair de lá com suas responsáveis em carruagens. Ela previa que chegariam em casa, cada uma delas, em menos de duas semanas. Os fundos estavam disponíveis, também. No inverno a Sociedade havia apelado à congregação no leste, e generosamente eles jamais falhavam. Altha Carter parou. Ele não era do tipo que escutava uma mulher por muito tempo. A atenção dele havia se desviado, e ela percebeu qual era o motivo.

– O senhor está curioso a respeito dessa mesa.

– Sim, madame.

– Não é uma mesa de modo algum. Deixe-me mostrar ao senhor. – Ela foi até lá e moveu a manivela. – É uma máquina de costura.

– Uma máquina de costura?

– Uma invenção bem recente. Essa é uma Wilcox & Gibbs. O Reverendo Carter me deu de presente no último Natal. Isso dá ponto, borda, faz barra, laço, fita, prega e forro. Basta colocar o fio na bobina e se deixar levar, como dizem. – Ela deu uma olhada de soslaio para as mulheres no sofá, para ver se a máquina interessava a elas. Não. Elas só tinham olhos para Briggs, ou para outros móveis a distância. Ela deu mais uma volta na manivela.

– Eu estou aprendendo a usá-la o mais rápido que posso. Posso até ensinar minhas amigas. Mas é muito complicado.

As palavras dela eram apenas palavras. Ela ficou em pé ao lado da máquina de costura, com o Briggs no centro da sala. Ele percebeu que estava o tempo todo na sala de visitas com o chapéu na cabeça e o tirou. E então lhe pareceu que era hora de ir, que Altha Carter queria que ele fosse, pois precisava cuidar de seus afazeres. Ela não soprou um apito, mas havia tamanha ansiedade e pressa naquela mulher que, se algo a atrasava, quase se podia sentir a pressão.

– É melhor eu ir – ele disse.

O silêncio dela concordou.

– Eu espero que elas fiquem – ele disse. – Elas podem se levantar e me seguir.

– Eu creio que não. Eu acho que essa sala vai segurá-las aqui.

Ele se virou uma última vez para as garotas malucas, sentadas uma ao lado da outra, com os papéis no colo: Belknap, Petzke, Svensen, Sours. Ele olhou para cada um das faces abatidas, três delas envelhecidas precocemente, olhou para cada casaco ou camisa suja, cada par de botas desgastadas.

– Pois é – ele disse para elas.

Se houvesse um relógio na sala de visitas, teria sido possível ouvir o som do ponteiro.

– Espere um segundo. Eu me esqueci. – Ele vasculhou um bolso do casaco e puxou uma cartolina com um broche de camafeu rosa. – Eu encontrei isso no caminho – ele mostrou para a Sra. Carter.

– É adorável – ela sorriu.

– Eu acho que vou dar para uma das senhoras – ele disse. – E acho que vai ser da Sra. Sours. Ela é a mais jovem e vai aproveitar melhor.

Ele se inclinou e o colocou no colo da garota junto com os papéis para seus parentes, então se aprumou e ficou com o chapéu nas mãos, girando a aba, como se não tivesse a menor ideia do que dizer. Estava confuso novamente, não por um caleidoscópio de eventos no presente, mas por aqueles do passado. Estava se lembrando de quando buscaram as mulheres uma a uma, ele e Cuddy; como o marido da Petzke, Otto, chorou e resistiu; como ele e o jovem Sours haviam levado a garota sentada em seus braços, com a boneca, ribanceira acima até a carruagem; como o senhor Svendsen apontou um rifle para ele e Cuddy contra-atacou com seu próprio rifle para que pudessem escapar; como deu uma coronhada na cachola de Vester Belknap para ensiná-lo a não se exceder contra um homem com uma arma; como Cuddy se sentou aprumada e corajosa na boleia e falou pelos cotovelos entre as paradas; e finalmente, como as mulheres se puseram todas de repente a gemer como lobas.

– Isso é um adeus, senhoras – ele disse. – Cuidem-se bem e façam o que a Sra. Carter disser. As senhoras vão todas para casa agora. – Ele inclinou a cintura como se tentasse fazer uma reverência, em seguida colocou o chapéu. – Bem, adeus, senhoras, Deus abençoe a todas.

Ele se virou, desajeitado, percorreu a sala de visitas e se deparou com a porta.

Na saída ouviu alguns passos atrás dele. Era Altha Carter.

– Elas vão ficar bem – ela lhe assegurou. – Eu quero dizer adeus ao senhor.

Mas ele estava andando. Ele subiu na boleia, pegou algumas cobertas, desceu com elas, e as ofereceu para ela. Ele disse que eram as cobertas dela. Da Srta. Cuddy, e ali dentro havia algumas coisas que ela poderia usar, como sabão, roupas e coisas assim. Ela disse, é claro, agradeceu e deixou as coisas nos degraus da entrada. Então ele disse que estava pensando: não tinha o que fazer com tudo aquilo, então ele daria para ela e para a Igreja Metodista para venderem e usarem o dinheiro para as passagens ou o que precisassem. Ela concordava com isso?

– Oh, Sr. Briggs! – Lágrimas cintilaram novamente através de seu sorriso. – Se eu concordo? Eu estou encantada! Quanta generosidade de sua parte!

Ele estava constrangido. Disse que tudo o que pedia em retribuição era que o Reverendo Carter alimentasse as mulas com um pouco de milho antes de vendê-las. Elas mereciam.

– Tenho certeza de que ele pode fazer isso. Ele vai fazê-lo – ela prometeu. – Como eu gostaria que ele estivesse aqui para conhecê-lo. Agora o senhor se vai. Para onde, Sr. Briggs? Vai continuar em Iowa ou voltar para o território?

– Eu não sei.

– Se o senhor voltar, por favor agradeça ao Reverendo Dowd por mim e lhe envie meus bons votos. E diga a ele, por favor, para levantar uma bandeira entre os representantes do território. Eles simplesmente precisam construir um sanatório. Nós não podemos continuar assim, dependendo de algumas poucas almas corajosas como o senhor e a Srta. Cuddy, e o Sr. McAllister no ano passado.

– Eu o farei, madame.

Ela se aproximou dele.

– Então esta é nossa despedida. Mas eu não estou aqui para dizer adeus. Eu estou aqui para agradecê-lo. Dê-me suas mãos, por favor.

Ele as deu para ela, ela apertou-as e olhou diretamente para os olhos dele acima de seu monóculo. Disse que queria dizer a ele o mesmo que dissera para o Sr. McAllister. Que ele havia realizado um feito esplêndido. Ele podia estar, e deveria estar, orgulhoso daquilo pelo resto de sua vida. Disse que a maioria dos homens são bons, ela acreditava, e decentes, e honrados se lhes for concedida uma chance para mostrá-lo, mas os homens que faziam pelos outros o que ele havia feito por livre e espontânea vontade eram poucos e raros. Em seu próprio tempo e lugar e à sua maneira, ele também havia sido um salvador.

– Eu vou orar pelo senhor – ela disse, gentilmente, e baixou a cabeça.

Briggs não baixou a dele. Ele se apoiou em um pé, depois jogou o peso do corpo no outro, enquanto ela compunha seus pensamentos. Ele fixou o olhar na escadaria para checar se suas quatro amigas não o seguiriam porta afora. O sabiá ainda cantava, e continuaria cantando noite adentro, pois era primavera. A noite começava a cair na pequena cidade à beira do rio, como uma bênção.

– Bondoso Senhor – ela orava. – Abençoai esse bom homem aonde ele for. Vigiai seu caminho, para que vossa face brilhe sobre ele, e levai-o um dia para vosso reino. Se ele realizou este feito para vossas filhas, fazei o mesmo por ele, pois ele tem sido vosso servo verdadeiro e fiel. Pai, eu rogo em nome de vosso filho, que também realizou vosso trabalho na Terra, e morreu por todos nós, e viveu novamente em glória. Amém.

O estômago de Briggs acrescentou um amém ruidoso, e ele enrubesceu. Ele estava faminto.

Altha Carter ergueu sua cabeça, e descuidando da saia-balão, ficou na ponta dos pés para lhe dar um beijo na bochecha, depois voltou alvoroçada para os degraus da frente, e falou com ele uma última vez: – Agora eu vou cuidar delas – disse, sorrindo. – Eu espero que nos encontremos novamente, Sr. Briggs, e em breve. Adeus.

Briggs ficou tão estarrecido pelo beijo que ficou um pouco abobalhado, e antes que pudesse lhe dizer adeus, ela já estava dentro da casa.

Estava feito.

Ele estava livre.

Ele não quis se demorar. Primeiro selou o alazão, e amarrou suas cobertas com o casaco de couro atrás da sela. Então ele foi até as mulas, colocando-se entre as duas, e pendurou amigavelmente um braço sobre o pescoço do Pensador e outro sobre a Trabalhadora.

– Adeus, velhas camaradas – ele disse. – Vocês foram as melhores mulas esse tempo todo. Talvez o Senhor as abençoe, porque vocês é que são os servos verdadeiros e fiéis. – Então ele desamarrou Shaver, o cavalo malhado, e o conduziu ao lado do alazão, desamarrou seu próprio animal, montou nele e se inclinou para frente. – Que tal um pouco de milho pra você, bonitão? – ele perguntou à orelha do cavalo, então torceu a rédea e o esporou para fazê-lo trotar. O cabeçudo ficou tão feliz ao ouvir a palavra "milho" e por estar finalmente livre da carruagem, que ele soltou um comprido e apreciado peido. Chegando à rua, eles trotaram, cavaleiro, alazão e o malhado, para fora do mundo das mulheres e de volta à companhia dos homens, ao qual pertenciam. Briggs não olhou para trás.

O HOMESMAN

Não tinham milho na estrebaria, então ele encomendou para os dois animais uma boa refeição de aveia e uma boa esfregada em seus pelos, e então, com a jaqueta de couro e um alforje pendurados sobre um ombro, saiu para a rua escura. Estava cansado como um moribundo. Entrou na Pousada Hutchinton. Não parecia haver ninguém ali. Ele notou um balcão e seis compartimentos com seis chaves dentro e nenhum móvel. Depois de aguardar, desceu um punho no balcão forte o suficiente para acordar os mortos, e imediatamente uma garota de uns quinze anos espiou meio assustada por uma porta de alguma parte ao fundo. Briggs sentiu repulsa. Ele queria a companhia de homens, diabo.

– Eu preciso de um quarto – ele grunhiu.

– Sim, senhor.

– O melhor da casa.

– É o número cinco, senhor, no andar de cima.

– Bem arejado.

– Sim, senhor. Duas janelas.

– Sem percevejos.

– Ah, sem percevejos, senhor. E por quanto tempo o senhor vai se hospedar conosco?

– Pelo tempo que for. Quanto a senhorita vai me arrancar pelo quarto.

– Um dólar por noite, senhor.

– Eu vou pedir refeições.

– Sim, senhor.

– Quem vai cozinhar?

– Minha mãe.

– Ela não parece ter muitos fregueses.

– Ela é uma ótima cozinheira, senhor.

– Eu é que vou julgar, menina. Vamos em frente.

A garota acendeu um candeeiro, pegou a chave, e o levou para o andar de cima. Briggs observou que ela estava descalça. O quarto era decente o bastante, contando com uma pequena mesa e uma cadeira, uma jarra de cerâmica e uma bacia, sabão e um espelho, uma cama com cabeceira alta, uma comadre embaixo e cortinas com laços nas janelas. Briggs deixou os alforjes sobre a cama, abriu as duas janelas o máximo que pôde, e se sentou no colchão para experimentá-lo. Com seu candeeiro, a menina acendeu o outro que estava sobre a mesa.

– A cama está boa – Briggs disse. – Eu quero um banho quente. Onde é?

– No final do corredor. Cinquenta centavos pelo banho, senhor.

– Comece a aquecer a água. Depois disso, um jantar vai me cair bem. Eu quero um bife, uma montanha de batatas fritas, meio filão de pão branco e manteiga e um pouco de café. Café de verdade.

– Isso vai custar setenta e cinco centavos, senhor.

Briggs lhe deu um olhar severo, e, ao fazê-lo, viu de verdade a garota pela primeira vez. Ele ficou chocado. Seus olhos começaram a pinicar como se estivessem com lágrimas. Bastava dobrar a idade dela, escurecer seus cabelos de arruivados para castanhos, colocar sapatos nela, dar-lhe alguns centímetros a mais e acrescentar uns vinte quilos no corpo e, por Deus – Mary Bee Cuddy de volta ao mundo dos vivos. Naquele momento ela era magra como uma vara, dos joelhos aos cotovelos à coluna vertebral, mas os ombros dela eram largos e o rosto era insosso como um velho balde de lata e os olhos perscrutavam até nosso lado mais sombrio. Ele podia imaginá-la cavalgando ou ensinando em uma escola ou manejando bem um rifle e vivendo sozinha, pois nenhum homem seria homem o bastante para se casar com ela, e sim, por Deus, um dia com o coração partido poderia estar pendurada em uma árvore.

– Qual é o seu nome? – ele perguntou.

– Tabitha Hutchinson.

Ela usava um vestido gasto de musselina com mangas bufantes curtas, limpas, mas esfiapadas no pescoço e dois números abaixo do seu.

– Hutchinson. Tabitha. Muito bem. Srta. Hutchinson, a senhorita já sabe dos meus pedidos. Um banho e um jantar, quanto antes melhor.

– Sim, senhor – notou uma faísca calorosa nos olhos dela e logo depois ela se foi.

Briggs se deitou na cama e ficou ouvindo Tabitha Hutchinson andar desajeitada para cima com baldes cheios e descer com eles vazios, e olhou em volta para o quarto, aquele quarto. Era mágico estar em um quarto de verdade novamente, com quatro paredes e teto e janelas. Ele nunca mais iria dormir ao relento como nas últimas cinco semanas, não importando o pagamento ou o motivo. Ele já passara pelo suficiente. Era a hora de aproveitar. Ao menos por enquanto, ele pretendia viver do bom e do melhor.

Uma batida na porta, e ele percorreu o corredor, despiu-se e lavou seu corpo e o cabelo em uma banheira de metal com água quente e sabão e gemidos de prazer, enxugou-se com uma toalha espessa. Concluiu que era sem dúvida o melhor banho que ele tomara em sua vida.

Quando voltou ao quarto, a mesa estava posta com seu jantar, e ele acendeu o candeeiro. Depois que limpou os pratos com uma crosta de pão, se livrou de alguns gases e limpou os dentes com um palito de fósforo, concluiu que era sem dúvida a melhor refeição que ele já comera.

Então ele apagou a vela, tirou as roupas de baixo e se deitou de costas, com as pernas esparramadas e a cabeça no travesseiro, deixando o ar fresco soprar, então puxou um lençol limpo de algodão até os quadris e fechou os olhos.

Durante doze horas ele dormiu o sono de quem realizara um feito esplêndido.

Pela manhã concluiu que fora certamente o melhor sono de sua vida.

Ele bateu com uma bota no chão até que a Srta. Hutchinson, a garota prestativa, galgasse os degraus e anotasse o pedido dele para o café da manhã.

Até ele terminar de bufar e se vestir e escarrar pela janela, o café já estava na mesa. Quatro ovos, mais batatas, uma pilha de torresmo, um pouco de pão frito, uma fatia de torta de maçã seca e um bule de café. Ele comeu com apetite. A única coisa que faltava era uma dose de whiskey para propósitos digestivos e uma segunda dose para o bem-estar de sua alma. Mas o whiskey podia esperar. Ele teria um dia cheio pela frente, e uma noite ainda mais agitada.

Desceu a escada e usou seu punho no balcão.

– Diga-me, Srta. Hutchinson, onde eu posso comprar uns trapos novos?

– Trapos?

– Roupas.

– Ah, nós temos duas mercearias. Eu acho que é melhor ir primeiro na Kepler's.

Ela tinha parado de chamá-lo de senhor e começou a reparar mais nele, como a pistola em seu cinto, por exemplo. Ele se perguntava se ela iria bisbilhotar os alforjes.

– Está bem – ele disse. – E onde tem um cinzelador na região?

– Um cinzelador?

– Um homem que grava lápides, e coisas desse tipo.

– Ah, eu vou perguntar à minha mãe.

Briggs esperou.

Ela reapareceu.

– Ela disse para procurar um homem chamado Janz. Ele está na rua Sul, não muito longe. Tem algumas lápides na frente do negócio dele.

– Janz – Briggs repetiu. – Obrigado.

Ele saiu e foi primeiro ao barbeiro, onde ele fez a barba e o cabelo e conseguiu algumas informações por duas moedas. De acordo com o barbeiro, um tal Thomas Hutchinson fundou a Pousada Hutchinson, mas não estava dando muito certo e então, sendo um carpinteiro, foi contratado para trabalhar rio acima em uma construção perto da travessia de Upper Mormon, e voltava para casa quando podia. Enquanto isso sua esposa tocava o hotel, com a ajuda da sua filha. Tabitha, Briggs disse. O barbeiro confirmou que esse era o nome.

Briggs então seguiu para a rua Sul. Naquele caminho não havia nada para ver. As principais atividades em Hebron, ele especulou, deviam ser bordar, caçar moscas, cantar hinos, girar os polegares e ir à igreja. Diabos, havia muito mais movimento em Loup, e comparada com aquele fim de mundo, Wamego era quase a Filadélfia.

O cinzelador divulgava seu negócio com algumas pedras não gravadas na frente de seu empreendimento, uma espécie de cabana anexa a uma casa pequena. O próprio Janz era pequeno, um idoso com uma barba comprida que poderia dar uma ótima vassoura. Briggs disse a ele que gostaria de uma lápide. Carvalho ou castanheira? Briggs perguntou qual seria a diferença. Dois dólares a mais pelo carvalho, Janz disse, porque ficava mais bonito. Castanheira, então, Briggs decidiu. E o que ele queria escrito ali? Dez centavos por letra. Briggs disse a ele, Janz escreveu o nome e o epitáfio e fez os cálculos, disse que o trabalho custaria quatorze dólares e dez centavos, que ele iria arredondar para quatorze. Briggs disse que o preço era um abuso. Janz coçou a barba. Briggs disse tudo bem, dane-se, mãos à obra, ele voltaria para buscar a lápide à noite. Janz disse que precisava de cinco dólares adiantados. Briggs tentou intimidá-lo com um olhar de reprovação, mas Janz mexeu em sua barba e no fim obteve seu dinheiro.

Briggs retornou à estrebaria, selou os dois cavalos, com o Shaver a reboque cavalgou para o norte na estrada do rio em direção à balsa. Foi só ele entrar em um trote na saída da cidade que encontrou soldados de cavalaria indo para o sul, três deles, dois oficiais e um suboficial. Pelo que lhe disseram já não eram mais chamados de dragoons, pois por decreto de Washington agora eram apenas cavalaria. Ao avistar os homens ele começou a suar frio, mas manteve-se ereto na sela, fingiu estar distraído, e os militares passaram por ele sem maior incidente. Mesmo que suspeitassem dele, e o abordassem, não tinham nenhum "Briggs, George" em seus registros. Ao chegar ao primeiro negociante de animais que encontrou, gastou saliva por uma hora para vender o cavalo malhado. O negociante queria trocas e baldrocas, seu animal saudável por uma égua com molares gastos, uma pata comprometida e cegueira no olho esquerdo, mas Briggs não estava ali para trocar, ele queria vender. Em algum momento ele conseguiu se fazer entender e obteve vinte dólares por Shaver, arreios incluídos.

Então ele voltou para a cidade, deixou seu alazão no estábulo e foi direto para Kepler's, a mercearia. Ali ele anunciou que queria novo vestuário, dos pés à cabeça. Eles tiveram prazer em atendê-lo. Ao longo da tarde ele experimentou roupas no quarto dos fundos, entre parafusos e sacas e barris e caixas. Selecionou um terno preto idêntico ao desgastado no qual tinha vivido durante todo o inverno, mais uma camisa, ceroulas, um chapéu no mesmo estilo do seu velho chapéu mambembe e dois pares de meias espessas. Evitou um novo par de botas, caras demais. Furtivamente, enquanto o atendente estava calculando sua conta, ele transferiu as cédulas e as notas do banco para o bolso interno de seu casaco novo, aconchegando ali também as meias extras. Depois de pagar, ao ouvir a pergunta do que fazer com suas roupas velhas, ele disse para doá-las a alguém que precisasse e merecesse. Na saída, já com novo vestuário, comprou várias caixas de munição para sua pistola e para o rifle de Cuddy. Então saiu da loja, mas deu meia-volta e entrou novamente para consultar o atendente. Quanto custaria um par de sapatos elegantes para uma jovem dama? Abotoado ou com laços no alto? Qual era mais elegante? Com botões, e de que cor? Cor? Pretos, brancos ou marrons? Qual era mais elegante? Brancos. Três dólares. Três dólares! Por um par de sapatos? Era isso mesmo. Briggs o olhou feio e avaliou. O atendente, por acaso conhecia uma jovem dama chamada Hutchinson, da família que tocava o hotel? Sim, ela ia ao Kepler's de quando em quando. Briggs entregou-lhe um, dois, três dólares. Muito bem, da próxima vez que ela aparecesse, deveria lhe entregar um par de sapatos brancos com botões no alto. O atendente afirmou que o faria. Briggs disse que tinha dinheiro, tinha até de sobra.

Então ele voltou para o hotel, onde pediu para a Srta. Hutchinson um jantar leve: um frango inteiro, canjica, uma fatia de pão de milho com manteiga, frutas cozidas de algum tipo e muito café. Depois que lhe foi servido e ele comeu, ficou sonolento e se esticou na cama em suas roupas de baixo para descansar antes da grande noite que estava por vir. A bênção da cama, a fatia de pão na sua barriga e a expectativa da noite levaram-no à conclusão final: por nada nesse mundo voltaria para o território. O que havia lá para ele? Um traseiro congelado? Um estômago vazio? Uma corda em volta de seu pescoço? A oportunidade de transportar pobres criaturas insanas através de longas terras infernais? Não, senhor, ele iria se estabelecer em Iowa. Aquela noite seria o início. Ele iria investir um pouco de capital e dobrá-lo ou triplicá-lo. Então, sem muita demora, ele iria se mudar de Hebron, que era uma cidade tímida demais para seu gosto, iria mudar o nome novamente, e conhecer alguém que o colocasse em um novo tipo de empreitada, lucrativa e garantida. Mas espere um minuto. Se ele continuasse desse lado do rio, qual seria a utilidade da lápide que ele comprara para a Cuddy? Nenhuma. E maldição, ele já havia dado cinco dólares para o Janz. Ah, ele poderia muito bem fazer aquilo para compensar. Em algum momento ele iria vagar por aquele lado mais uma vez e colocar a lápide para ela. Se ele tinha merecido seus trezentos dólares, e as mulas recebido o milho, Cuddy certamente merecia alguma coisa para marcar seu túmulo.

Briggs dormiu com aquele pensamento, e ao acordar, saltou da cama com ansiedade. Já estava escuro. Ele se vestiu apressadamente, se dirigiu para o andar de baixo e bateu com o punho no balcão. Ela apareceu com uma vela, alta e magra e ossuda e Cuddy como sempre.

– Srta. Hutchinson – ele disse. – Eu tive um dia pesado. Onde um homem pode tomar uma bebida e jogar cartas e se divertir um pouco por aqui?

Ela abaixou os olhos e o nariz.

– Tenha certeza de que eu não sei.

– O diabo que não sabe.

Ela colocou a vela no balcão e deixou suas mãos grandes ao lado, que ele viu se transformarem em punhos cerrados.

– Eu agradeceria ao senhor se não xingasse na minha presença – ela disse, soando tanto como a outra que lhe arrepiou a pele. – E se o senhor pensa em jogar, eu gostaria que pagasse a conta agora.

Ela levantou a voz, ele estava certo de que com a aprovação de sua mãe, que estava nos fundos com ouvidos atentos.

– Eu vou pagar quando estiver pronto – ele grunhiu.

Ela não se acovardou, olhou para suas roupas novas de cima a baixo e estendeu o queixo.

– Se o senhor pode comprar roupas novas, tenho certeza de que pode pagar minha mãe. O senhor está consumindo cada centavo que ela tem. Eu gostaria que o senhor agisse como um cavalheiro, mesmo que não seja e pagasse o que deve.

– Venha comigo.

Briggs deu a volta no balcão, pegou-a pelo braço, e tentou fazê-la acompanhá-lo.

– Não – ela disse, resistindo.

– Venha comigo.

Se ele sabia pouco sobre mulheres, sabia ainda menos sobre meninas, mas alguma coisa, o toque de sua mão, talvez a urgência de suas maneiras, persuadiram-na, e ela se permitiu ser conduzida porta afora para a rua silenciosa, longe de sua mãe, longe da luz da vela, sob o luar.

Ele a segurava pelos dois cotovelos nus, como um pai faria, ou um irmão mais velho, olhando de perto para seu rosto familiar. Ela tremeu. A semelhança ainda o abalava. A irmã mais nova de Cuddy. Ou a criança que Cuddy nunca tivera. Reconhecê-la fazia com que sua boca secasse e sua garganta se comprimisse.

– Srta. Tabby – ele disse. – Vamos fazer uma troca. A senhorita me diz onde eu posso me divertir, e eu vou lhe dar um bom conselho.

– O senhor primeiro – ela disse.

– É justo. Quando a senhorita crescer e se casar, fique por aqui. Não se apaixone por nenhum idiota a caminho do oeste para criar uma fazenda ali. Não faça isso.

– Por que não?

Briggs balançou a cabeça.

– Apenas não faça isso.

Aos quinze anos ela não entendia, nem poderia. Ele queria dizer, em nome de Deus, menina, não viaje de carruagem para longe, não viva em uma casa de turfa com uma ninhada de fedelhos, não envelheça precocemente, não fique transtornada da cabeça, não queira estar amarrada em outra carruagem e voltar tão diferente de como foi. Mas ele não disse, não poderia.

– Sua vez – ele disse.

Ela se soltou dele. O rosto dela se retorceu, e por um momento ele temeu que ela fosse chorar diante dele.

– Candletown – ela disse, e voltou correndo para o hotel.

Candletown?

Ele seguiu pela rua e inquiriu o homem na estrebaria. Candletown tinha dois lugares, o homem disse, uma espécie de saloon e uma casa de dança com mulheres. Podia escolher. Onde era? Seguindo pela estrada do rio ao norte, depois virando a leste entre dois armazéns, uma trilha entre as árvores. Então Briggs selou o cavalo, deixou a jaqueta de couro ali, pois a noite estava amena e cavalgou para norte, depois virou para o sul porque se lembrou da lápide de Cuddy. Encontrou o cinzelador, olhou para a lápide, declarou que estava satisfatória e pagou Janz, notando, ao fazê-lo, que depois de comprar roupas e munição e tabaco e os sapatos abotoados e os nove dólares que faltavam ao Janz, seu maço de cédulas estava bem diminuído. Não importava, em uma hora ou duas ele teria cédulas verdes subindo até as orelhas. Ele amarrou a lápide junto às cobertas atrás da sela, montou novamente e esporou o alazão, que entrou em meio-galope para o norte. Ele pensou, ao passar pela Pousada Hutchinson, que talvez devesse deixar a lápide ali, mas decidiu seguir, não fazia questão de ver aquele diabo de menina magricela de novo, ele queria vadiar.

Candletown.

De fato havia dois lugares após uma trilha pelas árvores, em uma clareira cheia de tocos. Um estava em ruínas, uma barraca montada sobre hastes inclinadas, com um lado aberto para a noite, que deixava escapar gritos e berros e o ruído de vidros se estilhaçando. Os frequentadores eram, provavelmente, carregadores e vagabundos e bêbados inveterados à margem da caravana, esperando pela balsa na travessia de Bellevue, e para passar o tempo estavam se entretendo com uma luta. Briggs havia ouvido muitas vezes aquele tipo de algazarra. Geralmente era causada por facadas na barriga ou chutes nos ovos ou garrafas quebradas nas cabeças. As lutas eram um espetáculo gratuito, mas ele tinha dinheiro, então preferiu dar atenção à casa de dança. Na realidade eram duas casas, uma pequena à direita, de onde se ouvia o arranhar de cordas de um violinista. Era ali que dançavam, devia ser o lugar onde havia mulheres. Mas a casa pequena era ligada a uma casa maior de dois andares por um corredor coberto, que naquela área chamavam de "dogtrot". As janelas abertas da casa grande acenavam para ele com a luz. Lar, doce lar.

Briggs apeou, amarrou seu animal em um toco ali perto, ao lado de várias seges na clareira, foi até a primeira casa de danças e ficou algum tempo na frente da entrada. Em um canto, um violinista arrancava das cordas *Devil's Dream*. À distância, Briggs podia discernir meia dúzia de casais suados, silenciosos e sérios, e na parede ao fundo, portas para diversas cabanas. As mulheres poderiam ficar para outra hora. Ele deu as costas e percorreu os sessenta metros do corredor coberto e abriu uma porta; ao entrar pensou que estava no paraíso. Finalmente, a companhia masculina. Todas as pessoas naquele local podiam mijar de pé.

A casa tinha uma única sala, com altura de dois andares, bem iluminada por candeeiros de óleo de carvão. O lugar contava com um lindo bar de carvalho, bons vidros, uma mesa para jogos de dado, e ao menos quatorze mesas para cartas, nas quais provavelmente se sentava uma boa parte dos cidadãos de posses de Hebron e das redondezas. Não era barulhento. O pôquer ali era o ganha-pão. Os jogadores estavam todos bem vestidos e sóbrios, e mesmo os crupiês, que ele podia discernir pelos chapéus elegantes e camisas brancas de punhos com babados, pareciam cavalheiros. Procurou por armas de fogo e não pôde ver nenhuma. O que ele tinha sob o cinto lhe daria mais do que mero equilíbrio de forças; se necessário, seria um ás na manga.

Briggs caminhou até o bar e tomou duas doses de whiskey em seguida, servidas de uma garrafa. O atendente era de meia-idade e parecia um diácono – camisa, lenço no pescoço, colete, relógio com corrente de ouro, e um anel de ouro. Briggs considerou aquele o melhor whiskey que já provara, e devia custar cinquenta centavos a dose. Aquilo o aqueceu até a virilha. Ele ficou recostado no bar até escolher uma mesa que lhe aprouvesse, então se dirigiu casualmente para lá, puxou uma cadeira e se sentou. Havia três jogadores, dois homens da cidade e um crupiê com bigode encerado. Os três acenaram com a cabeça. Eles estavam no meio de uma mão.

– Boa tarde – disse o crupiê, cortando o maço. – Nós estamos fazendo apostas altas. O senhor pode nos mostrar cinquenta dólares?

Briggs olhou fixo para ele com prontidão. Parecia-lhe que tinha esperado metade de uma vida por aquele momento.

– É claro que posso – ele disse.

Do interior do bolso de seu terno novo, ele tirou as suas notas. Desdobrando-as, pousou a nota de cinquenta dólares do Banco de Loup no centro da mesa e ainda acrescentou as outras cinco, uma por uma, em cima daquela.

– Isso é o suficiente? – ele perguntou.

O crupiê pegou a nota de cima. – Importa-se se eu der uma olhada?

– Fique à vontade.

O crupiê inspecionou-a, então ergueu um braço e acenou para o homem atrás do bar, que logo atravessou as mesas até eles.

O crupiê entregou-lhe a nota.

– O senhor pode dar uma olhada nisso, Sr. Carmody?

Carmody deu uma olhada para Briggs.

– Eu sou o proprietário deste lugar – ele disse. Ele também estudou a nota, então a colocou na mesa ao lado das outras. – Banco de Loup – ele disse para Briggs. – Perto de Wamego, pelo que ouvi dizer. Faz quanto tempo que o senhor veio de lá, senhor?

– Cinco ou seis semanas – Briggs disse.

– Bem, o Banco de Loup entrou em falência – disse Carmody. – Um homem veio do território para cá na semana passada e me disse. É o que acontece com esses bancos de fazendeiros. Eu fiquei com um monte desses papéis sem poder descontar. – Ele acenou para Briggs. – Sinto muito, senhor, eu não posso aceitar essas notas. Aliás, eu não creio que alguém por aqui as aceite.

Briggs se recostou na cadeira. Carmody, o crupiê e os outros dois jogadores o observavam. Ele que tinha sido derrubado da cadeira, pensou que um trovão o ensurdecia. Pensou que um relâmpago o tivesse atingido, dividindo-o em pedaços, pensou que estava morto.

– Eu sinto muito, senhor – Carmody disse mais uma vez, e voltou para o bar.

Devolvendo as notas para Briggs, o crupiê embaralhou o maço e deu as cartas para os dois homens da cidade e para si mesmo. Eles jogaram aquela mão, descartando e especulando e apostando. O crupiê ganhou com dois pares, de valete e de três. Ele juntou as cartas e olhou com curiosidade para Briggs.

– Sinto muito, senhor – ele disse. – Mas é regra dessa casa que o senhor não pode se sentar em uma mesa a menos que jogue. Preciso pedir que se retire.

– O quê? – Briggs murmurou.

– Eu preciso pedir que o senhor se retire da mesa.

Briggs olhou à sua volta. De repente ele tentou se levantar, caiu, então se enroscou com seus pés, derrubando a cadeira no meio do processo. Ele sacou do cinto a sua pistola Colt, ergueu-a à altura do braço, e atirou uma vez para o teto.

O efeito foi miraculoso. O jogo cessou, assim como a conversação. Nem um homem ali moveu um músculo. Briggs abaixou a arma ao seu lado.

– Agora, todos escutem – ele disse.

Ele estava rouco. Tinha que se esforçar para que o ouvissem.

– Meu nome é Jack Martin. Eu acabei de chegar de uma viagem de seis semanas, desde Loup. Eu transportei quatro mulheres em uma carruagem. Esposas e mães. Elas estavam loucas. É isso mesmo, loucas. Elas perderam o juízo durante o inverno e não podiam ficar em casa. Não tem nenhum sanatório no território. Então eu as trouxe aqui para a esposa do Reverendo Carter, o pastor metodista. Ela e algumas damas da igreja vão levá-las para as casas de seus parentes. Se não acreditarem na minha palavra, perguntem à Sra. Carter – ele falava em rajadas. – Bem, eu comi o pão que o diabo amassou para chegar aqui. Recebi trezentos dólares por esse trabalho, acertado no início. Esse é o dinheiro, bem ali. – Ele apontou para a mesa. – Eu poderia ter ficado com o dinheiro e abandonado as mulheres no meio do deserto, sozinhas, mas eu mantive minha palavra. A Sra. Carter disse que eu realizei um feito esplêndido, foi isso o que ela disse. E que eu deveria ficar orgulhoso disso. – Ele fez uma pausa para passar uma mão no rosto. – Mas eu comprei roupas novas e vim aqui esta noite para me divertir e descobri que meu dinheiro não vale nada. O Banco de Loup faliu. Eu estou falido. Eu preciso me embebedar. Eu preciso muito de uma garrafa. Depois de tudo o que eu fiz, ninguém poderia me comprar uma garrafa?

Ele esperou. A única resposta foi o arranhar do violino na casa ao lado.

– Eu não sou um mendigo – Briggs insistiu. – Eu tenho o meu orgulho como qualquer um.

Alguém tossiu.

Briggs olhou com raiva pela sala. – Bando de sovinas desalmados malditos! – ele disse. – Depois de tudo o que eu fiz por aquelas pobres mulheres.

Mais uma vez ele esperou.

– Essa é uma cidade cristã! – ele gritou. – Qual é o problema com os senhores?

Carmody, o proprietário, chamou-o de trás do bar. – Martin, venha aqui. Guarde essa arma e venha para cá.

Briggs olhou fixamente para ele.

– Venha aqui. – Carmody insistiu.

Briggs enfiou a arma no cinto e, deixando as notas sobre a mesa, começou lentamente a ir para o bar, mas na direção errada. Ele esbarrou em uma mesa, virou-a, e foi para a direção errada novamente. Os homens o olhavam, silenciosos, curiosos, enquanto ele tentava retomar o passo em outras direções erradas, esquecido de onde ele pretendia ir. Assim que ele chegou ao bar, o lugar voltou à vida com as vozes e as cadeiras se arrastando.

Carmody tirou uma garrafa de uma prateleira, caminhou até uma ponta do balcão e deitou uma mão amigável no braço de Briggs. – Vamos lá fora – ele disse. – Lá poderemos falar em particular. O que me diz?

Eles foram para fora, para o corredor coberto, e o dono fechou a porta atrás deles.

– O senhor está bem, Martin? – perguntou.

– Eu num sei.

– Bem, eu não quero que o senhor encare isso como algo pessoal. Eu tinha que conferir o papel daquele especulador e rejeitá-lo. Eu tenho que pagar pelo que como.

Briggs concordou com a cabeça.

– No entanto, é uma bela história essa das mulheres. – Carmody continuou. – Eu recebo muitos pobres-diabos vindos do território. Ali ao longe, eles compram terras. Eles perdem tudo, as esposas morrem, eu já ouvi de tudo. E tudo o que eles querem é uma bebida, é se embriagar. Se eu acredito neles? Melhor não acreditar. Se eu fosse generoso com todos, eu teria que fechar meu negócio. Mas eu nunca ouvi um caso como o seu. Mulheres loucas. – Ele olhou para sua garrafa, balançando a cabeça. – É tão inusitado que só pode ser verdade.

– Maldição – Briggs murmurou.

– Muito bem, muito bem. Eu conheço Altha Carter e vou perguntar a ela. Mas metade de mim acredita no senhor. Então aqui está metade de uma das minhas melhores garrafas – ele a ofereceu. – O senhor pode ficar meio embriagado. Não é justo?

Briggs a tomou.

– Apenas faça isso em outro lugar, está bem?

Briggs acenou com a cabeça. – Então boa noite, Martin. E melhor sorte para o senhor.

Ele voltou para dentro, e Briggs enfim desarrolhou a garrafa. Nunca sentira uma sede tão grande. Ergueu a garrafa e deu um gole comprido, quase engasgou. Ficou naquela passagem coberta até o whiskey chegar quase ao fundo da garrafa. Na barraca improvisada, a luta tinha acabado. Na casa de danças, o violinista tocava *We All Go Down to Rouser's*. Então ele resolveu procurar seu cavalo, mas teve a mesma dificuldade de quando tentou se deslocar pelo bar. Ele vagou por meio de tocos de árvore em três direções diferentes. Zanzou por meio de animais e tropeçou em uma sege. Uma vez conheceu um fazendeiro que foi atingido por um relâmpago enquanto corria do estábulo para a casa durante uma tempestade. Aquilo o derrubou, e ele ficou no chão debaixo do trovão e pensou que estava morto. Quando descobriu que não estava, levantou-se, mas não sabia mais qual era o caminho para sua casa. Na cabeça dele, tudo parecia invertido. Ele foi para um lado, depois para o outro, e passou um tempo infernal até percorrer os quinze metros até sua casa. Aquele fazendeiro levou, ao final, um dia ou dois para se localizar. George Briggs mal podia compreender o tamanho e o significado do que tinha acontecido com ele. Ele tinha perdido seu capital sem sequer jogar uma mão de baralho. Seis notas de banco de cinquenta dólares tinham se tornado papel para limpar traseiro. Não era culpa dele ou da Cuddy ou do crupiê ou do Carmody. Foi o banqueiro, lá em Loup, e talvez nem mesmo ele, e talvez nem mesmo os malditos banqueiros do leste. Talvez não fosse culpa de ninguém. Um feito esplêndido! Foi ainda mais esplêndido do que a Altha Carter imaginou, porque ele tinha feito aquilo tudo por nada! Meia garrafa de whiskey! Merda! Agora, finalmente, Briggs achava seu cavalo e, por graças, arrancou alguns últimos goles da garrafa. Depois de desamarrar o cavalo, ele teve problemas para montar, ainda com a garrafa na mão. O whiskey surtiu um efeito como o do relâmpago. Dessa vez, a bota, ao se erguer, chutou a lápide para fora da corda que a segurava junto ao cobertor. Ele xingou, mas cavoucou na terra e encontrou-a sob o luar, e a acomodou sob o braço esquerdo. Dessa vez, a terceira, conseguiu montar e segurar as rédeas e a lápide e se aprumar nos estribos.

Adeus, Candlebostown. Ele trotou para a estrada do rio, pretendendo virar para a esquerda, sul, rumo Hebron, mas a cabeça dele ainda estava invertendo tudo e ele seguiu à direita, para o norte, em direção à balsa.

Para estar pronta para os negócios logo ao raiar do dia, a balsa estava amarrada na margem leste do rio. Fogueiras crepitavam lentamente ao lado das árvores altas onde os carregadores e caravanas de migrantes estavam acampados, dormindo, esperando pelo amanhecer. Sob uma lua que parecia uma grande pepita de ouro, o Missouri se estendia, uma comprida linha dissolvida entre o conhecido e o desconhecido.

Briggs cavalgou ao longo da margem e depois a bordo, os cascos ecoando na barcaça oca. Chegando ao meio da barca, ele parou e apeou trôpego, derrubou a lápide com um baque e amarrou seu cavalo na cerca, sobre o rio que escoava. Empurrando a lápide até a cerca com a bota, ele se sentou pesadamente com as costas contra uma haste, deslizou a garrafa para fora do bolso, e tomou um gole demorado e melancólico.

Ocorreu a ele que tinha deixado seu casaco de couro na estrebaria e seus alforjes no quarto do hotel.

Ocorreu a ele que a maior parte de seus bens mundanos estavam naquele momento com ele na balsa: um cavalo cabeçudo, traje e chapéus novos, sela, rifle, pistola de repetição, cartuchos para ambos, uma faca com duas lâminas, uma lápide e algumas cédulas verdes, não muitas, e ele estava bêbado demais para querer contar.

Uma noite e um dia em Iowa e ele estava cosendo bainha, o diabo havia pintado e bordado com ele. É claro, em parte por sua própria culpa.

Ele nunca deveria ter dado as mulas e a carruagem para Altha Carter. Maldição, ele podia ter obtido ao menos cinquenta dólares por elas.

Ele deveria ter trazido sua jaqueta de couro e os alforjes.

Ele gostaria de ter picles.

Ele jamais deveria ter desperdiçado três dólares nos sapatos com botão no alto para Tabitha Hutchinson.

Ele queria ter deixado a Cuddy ensiná-lo a ler. Talvez ele devesse ter se acomodado e casado com ela, afinal de contas. Ela era uma mulher e tanto.

Ele deveria ter ficado com o camafeu para vendê-lo.

Mesmo sem pensar, ele decidiu cruzar o rio e voltar para o território. Agora era o seu lar. Ele iria acompanhar uma caravana de migrantes e guiá-los e caçar em troca de sua sobrevivência e de um cobertor, depois iria se livrar deles e se mandar para Wamego.

Uma vez ali, ele iria se estabelecer como vendedor de para-raios, um truque engenhoso de que ele ouvira falar. Era só vender a ideia para algum fazendeiro otário, levar o dinheiro dele, dar um recibo, e dizer a ele que o parceiro iria chegar com uma carruagem no dia seguinte com os para-raios. Tudo o que precisava era de algumas varas para demonstrar, e daria para fazer uma pilha de dinheiro sem esforço, o suficiente para tocar a vida.

Briggs esvaziou a garrafa e a deixou ao seu lado. Ele estava esplendidamente bêbado. Ali estava a lápide. Quatorze dólares. Castanheira tinha um aspecto bem melhor. Ele a pôs em seu colo e estudou as letras do epitáfio.

MARY B. CUDDY
DEUS A AMAVA
E A LEVOU PARA SEU REINO

Ele julgou que era adequado. Então lhe ocorreu que ele havia desperdiçado quatorze dólares. Nunca iria encontrar novamente aquela figueira e o túmulo dela, nem em mil anos. A maldita lápide iria apenas atrasar sua viagem, e importuná-lo e assombrá-lo. Ele podia imaginar.

Pôs a lápide no chão da balsa, deitou-se, virou, colocou a cabeça para o lado do cercado, e seu chapéu novo caiu e saiu flutuando.

– Filho da puta – disse.

Ele viu estrelas na água. O rio tremulou, então pareceu ferver ali embaixo, sacudindo a balsa.

– Cristo! – ele exclamou, e encolheu a cabeça como uma tartaruga. A cabeça de um grande jacaré verde tinha emergido, com olhos vermelhos, e suas mandíbulas enormes terríveis cheias de dentes. Briggs fechou os olhos e suou frio. Depois de um instante, ele ousou olhar novamente, e o jacaré havia desaparecido.

Com a mão esquerda ele encontrou a lápide e a desceu na água. Com a direita ele agarrou a garrafa e se ajeitou para ver mais uma vez a epígrafe, depois soltou-a na água. E lá se foram, a lápide, a garrafa e a assombração, e ele as seguiu com os olhos enquanto iam à deriva rio abaixo sob o luar dourado, acompanhou-as até que afundassem na escuridão.

Então ele recuou, e se deitou ali de bruços ao lado de seu alazão, com a bochecha nas tábuas, olhos fechados novamente. Pareceu-lhe ouvir o remelexo e o sacolejo da carroça, e as mulheres gemendo. Tentou, mas não conseguiu se lembrar dos nomes delas.

Ele dormiu.

Quando acordou, a lua tinha descido, e as estrelas estavam se apagando, a noite era alta e escura.

Ao lado dele, de sentinela, estava seu cavalo.

Com um grunhido ele se pôs de pé, apoiando no cercado, bocejou, esticou-se, e cuspiu para o lado.

O rio corria, dragando e afogando e fazendo tudo o que lhe aprazia. Ao lado das árvores da margem não havia mais fogueira alguma, nem som.

Um vento soprou suavemente do oeste, vindo das longas planícies. Ele respirou fundo. O cheiro era limpo e aberto, como se tivesse nascido em terras distantes, onde um homem ainda podia ser seu próprio senhor. Na alvorada daquele novo dia, ele seria o primeiro a cruzar o rio, o primeiro a colocar o pé novamente em solo livre.

Briggs sentia-se bem. A bebedeira tinha lhe feito bem. Ele começou a cantarolar *Weevily Wheat* e, movendo-se para o centro da balsa, começou a dançar uma jiga, ou quadrilha, e se lançou naquilo como um urso em meio a frutas silvestres. As botas marcavam o ritmo na plataforma, ele batia palmas, abanava os braços como se fossem asas, e logo começou a cantar o mais alto que pôde:

Take her by her lily-white hand
And lead her like a pigeon,
Make her dance the weevily wheat
And scatter her religion.

Charley here and Charley there
And Charley over the ocean,
Charley, he'll come back some Day
*If he don't change his notion.**

De repente, gritos furiosos vindos das árvores tentaram intimidá-lo, amaldiçoando-o, e alguns cães latiram para ele. Ele sacou a pistola de seu cinto, mirou, e soltou um tiro para as árvores. Aquilo os emudeceu, por Deus, os homens e as vozes. Briggs sentiu um formigamento. Ele só queria blefar. A verdade era que ele nunca atirou em ninguém, mas assustara um bocado de gente, e ele tinha certeza que sabia fazer os homens se sentarem e o respeitarem. Ele guardou a pistola, limpou o chamuscado da mão na calça nova, e voltou a dançar a jiga e a cantar de novo:

---

* *Pegue em sua mão branca como lírio / E a conduza como uma pombinha / Dancem a música do trigo com caruncho / E faça-a se esquecer da religião / Charley cá e Charley acolá / E Charley no oceano / Charley, ele virá algum dia / Se não mudar de ideia*

O Charley, he's a nice young man,
An' Charley he's a dandy,
Every time he goes to town
*He brings the girls some candy.**

A canção acabou na noite sonolenta, mas o *homesman* continuava dançando. Dançando.

---

* *Ah, Charley, ele é um belo jovem / E esse Charley é um dândi / Toda vez que vai à cidade / Traz doces para as garotas*

POSFÁCIO

por Miles Swarthout

A mãe de Greg e Lucille, Alice Dahners, costumava me contar as histórias que sua mãe lhe contava sobre os pioneiros. Quando criança, tinha ouvido mulheres chorando a noite inteira na prisão, depois do primeiro degelo de primavera. Os maridos delas as tinham levado para a cidade em carruagens das cabanas de turfa em que tinham passado o terrível inverno de Dakota; elas estavam a caminho do manicômio de Jameson.

Abigail McCarthy, *Private Faces, Public Places*, 1972

Meu falecido pai, Glendon Swarthout, teve essa brilhante ideia para sua obra-prima de um velho oeste alternativo, *Dívida de Honra*, partiu de informações, de recortes de suas leituras, de algumas boas histórias de memórias da fronteira em 1850, uma das décadas esquecidas da História Americana.

A História sempre é escrita pelos vencedores, nesse caso os migrantes americanos brancos que se aventuraram no oeste de cavalo e carruagem com ajuda militar, para subjugar as tribos de índios e cruzar as Montanhas Rochosas em busca dos campos de ouro e de terras férteis até a costa oeste. A história do Destino Manifesto foi bem contada, muitas vezes. Mas Glendon estava mais interessado nos perdedores, nos colonos que voltaram para o leste em caravanas bem menores, com a saúde e o ânimo abatidos, depois de passarem por más colheitas, destituição, roubo ou morte por fome de seus pequenos rebanhos. Esses pioneiros jamais negaram o sonho americano de fortuna e felicidade no Oeste Dourado e agora estavam pagando um preço terrível, esmerando-se na viagem de volta para o leste, onde uma vez pertenceram, quando ainda se pareciam com algo da sociedade civilizada.

Mas quem contou as tristes histórias desses cidadãos derrotados que perderam suas economias e frequentemente a razão na tentativa de montar uma vida nas fronteiras mais inóspitas dos Estados Unidos? Em 1986, quando meu pai estava pesquisando para o que viria a ser chamado de *Dívida de Honra*, ele não conseguia encontrar muito material a respeito da fronteira naquela época, na década de 1850. O que acontecia quando os homens enlouqueciam naquele tempo? Bem, o mais provável é que morriam de doença ou pelas intempéries. Outros se tornavam alcoólatras inveterados e trabalhavam em troca de bebidas grátis como "swampers", limpando escarradeiras e varrendo chãos puídos em saloons rústicos. Outros ainda, ao manifestar em público sintomas de doenças mentais, tinham grandes chances de serem mortos a tiros como cães sarnentos ou foras da lei locais, poupados de seu sofrimento por cidadãos brutos que os temiam.

Mesmo em uma pequena vila parcamente civilizada nas grandes planícies do meio-oeste, no entanto, não se podia atirar em mulheres. E mulheres uivando a noite toda em prisões cruéis não seriam toleradas por habitantes das fronteiras por muito tempo. Então Glendon gradualmente constatou o que era feito com aquelas mulheres insanas, transportadas em pequenos grupos de volta para o leste, possivelmente presas nas carruagens, como os prisioneiros que eram transferidos para diversas prisões. Essas mulheres loucas tinham que ser escoltadas através do Big Muddy (o Rio Missouri) e então transportadas individualmente por trem até os parentes do leste que pudessem cuidar delas, ou possivelmente seguiam para um manicômio, se houvesse algum disponível.

Eis então a premissa inusitada do romance de velho oeste do Glendon, e lentamente ele concebeu o enredo, com ponderações e pesquisas que lhe tomaram oito anos. Minha mãe, Kathryn, ainda viva aos noventa e cinco anos na sua velha cidade natal de Scottdale, no Arizona, geralmente não acompanhava Glendon em suas viagens de pesquisa para os romances, mas para esta viagem ela era imprescindível. Eles pegaram um avião de Scottsdale para Omaha, Nebraska, em maio de 1986, alugaram um carro e dirigiram até Lincoln, para a biblioteca da Universidade de Nebraska para a pesquisa. Glendon também estava procurando por uma réplica de uma casa de turfa da fronteira que ele pudesse estudar com minúcia, então os bibliotecários o mandaram para a estrada interestadual 80 sentido oeste, depois para noroeste até o North Platte Valley Museum em Gering, Nebraska, ao lado do patrimônio nacional de Scotts Bluff, trinta e cinco quilômetros de distância da famosa montanha Chimney Rock, que foi um marco para muitas caravanas que percorriam as pradarias. Do lado de fora do museu havia tanto uma casa de turfa quanto uma cabana de madeira, ambas construídas no estilo do final do século XIX, onde os turistas podiam entrar e ver uma pequena cozinha com um quarto/sala decorado como naquela época remota.

Depois meus pais dirigiram de volta pela estrada interestadual sentido leste para Kearney, Nebraska, em seguida para a Faculdade Estadual de Kearney (que desde 1991 se tornou a Universidade de Nebraska-Kearney). Glendon pegou emprestadas algumas boas histórias da fronteira nos arquivos de história do estado de Nebraska daquela biblioteca. A Kathryn encontrou um livro de canções country antigas, de onde ela retirou as letras das duas canções que aparecem no romance – Mary Bee cantando *Take Me This Token* e George Briggs dançando *Weevily Wheat*.

Muitos dos incidentes narrados em *Dívida de Honra*, assim como as cenas da versão cinematográfica, foram baseados em eventos reais retirados de algumas das histórias contadas daquela época distante. Por exemplo, em um importante livro antigo, *The Sod-House Frontier*, de Dick Everett, Glendon aprendeu como os invasores de terra operavam à margem da lei, ocupando uma casa rural enquanto o proprietário estava no leste para visitar parentes ou procurar uma esposa. O invasor requeria a demarcação da propriedade se o verdadeiro proprietário houvesse falhado ao pagar pela taxa da terra para registrar adequadamente em uma cidade próxima. Esse livro de história menciona um incidente em que amigos de um fazendeiro local puseram um invasor para fora em um dia frio de inverno ao jogar enxofre por dentro da chaminé de cima do telhado, acrescentando meio quilo de pólvora na mistura explosiva, o que resultou em uma detonação barulhenta, expulsando assim o invasor de seu lar "emprestado". Outros capítulos do mesmo livro explicavam como as casas de turfa eram construídas e qual era seu aspecto. Ainda mais interessantes eram as descrições de como os bancos de pequenas cidades eram fundados nas grandes planícies, com frágeis bases financeiras e nenhuma regulamentação governamental. Aqueles bancos minúsculos, parcamente capitalizados, começaram a imprimir seu próprio dinheiro para facilitar o comércio na região. George Briggs aprende da maneira mais árdua ao final de sua longa jornada quão pouco rentável fora sua "recompensa", ao tentar usar seu dinheiro com notas de um banco de Nebraska que já entrara em falência.

The Sod-House Frontier também menciona as borrascas de gelo mortais que ocasionalmente assolavam as grandes planícies, atingindo às vezes, mais de sessenta quilômetros por hora. As partículas de gelo esvoaçantes podiam congelar uma pessoa ou uma mula ou uma vaca, enterrando-as rapidamente em uma armadura de gelo, que tinha que ser rachada com um bastão para permitir que a pessoa ou o animal desafortunado pudesse respirar e se mover.

Mais adiante em sua jornada, Briggs e as mulheres loucas chegam a um hotel picareta tocado por especuladores de terra, que o utilizam como mostruário para sua cidade "planejada". A cidade imaginária de Curlew, em Cedar County, Nebraska, é mencionada como a fraude mais deslumbrante e bem-sucedida de todas as cinquentas cidades dos condados à beira-rio do norte do Nebraska. Dez mil lotes foram postos à venda em Curlew e rapidamente vendidos para nova-iorquinos ingênuos, mas nenhuma casa jamais foi construída ali. Os lotes vazios renderam aos especuladores pilantras 150.000 dólares, uma fortuna nos anos 1850. Antes de Briggs e sua *frame wagon* chegar ao Big Muddy, eles também pararam em uma venda, uma pequena loja rural que vendia suprimentos mínimos em um abrigo rudimentar improvisado com lonas e estacas. O jornalista Horace Greeley, de Nova York (do *Go West, Young Man*) também escreveu sobre a comida ruim servida em fazendas de beira de estrada, em suas memórias de viagem, em *An Overland Journey from New York to San Francisco in the Summer of 1859*.

The Sod House, de Elizabeth Coatsworth, descreve as doenças contagiosas a que os pioneiros estavam expostos naquela era insalubre, quando muitos sofriam de calafrios e "febre terçã", que hoje sabemos tratar-se da perigosa malária. Difteria nas vias aéreas superiores era frequentemente contraída por crianças pequenas nas pradarias. A jovem de dezenove anos Arabella Sours é levada à loucura com a morte de seus três pequenos inocentes, devido às péssimas condições sanitárias de sua casa de turfa, onde a praga mortal era transmitida facilmente entre crianças que compartilhavam a mesma bacia em seus pequenos banhos no dia a dia.

A balsa de Dick Shinn no Rio Platte, perto de Octavia, Nebraska, foi descrita em um artigo por John F. Zeilinger. Com dezoito metros de comprimento por seis de largura, feita de choupo-do-canadá, levava três meses para ser construída. O cabo de ferro tinha cinco centímetros de espessura e era usado para puxar a grande barca pelo rio com molinetes acoplados às duas extremidade da barca. O balseiro usava varas de quatro metros para auxiliar a passagem por bancos de areia no canal estreito. A balsa de Dick Shinn operou de 1859 a 1872 e pesava quinze toneladas. Submergia trinta centímetros. Era representativa das balsas usadas pelas cinco maiores travessias pela área média do Rio Missouri, como as de Kansas City, Weston-Leavenworth, Saint Joe, Nebraska City e Council Bluffs-Omaha, que se tornou capital do estado. As balsas normalmente cobravam de quatro a cinco dólares por carruagem e as pessoas podiam cruzar o rio por três dólares cada. George Briggs participa de diversas travessias pelo Missouri, indo e voltando de Hebron, Iowa, no romance, e a última travessia encerra sua história.

Dívida de Honra rendeu a Glendon Swarthout tanto o prêmio Spur Award para romance dos Western Writers of America quanto o Wrangler Award pela Western Heritage Association, da National Cowboy Hall of Fame da cidade de Oklahoma, tornando-se inquestionavelmente o grande romance de faroeste de 1988. Dois dos outros romances de Glendon foram indicados por seus editores como candidatos para o Prêmio Pulitzer em ficção em seus respectivos anos: *They Came to Cordura* (Random House, 1958) e *Bless the Beasts and Children* (Doubleday, 1970) e ambos os títulos se tornaram filmes, respectivamente *Heróis de Barro* (Columbia Pictures, 1959) e *Abençoai as Feras e as Crianças* (Paramount Pictures, 1972).

Muitos outros romances de Glendon tornaram-se filmes de sucesso – *Bastam Dois para Amar* (MGM, 1960) e *O Último Pistoleiro* (Paramount, 1976). *The Shootist* (*O Último Pistolei-*

ro) também ganhou um Spur Award como Melhor Romance Western de 1975, e é lembrado com mais frequência como o último filme de John Wayne.

Todos os romances de Glendon e os seis livros de meus pais para leitores mais jovens estão disponíveis em formato de eBook em sites para Kindle, Nook e iBook. Mais informações sobre a obra de Swarthout e seus vários romances e filmes podem ser encontrados em seu site: www.glendonswarthout.com

Miles Swarthout
Setembro, 2013

Este livro foi composto em Apollo e
Claredon e impresso pela Intergraf
para a Editora Planeta do Brasil,
em fevereiro de 2015.